Hye Won World Best 29

레디메이드 인생 외

채만식 지음

惠園出版社

그렇다고 부르주아지의
기성 문화 기관에 들어가자니
그곳에서는 수요를 찾지 아니한다.
'레디메이드'로 된 존재들이니 아무 때라도
저편에서 필요해야만 몇씩 사들여 간다.

〈레디메이드 인생〉 中에서

레디메이드 인생

차 례

- 5   레디메이드 인생
- 40   치숙(痴叔)
- 62   두 순정(純情)
- 82   쑥국새
- 95   소망(少妄)
- 112   패배자(敗北者)의 무덤
- 144   순공(巡公) 있는 일요일
- 175   논 이야기
- 201   해후(邂逅)

- 231   《레디메이드 인생》 바로 읽기
- 244   채만식 연보

일러두기
1. 이 책은 발췌 수록이 아닌 모든 작품의 전문을 수록하였다.
2. 표기는 원작에 충실했으되 오자는 현행 맞춤법에 따랐으며, 당시의 방언이나 속언은 살리되 의미 전달을 위해 가급적 현대 표기법을 따랐다.
3. 띄어쓰기는 개정된 한글 맞춤법에 따랐다.
4. 외래어는 현행 외래어 표기법에 따랐다.
5. 대화체와 인용은 " "부호로, 독백이나 생각은 ' '부호로 표기했다. 책명은 《 》로, 잡지나 신문명은 「 」부호로 표기하였다.
6. 이해하기 어려운 단어는 번호를 지정해 뜻풀이를 해놓았다.
7. 이 책의 수록 순서는 연대순이다.

레디메이드 인생

1

"뭐, 어디 빈 자리가 있어야지."

K사장은 안락의자에 폭신 파묻힌 몸을 뒤로 벌떡 젖히며 하품을 하듯이 시원찮게 대답을 한다. 두 팔을 쭉 내뻗고 기지개라도 한 번 쓰고 싶은 것을 겨우 참는 눈치다.

이 K사장과 둥근 탁자를 사이에 두고 공손히 마주 앉아 얼굴에는 '나는 선배인 선생님을 극히 존경하고 앙모합니다' 하는 비굴한 미소를 띠고 있는 구변없는 구변을 다하여 직업 동냥의 구걸(求乞) 문구를 기다랗게 늘어놓던 P —— P는 그러나 취직 운동에 백전 백패(百戰百敗)의 노졸(老卒)인지라 K씨의 힘 아니 드는 한 마디의 거절에도 새삼스럽게 실망도 아니한다. 대답이 그렇게 나왔으니 인제 더 졸라도 별수가 없는 것이지만 헛일삼아 한 마디 더 해 보는 것이다.

"글쎄올시다. 그러시다면 지금 당장 어떻게 해 주십사고 무리하게 조를 수야 있겠습니까마는…… 그러면 이 담에 결원이 있다든지 하면 그 때는 꼭……."

이렇게 말하고 P는 지금까지 외면하였던 얼굴을 돌리어 K사장을 조심성 있게 바라보았다. 그러나 K사장은 위선 고개를 좌우로 두어 번 흔들고는 여전히 하품 섞인 대답을 한다.
"결원이 그렇게 나나 어디……. 그리고 간혹 가다가 결원이 난다더라도 유력한 후보자가 몇십 명씩 밀려 있어서……."
P는 아무 말도 아니하고 고개를 숙였다. 인제는 영영 틀어진 것이다. '안녕히 계십시오' 하고 일어서는 것밖에는 별수가 없다.
별수가 없이 되었으니 '네 그렇습니까' 하고 선선히 일어서야 할 것이지만 지금까지의 은근히 모시고 있던 태도에 비하여 그것이 너무 낯간지러운 표현임을 알기 때문에 실망이나 하는 체하고 잠시 더 앉아 있는 것이다.
"거 참, 큰일났어."
K사장은 P가 낙심해하는 것을 보고 밑천이 들지 아니하는 일이라서 알뜰히 걱정을 나누어 준다.
"저렇게 좋은 청년들이 일거리가 없어서 저렇게들 애를 쓰니."
P는 속으로 코똥을 '흥' 하고 뀌었으나 아무 대답도 아니하였다. K사장은 P가 이미 더 조르지 아니하리라고 안심한지라 먼저 하품 섞어 '빈자리가 있어야지' 하던 시원찮은 태도는 버리고 그가 늘 흉중에 묻어 두었다가 청년들에게 한바탕씩 해 들려 주는 훈화를 꺼낸다.
"그렇지만 내가 늘 말하는 것인데 저렇게 취직만 하려고 애를 쓸 게 아니야. 도회지에서 월급 생활을 하려고 할 것만이 아니라 농촌으로 돌아가서……."
"농촌으로 돌아가서 무얼 합니까?"
P는 말 중동을 잘라 불쑥 반문하였다. 그는 기왕 취직 운동은 글러진 것이니 속시원하게 시비라도 해 보고 싶은 것이다.
"허, 저게 다 모르는 소리야……. 조선은 농업국이요, 농민이 전 인구의 팔 할이나 되니까 조선 문제는, 즉 농촌 문제라고 볼 수 있는데, 아, 지금 농촌에서 할 일이 오죽이나 많다구?"

"저는 그 말씀 잘 못 알아 듣겠는데요. 저희 같은 사람이 농촌에 가서 할 일이 있을 것 같잖습니다."

"그럴 리가 있나! 가령 응…… 저……."

K사장은 끝내 대답을 하지 못한다. 그것은 무리가 아니다.

그가 구직하러 오는 지식 청년들에게 농촌으로 돌아가 농촌 사업을 하라는 것은(다음에 또 꺼내는 일거리를 만들라는 것은) 결코 현실에서 출발한 이론적 근거가 있는 것이 아니었다. 그저 지식 계급의 구직군이 넘치는 것을 보고 막연히 '농촌으로 돌아가라, 일을 만들어라'고 해 왔을 따름이다. 따라서 거기에 대한 구체적 플랜이 있는 것도 아니었던 것이다. 한편으로는 한 행세거리로, 또 한편으로는 구직군 격퇴의 수단으로 자룡이 헌창 쓰듯 썼을 뿐이지 ──.

그리하여 그 동안까지는 대개는 그 막연한 설교를 들은 성 만 성 물러가는 것이 그들의 행투였었는데 오늘 이 P에게만은 그렇지가 아니하여 불가불 구체적 설명을 해 주어야 하게 말머리가 돌아선 것이다. 그래서 그는 떠듬떠듬 생각해 가면서 생각나는 대로 주워섬기는 것이다.

"가령 응…… 저…… 문맹 퇴치 운동도 있지. 농민의 구 할은 언문도 모른단 말이야! 그리고 생활 개선 운동도 좋고…… 헌신적으로."

"헌신적으로?"

"그렇지……. 할 테면 헌신적으로 해야지."

"무얼 먹고 헌신적으로 그런 사업을 합니까? 먹을 것이 있어서 그런 농촌 사업이라도 할 신세라면 이렇게 취직을 못 해서 애를 쓰겠습니까?"

"허! 그게 안된 생각이야. 자기가 먹고 살 재산이 있으면서 사회를 위해서 일도 아니하고 번들번들 논다는 것은, 그것은 타락된 생각이야."

P는 K사장이 억단을 내세우는 것을 보고 속으로 싱그레 웃었다.
　"그렇지만 지금 조선 농촌에서는 문맹 퇴치니 생활 개선이니 합네 하고 손끝이 하얀 대학이나 전문학교 졸업생들이 모여 오는 것을 그다지 반겨하기는커녕 머릿살을 앓을 것입니다. 농민이 우매하다든지 문화가 뒤떨어졌다든지 또 생활이 비참한 것의 근본 원인이 기역 니은을 모른다든가 생활 개선을 할 줄 몰라서 그런 것이 아니니까요. 그리고 조선의 지식 청년들이 모두 그런 인도주의자가 되어집니까?"
　"되면 되지, 안 될 건 무어야?"
　"그건 인도주의란 그것이 한 개 공상이니까 그렇겠지요."
　"허허…… 그러면 P군은 ××주의잔가?"
　"되다가 찌부러진 찌스러깁니다. 철저한 ××주의자라면 이렇게 선생님한테 와서 취직 운동도 아니합니다."
　"못 써. 그렇게 과격한 사상으로 기울어서야 쓰나……. 정 농촌으로 돌아가기가 싫거든 서울서라도 몇 사람 마음 맞는 사람이 모여서 무슨 일을 — 조국에 신문이 모자라니 신문을 하나 경영하든지, 또 조그맣게 하자면 잡지 같은 것도 좋고, 또 영리 사업도 좋고……. 그러면 취직 운동하는 것보담 훨씬 낫잖은가?"
　"좋을 줄이야 압니다만 누가 돈을 내놉니까?"
　"그거야 성의 있게 하면 자연 돈도 생기는 거지."
　P는 엉터리없는 수작을 더 하기가 싫어 웬만큼 말을 끊고 일어섰다.
　속에 있는 말을 어느 정도까지 활활 해 준 것이 시원은 하나 또 취직이 글렀구나 생각하니 입 안에서 쓴 침이 고여 나온다.
　복도에서 편집국장 C를 만났다. P는 C와 자별히 사이가 가까운 터이었다.
　"사장 만나러 왔소?"
　C는 묻는 것이다.

"아아니."

P는 거짓말을 하였다. 그는 지금 사장을 만나 거절당한 이야기를 하기가 어쩐지 창피하기도 할 뿐 아니라 또 전부터 C더러 K사장에게 자기의 취직 운동을 부탁해 왔던 터인데 직접 이렇게 찾아와서 만났다고 하기가 혐의쩍기도 하여 시치미를 뚝 뗀 것이다.

"아주 단념하오."

C 자기에게 부탁한 취직 운동을 단념하란 말이다. 그러면 벌써 C가 K사장에게 이야기를 하였고, 그 결과 일이 틀어진 것을 P는 모르고 와서 헛노릇을 한바탕 한 것이다. P는 먼저 C를 만나 보지 아니하고 K사장을 만난 것을 후회하였다. C는 잠깐 멈췄던 말을 계속한다.

"어제 아침에 사장더러 P군의 사정이 퍽 난처하니 어떻게 생각해 봐 주면 좋겠다고 여러 말을 했다가 코떼었소.[1] 신문사가 구제 기관이 아닌데 남의 사정이 난처한 것을 어떻게 하라느냐고 그럽디다……. 하기야 그게 옳은 말이지만……."

신문사가 구제 기관이 아니라고 한다는 그 말이 P의 머리에는 침 끝으로 찌르는 것 같이 정신이 들게 울리었다.

"흥! 망할 자식들!"

P는 혼잣말로 이렇게 투덜거리며 C와 작별도 아니하고 밖으로 나와 버렸다.

2

P는 광화문 네거리의 기념비각(紀念碑閣) 옆에서 발길을 멈추고 망설

---

[1] 코떼다 — 무안하리만큼 핀잔을 맞다.

였다. 어디로 갈까 하는 것이다.

　봄 하늘이 맑게 개었다. 햇볕이 살이 올라 포근히 온몸을 싸고 돈다. 덕석[2] 같은 겨울 외투를 벗어 버리고 말쑥말쑥하게 새로 지은 경쾌한 춘추복의 젊은이들이 봄볕처럼 명랑하게 오고가고 한다. 멋쟁이로 차린 여자들의 목도리가 나비같이 보드랍게 나부낀다. 그 오동보동한 비단 다리를 바라다보노라니 P는 전에 먹던 치킨 커틀릿이 생각났다.

　창을 활활 열어 젖힌 전차 속의 봄 사람들을 보니 P도 전차를 잡아 타고 교외나 나가고 싶었다. 그러나 크림 맛을 못 본 지 몇 달이 된 낡은 구두, 구기적거린 양복 바지, 양편 포켓이 오뉴월 쇠불알같이 축 처진 양복 저고리, 땟국 묻은 와이셔츠와 배배 꼬인 넥타이, 엿장사가 이전어치 주마던 낡은 모자, 이렇게 아래로부터 훑어 올려보며 생각하니 교외의 산보는커녕 얼핏 돌아가서 차라리 이불을 뒤쓰고 드러눕고만 싶었다.

　마침 기념비각 앞에 자동차 하나가 머물더니 서양 사람 내외가 내린다. 그들은 사내가 설명하고 여자가 듣고 하면서 기념비각을 앞뒤로 구경한다. 여자는 사진까지 찍는다.

　대원군이 만일 이 꼴을 본다면……. 이렇게 생각하매 P는 저절로 미소가 입가에 떠올랐다.

3

　대원군은 한말(韓末)의 돈 키호테였다. 그는 바가지를 쓰고 벼락을 막으려 하였다. 바가지는 여지없이 부스러졌다. 역사는 조선이라는 조그마

---

[2] 덕석 — 추울 때 소의 등을 덮어 주는, 멍석처럼 만든 것.

한 땅덩어리나마 너무 오래 뒤떨어뜨려 놓지 아니하였다.

갑신 정변(甲申政變)에 싹이 트기 시작하여 가지고 한일 합방의 급격한 역사적 변천을 거쳐 자유주의의 사조는 기미년에 비로소 확실한 걸음을 내디디었다.

자유주의의 새로운 깃발을 내걸은 시민(市民)의 기세는 등등하였다.

"양반? 흥! 누구는 발이 하나길래 너희만 양발(반)이라느냐?"

"법률의 앞에서는 만인이 평등하다."

"돈⋯⋯ 돈이 있으면 무어든지 할 수 있다."

신흥 부르주아지는 민주주의의 간판을 이용하여 노동자·농민의 등을 어루만지고 경제적으로 유력한 봉건 귀족과 악수를 하는 동시에 지식 계급을 대량으로 주문하였다.

유자천금이 불여교자 일권서(遺子千金不如敎子一卷書)라는 봉건시대의 진리가 자유주의의 세례를 받아 일단의 더 발전된 얼굴로 민중을 열광시켰다.

"배워라, 글을 배워라⋯⋯. 지식만 있으면 누구나 양반이 되고 잘 살 수가 있다."

이러한 정열의 외침이 방방 곡곡에서 소스라쳐 일어났다.

신문과 잡지가 붓이 닳도록 향학열을 고취하고 피가 끓는 지사(志士)들이 향촌으로 돌아다니며 삼 촌의 혀를 놀려 권학(勸學)을 부르짖었다.

"배워라! 배워야 한다. 상놈도 배우면 양반이 된다."

"가르쳐라! 논밭을 팔고 집을 팔아서라도 가르쳐라. 그나마도 못 하면 고학이라도 해야 한다."

"공자 왈 맹자 왈은 이미 시대가 늦었다. 상투를 깎고 신학문을 배워라."

"야학을 설치하여라."

재등(齋藤) 총독이 문화 정치의 간판을 내걸고 골고루 학교를 증설하였다. 보통학교의 교장이 감발[3]을 하고 촌으로 돌아다니며 입학을 권유하였다. 생도에게는 월사금을 받기는커녕 교과서와 학용품을 대 주었다.

민간의 유지는 돈을 거둬 학교를 세웠다. 민립대학도 생기려다가 말았다. 청년회에서 야학을 실시하였다. '갈돕회'가 생겨 갈돕만주 외는 소리가 서울의 신풍경을 이루었고 일반은 고학생을 존경하였다.

여학생이라는 새 숙어가 생기고 신여성이라는 새 여인이 생겨났다.

이와 같이 조선의 관민이 일치되어 민중의 지식 정도를 높이는 데 진력을 하였다. 즉 그들 관민이 일치하여 계획한 조선의 문화 정도는 급속도로 높아갔다. 그리하여 민중의 지식 보급에 애쓴 보람은 나타났다.

면서기를 공급하고, 순사를 공급하고, 간이 농업학교 출신의 농사 개량 기수를 공급하였다.

은행원이 생기고 회사원이 생겼다. 학교 교원이 생기고 교회의 목사가 생겼다. 신문 기자가 생기고, 잡지 기자가 생겼다. 민중의 지식 정도가 높았으니 신문·잡지 독자가 부쩍 늘고 의사와 변호사의 벌이가 윤택하여졌다.

소설가가 원고료를 얻어 먹고, 미술가가 그림을 팔아 먹고, 음악가가 광대의 천호(賤號)에서 벗어났다.

인쇄소와 책장사가 세월을 만나고, 양복점·구둣방이 늘비하여졌다.

연애 결혼에 목사님의 부수입이 생기고, 문화 주택을 짓느라고 청부업자가 부자가 되었다. 그리하여 부르주아지는 가보를 잡고, 공부한 일부의 지식군은 진주(다섯끗)를 잡았다.

그러나 노동자와 농민은 무대를 잡았다. 그들에게는 조선 문화의 향상이나 민주적 발전이 도리어 무거운 짐을 지워 주었을지언정 덜어 주지는 아니하였다. 그들은 배(梨) 주고 속 얻어 먹은 셈이다.

---

[3] 감발 — 발감개.

인텔리…… 인텔리 중에도 아무런 손끝의 기술이 없이 대학이나 전문학교의 졸업 증서 한 장을, 또는 조그마한 보통 상식을 가진 직업 없는 인텔리…… 해마다 천 여 명씩 늘어가는 인텔리……. 뱀을 본 것은 이들 인텔리다.

부르주아지의 모든 기관이 포화 상태가 되어 더 수효가 아니느니 그들은 결국 꾀임을 받아 나무에 올라갔다가 흔들리우는 셈이다. 개밥의 도토리다.

인텔리가 아니었으면 차라리…… 노동자가 되었을 것인데, 인텔리인지라 그 속에는 들어갔다가도 도로 달아나오는 것이 99퍼센트다. 그 나머지는 모두 어깨가 축 처진 무직 인텔리요, 무력한 문화 예비군 속에서 푸른 한숨만 쉬는 초상집의 주인 없는 개들이다. 레디메이드[4] 인생이다.

4

"제길!"

P는 혼자 투덜거리며 지금까지 섰던 기념비각 옆을 떠났다.

P는 자기 자신이고 세상의 모든 일이고 모두 짜증이 나고 원수스러웠다.

광화문 큰 거리를 총독부 쪽으로 어실어실 걸어가노라니 그의 그림자가 짤막하게 앞에 누워 간다. P는 그 자기의 그림자를 꽉 밟고 싶었다. 그러나 발을 내디디면 그림자도 그만큼 앞으로 더 나가곤 한다. 이 그림자가 자기 자신에서 그리고 그림자를 밟으려는 자기 자신과 앞으로

---

[4] 레디메이드(readymade) — 만들어 놓은, 기성품의, 창의성이 없는, 제 것이 아닌.

달아나는 그림자에서 P는 자기의 이중 인격의 모순 상(相)을 발견하였다.

동십자각 옆에까지 온 P는 그 건너편 담배 가게 앞으로 갔다.

"담배 한 갑 주시오."

하고 돈을 꺼내려니까 담배 가게 주인이,

"네, 마꼬입니까?"

묻는다.

P는 담배 가게 주인을 한 번 거들떠보고 다시 자기의 행색을 내려 훑어보다가 심술이 번쩍 났다. 그래서 잔돈으로 꺼내려던 것을 일부러 일 원짜리로 꺼내려는데 담배 가게 주인은 벌써 마꼬 한 갑 위에다 성냥을 받쳐 내민다.

"해태 주어요."

P는 돈을 들이밀면서 볼멘 소리를 질렀다. 그러나 담배 가게 주인은 그저 무신경하게,

"네!"

하고는 마꼬를 해태로 바꾸어 주고 팔십오 전을 거슬러 준다.

P는 저편이 무렴해 하지 아니하는 것이 더욱 얄미웠다.

그는 해태 한 개를 꺼내어 붙여 물고 다시 전차길을 건너 개천가로 해서 올라갔다. 인제는 포켓 속에 남은 것이 꼭 삼 원하고 동전 몇 푼이었다. 엊그제 겨울 외투를 사 원에 잡혀서 생긴 것이다.

방세와 전깃불 값이 두 달치나 밀렸다. 삼 원은 방세 한 달치를 주고, 일 원에서 전등삯 한 달치를 주고도 싶었으나 그러고 나면 그 나머지로 설렁탕이나 호떡을 사 먹어도 하루밖에는 못 지낸다. 그대로 넣어 두고 한 이틀 지내는 동안에 일 원이 거진 달아났던 판인데 공연한 객기를 부리느라고 당치도 아니한 해태를 샀기 때문에 인제 일 원 돈은 완전히 달아나고 삼 원만 남은 것이다.

P는 포켓 속에 손을 넣고 잔돈과 지폐를 섞어 삼 원 남은 돈을 만지작거렸다. 그러면서 왼편 손으로는 손가락을 꼽아가며 삼 원을 곱쟁이 쳐 보았다. 육 원, 십이 원, 이십사 원, 사십 팔 원, 구십육 원, 백구십이 원, 팔 원 모자라는 이백 원…… 사백 원, 팔백 원, 일천육백 원, 삼천이백 원, 육천사백 원, 일만 이천팔백 원, 팔백 원은 떼어 버리고 이만 사천 원, 사만 팔천 원, 구만 육천 원, 십구만 이천 원, 삼십팔만 사천 원, 칠십육만 팔천 원, 일백오십삼만 육천 원…….

삼 원을 열여덟 번만 곱집으면 일백오십삼만 원, 그놈이 있으면, 이렇게 생각하매 어깨가 으쓱해졌다. 삼 원의 열여덟 곱쟁이가 일백오십 만 원이니 퍽 쉬운 일이다.

그놈만 있으면 백만 원을 들여서 오십 전짜리 십육 페이지 신문을 하나 했으면 위선 K사장의 엉엉 우는 꼴을 볼 수가 있을 것이다.

그러나 아쉬운 대로 십오만 원만 있어도, 일만 오천 원, 아니 일천오백 원만 있어도, 아니 일백오십 원만 있어도, 십오 원만 있어도, 우선 방세와 전등삯을 주고 한 달은 살아가겠다.

P는 한숨을 내쉬었다. 한 달? 한 달만 살고 나면 그 담은 어떻게 하나……. 그대로 몇백 원은 있어야지, 아니 몇천 원은 아니 몇만 원은…….

P는 늘 하는 버릇으로 이런 터무니없는 공상을 되풀이하였다. 그는 최근 이러한 공상을 하면서부터 취직을 시들하게 여겼다. 취직이 된댔자 사오십 원이나 오륙십 원이다. 그것을 가지고 빠듯빠듯 살아간들 무슨 아기자기한 재미가 있을 턱도 없는 것이다.

가령 근실히 해서 월괘 저금(月掛貯金) 같은 것도 하고, 집도 장만하고, 여편네도 생기고, 사장이나 중역들의 눈에 들어 지위도 부장쯤으로는 올라가고, 그리하여 생활의 근거도 안정이 되고 하면 지금 같은 곤란을 당하지 아니하겠지만, 그러나 P에게는 아직도 젊은 때의 야심이 있어 그러한 고식된 안정이나 명색없는 생활은 도리어 피하고 싶었던 것이다. 좀더 남의 눈에 띄며, 좀더 재미있고 그리고 자유로운 생활······.

 물론 그는 지금이라도 누가 한 달에 삼십 원만 줄 테니 와서 일을 해달라면 마치 굶주린 개가 고기를 보고 덤비듯이 덮어놓고 덤벼들 것이다. 그러나 속으로는 그와는 딴판으로 배포를 부리고 있는 것이다.

 P가 삼청동으로 올라가느라고 건춘문 앞까지 이르렀을 때에 저편에서 말쑥하게 봄 치장을 한 여자 하나가 마주 내려왔다. 역시 삼청동 근처에 사는 여자인지 P와는 가끔 마주치는 여자다. P는 그 여자와 만날 때마다 일부러 눈여겨보지 아니하는 체는 하면서도 실상은 고고샅샅 관찰을 하였고, 그리고 속으로는 연애라도 좀 했으면 하던 터였다. 무엇보다도 동그스름한 얼굴에 이목 구비가 모두 모지지 아니하고, 얼굴의 윤곽이 둥글 듯이 모가 나지 아니한 것, 그래서 맘 자리도 그렇게 둥글려니 하는 것이 P의 마음을 끈 것이다.

 그 여자는 자주 만나는 이 헙수룩한 양복쟁이——P를 먼 빛으로도 알아보았는지 처녀다운 조심스런 몸매로 길을 가로 비켜 가까이 왔다.

 P는 고개를 꼿꼿이 쳐들고 앞만 쳐다보면서도 속으로는,

 '저 여자가 지금 내 옆으로 다가와서 조그만 소리로 정답게 구애(求愛)를 한다면, 사뭇 들이안긴다면 어쩔꼬?'

 이런 생각을 하면서 히죽이 웃는데 여자는 벌써 지나쳐 버렸다.

 '흥! 어쩌긴 뭘 어째······. 이년아, 일 없다는데 왜 이래! 하고 발길로 칵 차 내던지지.'

하고 P는 어깨를 으쓱하였다.

 삼청동 꼭대기에 있는 집 —— 집이 아니라 사글세로 들은 행랑방 —— 에 돌아왔다. 객지에 혼자 있으니 웬만하면 하숙에 있을 것이로되 밥값에 밀리고, 그것에 졸릴 것이 무서워 P는 방을 얻어 가지고 있었던 것이다. 먹는 것이야 수중에 돈이 있는 때에 따라 호떡도 설렁탕도 백화

점의 런치도 그렇잖고 몇 끼니씩 굶기도 하여 대중이 없었다.

 볕 구경을 잘 못해서 겨울에도 곰팡이가 슬고 이불을 며칠씩 그대로 펴 두는 방바닥에서는 먼지가 풀씬풀씬 올랐다. 하도 어설퍼 앉으려고도 하지 않고 방 가운데 우두커니 서서 있노라니까 안방 문 여닫는 소리가 들리며 주인 노파가 나와서 캑 하고 기침을 한다. P는 또 방세 졸릴 일이 아득하였다. 그러나 노파는 방세보다도 우선 편지 한 장을 들이밀어 준다. 고향의 형에게서 온 것이다. 편지를 뜯어 읽고 난 P는 말 가웃[一斗半]이나 되게 한숨을 푸 내쉬었다. 그리고는 편지를 박박 찢어 버렸다.

5

 편지의 요건은 P의 아들에 관한 것이다.
 P에게는 연전에 갈린 아내와의 사이에 생긴 창선이라는 아들이 있다. 금년에 아홉 살이다. 아내와 갈릴 때에 저편에서 다만 어린애만이라도 주었으면 그것을 데리고 길러가는 재미로 혼자 사는 세상에 낙을 붙이겠다고 사정하였다. 그리고 적어도 중학까지는 마치게 하겠다는 것이었다. 그렇게 했으면 P도 한짐을 덜었을 것이다. 그러나 그는 듣지 아니하였다.
 어릴 적부터 소박데기 어미의 손아귀에서 아비의 원망과 푸념을 들어가면서 자란 자식은 자란 뒤에 그 아비에게 호감을 가지지 못한다. P는 자식을 꼭 찾고 싶은 것은 아니나 아무튼 장성하면 아비라고 찾아올 터인데 그때에 P는 이미 늙고 자식은 팔팔하게 젊은 놈이 제 어미를 소박한 아비라서 아니꼽게 군다면 그것은 차마 못 당할 노릇이다.
 이러한 생각으로 P는 창선이를 내주지 아니한 것이다. 그러나 빼앗아 놓고 보니 인제 겨우 너덧 살밖에 아니 먹은 것을 자기 손으로 어찌할 수가 없다. 그리하여 할 수 없이 어렵사리 지내는 그 형에게 맡겨 놓고 다시 서울로 올라온 것이다. 보통학교에 다닐 나이가 되면 서울로 데려 오겠다고 해 두고.

P의 형은 작년에 조카를 보통학교에 입학시켰다. 그러나 극빈 축에 드는 집안인지라 몇 푼 안 되는 월사금과 학비를 대지 못하여 중도에 퇴학시켰다. 애초에 입학시킬 상의로 P에게 편지를 했을 때에 P는 공부 같은 것은 시켰자 소용이 없으니 차라리 뼈가 보드라운 때부터 생일〔勞動〕을 시키라고 하였다. P의 형은 그러나 백부(伯父)의 도리로나 집안의 체면으로나 창선이를 생일을 시킬 수가 없었다. 차라리 자기 손에 두어 헐벗기고 헐입히면서 공부도 시키지 못하느니 제 아비인 P더러 데려가 라고 작년부터 편지를 하던 터이다.

금년도 입학 시기가 당함에 P의 형은 P에게 수차 편지를 하였다. 금년에 입학을 시키지 못하면 명년에는 학령이 초과되어 들여주지 아니할 것이니 어서 데려다가 공부를 시키라는 것이다.

'그 어린 것이 굶기를 먹듯 하고, 재주는 있으면서 남의 집 아이들이 학교에 다니는 것을 부러워하는 꼴은 차마 애처로워 볼 수가 없다. 차라리 이꼴저꼴 보지 아니하는 것이 속이나 편하겠다.'

이번 편지에는 이런 구절이 있고 끝에 가서,

'여비가 몇 원 변통되면 차를 태우고 전보를 칠 테니 정거장에 나와 데려가거라. 나도 웬만하면 객지에 혼자 있는 너에게 어린 자식을 떠맡기듯이 보내겠느냐마는 잘못하다가 그것을 굶겨 죽이겠기에 생각다 못하여 단행하는 것이다.'

이러한 말이 썩어 있었다.

P는 박박 찢은 편지를 돌돌 뭉쳐 방구석에 내던지고 한숨을 푸 내쉬었다.

인제는 자식을 데리고 있기가 피할 수 없이 되었는데 어떻게 했으면 좋을까 하는 것이다. 그는 형이 원망스럽고 아니꼬웠다. 굳이 제 아비를 따라 보낸다는 것이 아니라 부둥부둥 공부를 시키라는 것 때문이다. 기왕 서울로 보내나 시골서 데리고 있으나 고생시키기는 일반이니 차라리 시골서 일찍부터 생일이나 시켰으면 P에게는 여러 가지로 좋은 것이었다.

"흥! 체면! 공부! 죽어도 인텔리는 만들잖는다."

P는 혼자 이렇게 투덜거렸다.

"집에서 온 편지유? 무슨 걱정이 생겼수?"

말거리를 찾지 못하여 머뭇거리고 섰던 안방 노인이 동정이나 하는 듯이 이렇게 묻는다.

"아…… 아니요."

P는 마지못해 코대답을 하였다.

"필경 무슨 걱정이 생긴 게구려!"

노인은 자기의 말머리를 만들려고 아니라는 데도 이렇게 걱정을 내놓는다.

"그게 모두 가난한 탓이지……. 저렇게 젊고 똑똑한 이가, 저게 모두 가난한 탓이야! 어디 구실〔職業〕자리 말한다더니 아직 아니 됐수?"

"네 아직……."

"거 큰일났구려! 어서 돼야 할 텐데……. 나두 꼭 죽겠수…… 이 늙은 것이……. 돈 좀 마련되았수?"

"네 아직 좀……."

"저걸 어쩌나! 오늘은 물값이야 전깃불값이야 사뭇 받으러 달려들 텐데!"

"며칠만 더 미루십시오. 설마하니 마나님이야 아니 드리겠습니까……."

"아무렴! 실수야 없을 줄 알지만 내가 하도 옹색하니깐 그러는 거지……."

P는 노인이 지껄이게 두어 두고 혼자 생각하였다. 전에 아는 집에서 셋방을 얻어 들었을 때에는 두 달이고 석 달이고 세가 밀려야 조르는 법이 없었다. 밀려도 조르지 아니하는 아는 집……. 이것이 P는 도리어 미안해서 이곳으로 옮겨온 것이다. 옮겨와 가지고 막상 졸림질을 당하니 미안해도 졸림질을 아니하던 옛집이 그리워지는 것이다.

노인이 문을 가로막고 서서 수다스런 소리로 더 지껄이려고 하는데 마침 P의 동무 M과 H가 찾아왔다.

"어디 나가나?"

M이 그렇지 않아도 벌씸한 코를 한 번 더 벌씸하고 사이 벌어진 앞니를 내보이며 싱긋 웃는다.

몸집은 M과 같이 뚱뚱하지만 키가 작아 M의 뒤에 가려 섰던 H가 옆으로 나서며,

"안녕하시오."

하고 인사를 한다.

P는 싱긋이 웃었다. 이 M과 H는 같은 하숙에 있는데 두 사람은 곧잘 같이 돌아다닌다. 같이 가는 것을 나란히 세워 놓고 보면 하나는 키가 커서 우뚝하고 하나는 키가 작아서 납작 붙어가는 것 같다.

얼굴도 M은 우둘두둘한 게 정객 타입으로 생기었고 —— 잘못하면 복싱 링에 내세워도 좋겠고 —— H는 안존한 게 사무원 타입이다.

일상의 언행을 보아도 H는 무슨 이야기가 자기 전문인 법률에 관한 것에 다다르면 육법 전서의 조목을 따르르 외면서 이렇고 저렇고 하다고 설명을 하고, M은 동경서 학생 ××에 제휴를 했던만큼 그리고 전문이 정경과인만큼 좌익 진영에서 쓰는 어투가 그대로 나온다.

"여전히 모두 동색(冬色)이 창연하군!"

P는 두 사람의 툭툭한 겨울 양복을 보고, 그리고 자기의 행색을 내려
보며 웃었다.
 M이 신을 벗고 들어와 먼지 앉은 책상 위에 걸터앉으며,
 "춘래불사춘일세."
하고 한 마디 왼다. H도 따라 들어와 한편에 앉으며 한 마디 한다.
 "아직 괜찮아……. 거리에 보니까 동복 입은 사람이 많데……."
 "괜찮기는 뭐 괜찮아……. 우리가 길로 돌아다니니까 사방에서 아이
구야 소리가 들리데."
 "왜?"
 "봄이 발 밑에서 짓밟히느라고."
 "하하하하."
세 사람은 소리를 내어 웃었다.
 "참, 시험 본 것 어떻게 되었소?"
 P는 H가 일전에 총독부서 본 고원 채용 시험을 생각하고 물어 보았다.
 "말두 마시우……. 인제는 꼭 들어앉아 공부나 해 가지고 변호사 시
험이나 치겠소."
 사람이 별로 변통성이 없고 그렇다고 여기저기 발련도 없이 취직이
여의하게[5] 되지 못하는 것을 볼 때에 P는 가엾은 생각이 늘 들곤 하였
다.
 "가만 있게, 어서 변호사 시험만 패스하게. 그러면 인제 내가 백만 원
짜리 주식회사를 조직해 가지고 자네를 법률 고문으로 모셔옴세."
 이것은 M의 늘 농삼아 하는 농담이다. M도 일 년이나 취직 운동을
하면서 지냈건만 그는 되려 배포가 유하다. 좀더 재빠르게 했으면 M은
벌써 취직이 되었을는지도 모르나 그는 타고난 배포와 그리고 남에게

---

5) 여의하다 — 일이 마음먹은 대로 되다.

아유 구용을 하기 싫어하는 성질로 말하자면 취직 전선의 낙오자다.

별로 만나야 할 일도 없다. 그러나 제가끔 혼자 있으면 우울해지니까 이렇게 서로 찾으며 자주 만나게 된다. 만나 앉아서 이야기라도 지껄이면 그 동안만은 명랑하여진다. 지금 서울 안에 P니 M이니 H와 같이 매일 만나 하는 일없이 돌아다니고 주머니 구석에 돈푼 있으면 서로 털어 선술잔이나 먹고 하는 룸펜의 패가 수없이 많다.

무어나 일을 맡겼으면 불이 번쩍 일게 해 낼 팔팔한 젊은 사람들이다. 그렇건만 그들은 몸을 비비 꼬고 있다.

아무 데도 용납치 못하는 사람들이다. ××적 ××에서 그들을 불러 들이기에는 ××적 ××의 주관적 정세가 너무도 미약하다. 그것은 그들의 몇 부분이 동경서 학생으로 있을 시절에는 그 속에서 활발하게 ××를 계속하던 것이 조선에 나오면서 탈리되는 것으로 보아 그러한 해석을 내리지 아니할 수가 없다.

그렇다고 부르주아지의 기성 문화 기관에 들어가자니 그곳에서는 수요를 찾지 아니한다. '레디메이드'로 된 존재들이니 아무 때라도 저편에서 필요해야만 몇씩 사들여 간다.

M이 마꼬를 꺼내 놓고 붙여 문다. P는 포켓 속에 들어 있는 해태를 차마 내놓기가 낯이 따가워 M의 마꼬를 집어 당겼다.

P는 설명을 시작한다. P 자신 그러한 장난 비슷한 공상을 하면서 일단 해 보라고 하면 주저할 것이지만 어쨌거나 그랬으면 통쾌하리라는 것이다.

"먼점 경무국에 들어가서 아주 까놓고 이야기를 한단 말이야. 우리가 지금 대상으로 하고 있는 것은 총독부가 아니라 조선의 소위 민간측 유지들이니까 간섭을 말아 달라고."

"그러면 관허(官許) 메이데이로구만."

"그래, 관허도 좋아……. 그래 가지고는 기에다가는 무어라고 쓰느냐

하면 '우리에게 향학열을 고취한 놈이 누구냐?' 어때?"

"좋 —— 지."

"인텔리에게 직업을 내라……. 이렇게 노래를 지어 부르거든."

"응, 유지와 명사의 가면을 박탈시키라고 —— 한 몇십 명이 그렇게 데모를 한단 말이야."

"하하하하."

M은 이렇게 웃고 H는 시원찮은 핀잔을 준다.

"듣그럽소,[6] 여보…… 아, 글쎄 멀끔멀끔한 양복쟁이들이 종로 네거리로 기를 받고 그렇게 다녀 봐! 애들이 와서 나 광고지 한 장 주! 하잖나."

"하하하하하."

"허허허허허."

창 밖에서 냉이 장수가 싸구려 소리를 외치고 지나간다. M이 그에 응하여,

"이크, 봄을 덤핑하는구나."

"흥, 경제학자라 다르군……. 참, 우리 하숙에서는 채소를 좀 먹여 주어야지!"

"밥값을 잘 내 보지."

"그도 그렇지만."

"나는 석 달치 밀렸네."

"나도 그렇게 될걸."

"그러니까 나처럼 이렇게 아파트 생활을 해요."

이것은 P의 말이다. 아파트라고 말해 놓고 서글퍼서 허허 웃었다.

"조선식 아파트! 그렇지만 우리가 아파트 생활을 했다면 아마 두어

---

6) 듣그럽다 — 떠드는 소리가 듣기 싫다.

달 전에 굶어 죽었을걸."
　"나는 돈을 보면 초면 인사를 해야 되겠네……. 본 지가 하도 오래서 낯을 잊었어."
　"여보게."
하고 M이 의젓하게 H를 달군다.
　"돈 구경한 지 오래 됐다지?"
　"응."
　"존 수가 있네."
　"뭣?"
　"자네 책 좀 삼사(三四)구락부에 보내세."
　"싫으이."
　"자네 돈 구경하고……. 구경하고 나서 그놈으로 한 잔 먹고……."
　"한 잔 말이 났으니 말이지, 요즘 같으면 술이나 실컷 먹고 주정이라도 했으면 속이 시원하겠네."
　"그러니까 말이야……. 가세, 가서 다섯 권 잽혀."
　"일없다."
　"내가 찾아 주지."
　"흥."
　"정말이야."
　"싫어."

6

　그날 밤――.
　P와 M은 H를 졸라 그의 법률책을 잽혀 돈 육 원을 만들어 가지고

나섰다.

선술집에 가서 엔간히 취하도록 먹은 뒤에 C라는 카페에 가서 술 두 병을 놓고 자정이 되도록 노닥거렸다. 그곳에서 나올 때는 육 원 돈이 이 원 남았다. 이 원의 처지를 생각하다 세 사람은 일제히 동관으로 가기로 하였다.

세 사람이 모두 다리가 비틀거렸다. 그 중에도 P는 더욱 취하였다.

닐닐이 가락으로 들어박힌 갈봇[7]집, 다 쓰러져가는 초가집을 세 사람이 아는 집 들어서듯 쑥쑥 들어서니,

"들어오십시오."

"어서 오십시오."

라고 머리 딴 계집애와 배가 북통 같은 애 밴 계집이 마루로 나선다.

P가 무심결에 해태갑을 꺼내어 붙여 무니까 머리 딴 계집애가 P의 목을 얼싸안고 볼에다 입을 쪽 맞추더니,

"나도 하나."

하고 손을 벌린다. P는 기가 막혀 담뱃갑을 내미는데 H와 M은 박수를 하며,

"브라보……."

하고 굉장하게 큰 소리로 외친다.

건넌방에 들어가 앉으니 마루에서 딸그락딸그락 소리가 난다. 배부른 계집은 푸대접을 받고 머리 딴 계집애가 H와 M의 손으로 옮아다니면서 주물린다. 깩깩 소리를 지르며 엄살을 한다. 말을 붙이고 대답을 주고받고 하는 것이 H와 M은 전에 한 번 와 본 집인 듯하다.

잔은 사발 만한데 술 주전자는 눈알 만하다. 술을 부어 놓으니 M이 척 받아 놓고는 노래를 투정한다. 계집애는 그보다 더 약아서 제가 그

---

7) 갈보 — 웃음과 몸을 팔며 천하게 노는 계집.

술을 쭉 들이마시고는 빈 잔만 M의 입에 대 준다.

　P는 재숫물같이 밍밍한 술을 두어 잔 받아 먹는 동안에 비위가 꽉 거슬려서 진정하느라고 드러누웠다.

　H가 계집애를 무릎에 올려 놓고 신이 나게 노래를 부른다. 물론 고저도 장단도 맞지 아니하는 노래다.

　M이 애 밴 계집을 실컷 시달려 주다가 머리 딴 계집애를 빼앗아 가더니 귀에 대고 무어라고 속삭거린다. 그러면서 둘이서 연해 P를 건너다보며 싱긋벙긋 웃는다.

　조금 있다가 계집애가 P에게로 오더니 귀에다 입을 대고 속삭인다.

　"저이가 나더러 당신하고 오늘 저녁…… 응, 어때?"

　"그래라."

　P는 불쑥 성난 것처럼 대답했다.

　"아이. 싱거워!"

　계집애는 P를 한 번 꼬집어 주고 다시 M에게로 달아났다. M에게로 가서 또 무어라고 속삭거리더니 재차 와 가지고는 귓속말을 한다.

　"자고 가, 응?"

　"그래 글쎄."

　"꼭."

　"응."

　"정말?"

　"응."

　술은 네 주전자가 들어왔는데 세 사람 손님은 두서너 잔씩밖에 아니 먹었다. 그 나머지는 다 저희가 먹었다. 계집애가 술이 곤주가 되게 취해 가지고 해롱해롱 까분다.

　술값을 치르는 것을 보고 P도 따라 일어섰다. M이 몸뚱이로 슬쩍 밀어서 방 안으로 들여보내고 뒤에서 계집애가 양복 뒷깃을 잡아당긴다.

"그래라, 자고 간다."
P는 방 가운데 벌떡 드러누웠다.
"너희 집이 어디냐?"
계집애가 옆에 와서 앉는 것을 보고 P가 물었다.
"××도 ××."
"언제 왔니?"
"작년에."
P는 몸을 일으켰다. 속이 왈칵 뒤집혀 좀더 진정하려고 하는 생각인데 계집애가 꽉 밀어뜨린다.
"나이 몇 살이냐?"
"열여덟."
"부모는?"
"부모가 있으면 여기서 이 짓을 해?"
"왜, 이 짓이 나쁘냐?"
"흥…… 나도 사람이야."
"에꾸! 나는 네가 신선인 줄 알았더니 인제 보니까 사람이로구나!"
"듣그러!"
계집애는 눈을 쭉 흘기고는 갑자기 웃으면서 P의 목을 끌어안는다.
"자고 가, 응."
"우리 마누라한테 자볼기[8] 맞고 쫓겨난다."
"그러면 나한테 와서 나하고 살지……. 여기 내 빚 팔십 원만 물어 주면……."
"팔십 원이냐?"
"응."

---

8) 자볼기 — 자막대기로 때리는 볼기.

"가겠다."
P는 또 일어나려는 것을 계집애가 껴안고 놓지 아니한다.
"자고 가……. 내가 반했어."
"아서라."
"정말!"
"놓아."
"아니야, 안 놓아. 자고 가요, 응…… 자고……. 나 돈 좀 주어."
"돈? 내가 돈이 있어 보이니?"
"돈 소리가 절렁절렁 나는데?"
미상불[9] P의 포켓 속에는 아까부터 잔돈 소리가 가끔 잘랑거렸다.
"자고, 나 돈 조……금 주고 가, 응."
"얼마나?"
"암만도 좋아……. 오십 전도, 아니 이십 전도."
계집애의 말이 떨어지기도 전에 P는 불에 데인 것같이 벌떡 일어섰다. 일어서면서 그는 포켓 속에 손을 넣고 있는 대로 돈을 움켜쥐어 방바닥에 휙 내던졌다. 일 원짜리 지전 두 장과 백동전이 방바닥에 요란스럽게 흐트러진다.
"앗다, 돈!"
내던지고는 P는 뛰어나왔다. 그의 눈에는 눈물이 고였다.

7

P는 정조(貞操)적으로 순진한 사나이가 아니다.

---

9) 미상불(未嘗不) ― 아닌게아니라. 과연.

열네 살 때에 소꿉질 같은 장가를 갔고, 그 뒤 동경 가서 있을 동안에 거기 여자와 살림도 하였다. 조선에 돌아와 직업을 가지고 있는 사이에 기생과 사귀어 한동안 죽을 둥 살 둥 모르게 지내기도 하였다.

그 밖에도 정 두어 지낸 여자가 두엇 더 있다. 그러나 삼십이 되도록 지금까지 유곽을 가거나 은근짜[10] 집을 가거나 동관의 색주가 집에 가서 잠자리를 한 일은 없다.

그것은 P의 괴벽이다. 어떠한 여자를 물론하고 그가 정이 들지 아니한 여자이면 절대로 관계를 아니한다는 것이었다.

그 대신 한 번 P의 눈에 들고 따라서 정이 들면 아무것도 돌아보지 아니하고 심각한 열정에 맡기어 완전히 그 여자를 움켜쥐어 버리며 또한 그 여자에게 전부를 내주어 버린다. 그리하여 그는 늘 all or nothing 을 말한다.

이것이 처세상 퍽 이롭지 못한 것을 P도 잘 안다. 또 공연한 승벽이요, 고집인 줄 알건만 그는 그것을 고치지 못한다.

이날 밤에도 그는 그 계집애를 조금도 어떻게 하겠다는 생각은 나지 아니하였다.

술 취한 끝에 속이 괴로우니까 진정을 하자는 판인데 '오십 전, 아니 이십 전도 좋아' 하는 소리에 번쩍 흥분이 된 것이다.

너무도 인간이 단작스럽고[11] 악착스러운 것 같았다. P가 노상 보고 듣는 세상이 돈을 중간에 놓고 악착스럽게 으르릉으르릉 하는 것임을 모르는 바는 아니나 정조 대가로 일금 이십 전을 요구하는 것은 처음 보았다.

P는 그러한 여자가 정조를 파는데 무신경한 것도 잘 알고 있으며 따

---

10) 은근짜 — 몰래 몸을 파는 여자를 속되게 이르는 말.
11) 단작스럽다 — 하는 짓이 보기에 매우 치사스럽고 다라운 데가 있다.

라서 그것이 비도덕이니 어쩌니 하는 것도 아니다. 그의 관점과 해석은 그런 것보다 더 나아간 입장에 있었다.

그러나 '이십 전만 주어도……' 소리에는 이것저것 생각하고 헤아릴 나위도 없었다. 더럽고 얄미우면서도 눈물이 고였다. 삼 원쯤 되는 전 재산을 털어 내던지고 정신 없이 뛰어나온 것이었다.

술 취한 P를 혼자 남겨 둔 H와 M은 골목에 기다리고 서서 있었다. P가 뛰어나오는 것을 보고 그들은 우선 농을 건넨다.

"한 턱 하오."

"장가간 턱 하게."

P는 고개를 흔들었다. 그리고 멍하니 서서 생각을 하였다.

다분의 가면 밑에서 꿈틀거리는 인도주의에 몹시 증오를 느끼는 P는 이날 밤 자기의 행동을 어떻게 해석할지 몰라 괴로워하였다.

내일을 굶어야 할 그 돈이지만 돈이 아까운 것이 아니다. 정조 값으로 이십 전을 주어도 좋다는데 왜 정조는 퇴하고 돈만 있는 대로 털어 주었는가? 왜 눈에 눈물이 고였는가?

8

P는 머리가 띵하고 속이 뉘엿거려 정신을 차릴 수가 없었다. 그는 두 친구에게 인사도 변변히 하지 아니하고 코를 베인 듯이 삼청동으로 올라갔다. 어서 바삐 좀 드러눕고만 싶었던 것이다.

아무리 방구들은 차고 지저분하게 늘어놓았어도 제 처소는 반가운 것이다. 더구나 몸이 괴로운 때는 ──.

P는 누더기 양복이나마 벗으려고도 아니하고 그대로 펴 두었던 이부자리 속에 몸을 파묻었다. 드러누우니 취기가 새삼스레 더하여 영영 옷

벗을 생각도 잊어버리고 그대로 잠이 들었다.

얼마를 자고 났는지 괴로워 부대끼다 못하여 잠이 깨었을 때는 목이 타는 듯이 말랐다. 물은 없다. 물이 없어 못 먹느니라 생각하니 목은 더 말랐다.

밤은 어느 때나 되었는지 짐작할 수가 없다. 전등은 그대로 켜져 있다. 밖에서는 사람 지나다니는 발자국 소리도 들리지 아니한다. 전차 달리는 소리도 들리지 아니하고, 가끔 가다가 자동차의 경적이 딴세상의 소리같이 감감하게 들려 온다.

밤이 깊지 아니했으면 잠긴 안 대문을 두드려 주인 노인에게라도 물을 청하겠지만 깊은 밤에 그리하기도 미안하다. 그것도 방세나 여일하게 내었을제 말이지, 얼굴 대하기를 이편에서 피하는 판에 차마 못 할 일이다. 물지게 장수의 삐득거리는 소리가 들리나 하고 귀를 기울였으나 감감히 소리가 없다.

목은 더욱더욱 말라 들어온다. 입술이 바싹 마르고, 입 안이 침기가 없고, 목구멍이 바삭바삭 소리가 날 듯이 마르고, 그러고는 창자 속까지 말라 내려가는 듯하다.

방금 미칠 듯하다. 눈앞에 용용하게 흘러가는 푸른 한강이 어릿어릿하고, 쏴 쏟아지는 수통 꼭지가 보이는 듯하다.

P는 배고픈 고비는 겪어 보았으나 이다지 목마른 참은 당하기 처음이다.

배는 고프면 기운이 없이 착 가라앉을 뿐이었지만 목이 극도로 마름에는 금세 미치고 후덕후덕 날뛸 것 같다.

일어나서 삼청동 꼭대기로 올라가면 산골짜기의 물도 있고, 또 우물도 있기는 하다. 그러나 이 어두운 밤에 어디가 어디인지 보이지 아니할 테고, 또 우물에는 두레박도 없을 것이다.

겨우겨우 참아가며 몇 시간을 삐댔다. 실상 한 시간도 못 되는 동안이지만 P에게는 여러 시간인 듯만 싶었다.

그런 뒤에 겨우 물지게 소리를 듣고 그는 수통 있는 곳을 찾아 뛰어나갔다.

사정 이야기도 변변히 하지 아니하고 쏟아지는 수통 꼭지에 매달리려 한 동이는 되리 만큼 냉수를 들이켰다. 물장수가 어이가 없어 물끄러미 쳐다보고만 있다가 P의 끔벅하고 돌아서는 등 뒤에다 혀를 끌끌 찬다.

밥보다도 더 다급하게 그립던 물을 실컷 들이켜고 나니 찌뿌드드하게 엉킨 듯 불쾌하던 취기(醉氣)도 적이[12] 걷히고 정신이 말쑥하여졌다.

P는 새삼스레 양복을 벗어 던지고 다시 자리에 파묻혔다. 이제는 잠이 십 리나 달아나고 눈이 초랑초랑해진다. 그러면서 어젯밤 일이 머리에 떠오른다.

그것은 마치 못 먹을 것을 먹은 것처럼 꺼림칙한 기억이다. 아무렇게나 씻어 넘겨 버리재도 그러나 머리 한구석에 박혀 가지고 사라지려 하지 아니하는 어룽[斑點][13]과 같다. 어떻게 해서라도 시원스러운 해석을 내리고 나야 마음이 놓일 것 같다.

정조 대가(貞操代價)로 일금 이십 전을 부르는 여자······.

방금 세상에는 한 번 정조를 빼앗긴 것으로 목숨을 버려 자살하는 여자도 있다. 그러는 한편 '이십 전도 좋소' 하는 여자가 있다.

여자의 정조가 그것을 잃었다고 자살을 하도록 그다지도 고귀한 것이라면 '이십 전에도 팔겠소' 하는 여자가 눈을 멀끔멀끔 뜨고 있는 사실은 무엇으로 설명할 것인가?

또 정조를 '이십 전에라도 팔겠소' 하는 여자가 있도록 그것이 아무

---

12) 적이 — 꽤 어지간히, 얼마간, 다소.
13) 어룽 — 어룽이의 준말. 어룽진 점.

렇지도 아니한 것이라면 그것을 한 번 빼앗긴 때문에 생명을 내버리는 여자가 있는 것은 무엇으로 설명할 것인가?

이 두 여자가 모두 건전한 양식의 소유자라고 볼 수는 없다.

그러나 그 가운데 나무라기로 들면 차라리 정조를 빼앗긴 것으로 자살한 여자를 나무랄 것이지, '이십 전에 팔겠소' 한 여자는 나무랄 수가 없다.

열여섯 살부터 시작하여 이래[14] 삼 년이나 색주가 집으로 굴러 다니는 여자다. 언제 누구에게 귀떨어진 도덕 관념이나 정당한 인생관을 얻어들은 적이 없을 것이다.

술잔을 들고 앉아 한 잔이라도 오는 손님에게 더 먹여 한 푼어치라도 주인의 수입을 도와 주면 칭찬이오니 고만이다.

"고년 어여쁘다. 나하고 ××."
하고 손님이 말하면 그에 좇아 조발(早發)[15] 일지언정 생리적 만족을 얻는 한편 그야말로 단돈 이십 전이라도 벌면 그만이다.

옆에서 그것을 시키기는 할지언정 그것이 나쁘다고 가르쳐 주는 사람이 있을 턱이 없는 것이다. 사실 일반 매춘부가 정조적으로 양심을 가진 듯이 보인다는 것은 그 대부분이 되려 한 가식(假飾)에 지나지 못하는 것이다.

그것은 그들에게 있어서 일종의 정당성을 가진 노동인 것이다. 그러나 그것을 보고 불쌍하다고 여기고 동정을 하는 것은 의문의 패은(佩恩)[16]이다.

지금 세상은 정당한 성도덕(性道德)이 서 있는 때도 아니다. 그것은

---

14) 이래 — 그 뒤로, 어느 일정한 때로부터 지금까지.
15) 조발 — (어떤 꽃이) 다른 꽃보다 일찍 피는 것.
16) 패은 — 입은 은혜를 잊지 않는 것.

한 세대(世代)에 여러 가지의 시대 사조가 얼크러져 있는 때문이다. 그러니까 여자의 정조에 대하여도 일률적으로 선악과 시비를 가릴 수는 없는 것이다.

하룻밤 몸값으로 '이십 전도 좋소' 하는 여자, 그에게는 다른 사람이 갖는 성도덕도 없고 따라서 자신을 타락이래서 슬퍼하지도 아니한다. 그 여자 자신을 나무랄 필요도 없는 것이요, 동정할 여지도 없는 것이다. 그 여자 자신은 결코 불쌍한 사람이 아니다.

예수의 사랑(?)도 아무리 그 사랑이 크고 넓다 했을지언정 그것은 '불쌍한 사람', '죄지은 사람'에게 미칠 수 있는 것이다.

'불쌍하지 아니한', '죄짓지 아니한' 동관의 색주가 계집애에게는 누구의 동정이나 사랑도 일 없는 것이다.

"뭣? 관념적이라고?"

그렇다. 관념적이라도 할 수 없다. 그러나 그것은 그 여자의 주관을 객관화한 것이다.

또 그 병적 현실에 메스를 대는 것은 집단의 역사적 문제이지만 '룸펜 인텔리'의 결백과 흥분쯤으로는 문제가 되지 아니한다.

다만 취객이 삼 원 각수를 던져 주었으므로 해서 그 여자는 감격 없는 기쁨을 맛보았을 뿐일 것이다.

"이게 웬 떡이냐……. 어젯저녁에 꿈이 괜찮더니 이런 땡을 잡을 양으로 그랬구나……. 웬 얼간 망둥이냐."

그 계집애는 응당 그렇게밖에는 더 생각되지 아니하였을 것이다. 그것이 결코 무리가 없는 당연한 일이다.

P는 여기까지 생각하고 입맛 쓴 고소를 띠었다.

"흥! 되지 못하게……. 장님이 눈병 앓는 사람더러 불쌍하다고 한 셈인가."

P는 돌아 누우면서 혀를 끌끌 찼다.

9

일천구백삼십사 년의 이 세상에도 기적이 있다.

그것은 P가 굶어 죽지 아니한 것이다. 그는 최근 일 주일 동안 돈이 생긴 데가 없다. 잡힐 것도 없었고, 어디서 벌이 한 적도 없다. 그렇다고 남의 집 문 앞에 가서 '밥 한 술 주시오' 하고 구걸한 일도 없고, 남의 것을 훔치지도 아니하였다.

그러나 그 동안 굶어 죽지 아니하였다. 야위기는 하였지만 그래도 멀쩡하게 살아 있다.

P와 같은 인생이 이 세상에 하나도 없이 싹 치워진다면 근로하는 사람이 조금은 편해질는지도 모른다. P가 소(小)부르주아지 축에 끼는 인텔리가 아니요, 노동자였더라면 그 동안 거지가 되었거나 비상 수단을 썼을 것이다. 그러나 그에게는 그러한 용기가 없다. 그러면서도 죽지 아니하고 살아 있다. 그렇지만 죽기보다 더 귀찮은 일은 그를 잠시도 해방시켜 주지 아니한다.

그의 아들 창선이를 올려 보낸다고 어제 편지가 왔고, 오늘은 내일 아침에 경성역에 당도한다는 전보까지 왔다.

오정 때 전보를 받은 P는 갑자기 정신이 난 듯이 쩔쩔매고 돌아다니며 돈 마련을 하였다. 최소한도 이십 원은…… 하고 돌아다닌 것이 석양 때 겨우 십오 원이 변통되었다.

종로에서 풍로니 냄비니 양재기니 숟갈이니 무어니 해서 살림 나부랭이를 간단하게 장만하여 가지고 올라오는 길에 전에 잡지사에 있을 때 알게 된 ××인쇄소의 문선과장을 찾아갔다.

월급도 일없고 다만 일만 가르쳐 주면 그만이니 어린아이 하나를 써 달라고 졸라 댔다.
 A라는 그 문선과장은 요리조리 칭탈을 하던 끝에 —— 그는 P가 누구 친한 사람의 집 어린애를 천거하는 줄 알았던 것이다.
 "보통학교나 마쳤나요?"
하고 물었다.
 "아아니요."
 P는 솔직하게 대답하였다.
 "나이 몇인데?"
 "아홉 살."
 "아홉 살?"
 A는 놀라 반문을 하는 것이다.
 "기왕 일을 배울 테면 아주 어려서부터 배워야지요."
 "그래도 너무 어려서 원, 뉘집 애요."
 "내 자식놈이랍니다."
 P는 그래도 약간 얼굴이 붉어짐을 깨달았다. A는 이 말에 가장 놀라운 듯이 입만 벌리고 한참이나 P를 물끄러미 바라다본다.
 "왜 내 자식이라고 공장에 못 보내란 법이 있답디까?"
 "아니, 정말 그래요?"
 "정말 아니고?"
 "괜——히 실없는 소리……. 자제라고 해야 들어 줄 테니까 그러시지?"
 "아니, 그건 그렇잖아요. 내 자식놈야요."
 "그럼 왜 공부를 시키잖구?"
 "인쇄소 일 배우는 것도 공부지."
 "그건 그렇지만, 학교에 보내야지."
 "학교에 보낼 처지가 못 되고 또 보낸댔자 사람 구실도 못할 테니까……."

"거 참 모를 일이오. 우리 같은 놈은 이 짓을 해 가면서도 자식을 공부시키느라고 애를 쓰는데 되려 공부시킬 줄 아는 양반이 보통학교도 아니 마친 자제를 공장엘 보내요?"

"내가 학교 공부를 해 본 나머지 그게 못 쓰겠으니까 자식은 딴공부를 시키겠다는 것이지요."

"글쎄 정 그러시다면 내가 내 자식 진배없이 잘 데리고 있으면서 일이나 착실히 가르쳐 드리리다마는…… 원, 너무 어린데 애처롭잖아요?"

"애처로운 거야 애비된 내가 더하지요만 그것이 제게는 약이니까……."

P는 당부와 치하를 하고 인쇄소를 나왔다. 한짐 벗어놓은 것같이 몸이 가뜬하고 마음이 느긋하였다. 그는 집으로 올라가는 길에 싸전에 쌀 한 말을 부탁하고 호배추도 몇 통 사들었다. 그렁저렁 오 원을 썼다.

십 원 중에 주인 노인에게 육 원을 내주니 입이 귀 밑까지 째진다. 그 끝에 P가 사온 호배추를 내주며 김치를 담가 달라고 하니 선선히 응낙한다. 그리고 자식을 데리고 자취를 하겠다니까 깍두기나 간장이나 된장 같은 것을 아까운 줄 모르고 날라다 주고 한다.

10

이튿날 전에 없이 첫새벽에 일어난 P는 서투른 솜씨로 화롯밥을 지어 놓고 정거장으로 나갔다. 그의 형에게서 온 편지에 S라는 고향 사람이 서울 올라오는 길에 따라 보낸다고 했으니까 P는 창선이보다도 더 낯이 익은 S를 찾았다. 과연 차가 식식거리고 들어서매 인간을 뱉어 내놓는 찻간에서 S가 창선이를 데리고 두리번거리며 내려왔다.

어디서 생겼는지 새까만 고꾸라 양복을 입고 이화표 붙은 학생모자를 쓰고 거기다가 보따리 하나 지고 무엇 꾸린 것을 손에 들고 차에서 내리는 어린아이……. 저게 내 자식이니라 생각하니 P는 어쩐지 속으로 얼굴이 붉어지며 한편 가엾기도 하였다.

S가 두 손에 짐을 가득 들고 두리번거리다가 가까이 온 P를 보고 반겨 소리를 지른다. 창선이가 모자를 벗고 학교식으로 경례를 한다. 얼굴은 너덧 살 적에 보던 것보다 더한층 저의 외가를 닮았다. P는 그것이 몹시 불만이었다.

"그새 재미가 좋았나?"

S의 하는 첫인사다.

"뭘 그저 그렇지……. 괜한 산 짐을 지고 오느라고 애썼네."

P는 이렇게 인사겸 치하를 하였다.

"원 천만에……. 그 애가 나이는 어려도 어떻게 속이 찼는지……. 너, 늬 아버지를 알아보겠니?"

S는 창선이를 돌아보며 웃는다. 창선은 고개를 숙이고 수줍은지 아무 대답도 아니한다.

P는 S와 창선이를 데리고 구름다리로 올라왔다.

"저의 외할머니가 저 양복이야 떡이야 모두 해 가지고 자네댁에까지 오셨더라네……. 오셔서 어제 떠나는데 정거장까지 나오셨는데 여러 가지 신신 당부를 하시데……. 자네에게 전하라고."

S는 P가 그다지 듣고 싶지도 아니한 이야기를 뒤따라오며 늘어놓는다. 그의 가슴에는 옛날의 반감이 솟쳐 올랐다.

"별걱정 다 하던 게로군……. 내 자식 내가 어련히 할까 봐 쫓아다니면서 그래……."

"그래도 노인들이야 어디 그런가……. 객지에서 혼자 있는데 데리고 있기 정 불편하거든 당신께로 도루 보내게 하라고 그러시데……."

"그 집에 내 자식이 무슨 상관이 있어서 보내라는 거야? 보낼 테면 그때 데려 왔을라구?"

P는 그것이 모두 그와 갈린 아내의 조종인 줄 알기 때문에 더구나 심청이 났다. 화가 나는 대로 하면 어린아이가 입고 온 양복도 벗겨 내던지고 싶었으나 꿀꺽 참았다.

11

일찍 맛보지 못한 새살림을 P는 시작하였다.

창선이가 도착한 날 밤. 창선이는 아랫목에서 색색 잠을 자고 있다. 외롭게 꿈을 꾸고 있으려니 생각하매 전에 없던 애정이 솟아 오르는 듯하였다.

이튿날 아침 일찍 창선이를 데리고 ××인쇄소에 가서 A에게 맡기고 안 내키는 발길을 돌이켜 나오는 P는 혼자 중얼거렸다.

"레디메이드 인생이 비로소 임자를 만나 팔리었구나."

〈1934년〉

치숙(痴叔)

 우리 아저씨 말이지요. 아따 저 거시기,[1] 한참 당년에 무엇이냐 그놈의 것, 사회주의라더냐, 막걸리라더냐, 그걸 하다 징역 살고 나와서 폐병으로 시방 앓고 누웠는 우리 오촌 고모부(姑母夫) 그 양반…….
 머, 말두 마시오. 대체 사람이 어쩌면 글쎄…… 내 원!
 신세 간 데 없지요.
 자, 십 년 적공, 대학교까지 공부한 것 풀어 먹지도 못했지요, 좋은 청춘 어영부영 다 보냈지요, 신분(身分)에는 전과자(前科者)라는 붉은 도장 찍혔지요, 몸에는 몹쓸 병까지 들었지요. 이 신세를 해 가지굴랑은 굴 속 같은 오두막집 단칸 셋방 구석에서 사시장철 밤이나 낮이나 눈 따악 감고 드러누웠군요.
 재산이 어디 집 터전인들 있을 턱이 있나요. 서발 막대 내저어야 짚검불 하나 걸리는 것 없는 철빈(鐵貧)[2]인데.
 우리 아주머니가 그래도 그 아주머니가 어질고 얌전해서 그 알뜰한

---

1) 거시기 — 사람이나 사물의 이름이 얼른 떠오르지 않을 때, 그 이름 대신 쓰는 말.
2) 철빈 — 아주 심하게 가난함.

남편 양반 받드느라 삯바느질이야, 남의 집 풀빨래야, 화장품 장사야, 그 칙살스런[3] 벌이를 해다가 겨우겨우 목구멍에 풀칠을 하지요.

어디루 대나 그 양반은 죽는 게 두루 좋은 일인데 죽지도 아니해요.

우리 아주머니가 불쌍해요. 아, 진작 한 나이라도 젊어서 팔자를 고치는 게 아니라, 무슨 놈의 수난 후분[4]을 바라고 있다가 고생을 하는지.

근 이십 년 소박[5]을 당했지요.

이십 년을 젊은 청춘 한숨으로 보내고서 다아 늦게야 송장 여대치게[6] 생긴 그 양반을 그래도 남편이라고 모셔다가는 병 수종 들으랴, 먹고 살랴, 애가 진하고 다니는 걸 보면 참말 가엾어요.

그게 무슨 죄다짐이람? 팔자, 팔자 하지만 왜 팔자를 고치지 못하고서 그래요. 죠선〔朝鮮〕 구식 부인네들은 다아 문명을 못하고 깨지를 못해서 그러지.

그 양반이 한시바삐 죽거나 했으면 우리 아주머니는 차라리 신세 편하리다.

심덕 좋것다, 솜씨 얌전하것다 하니 어디 가선들 제가 일신 못 가누고 편안히 못 지내요? 가만있자, 열여섯 살에 아저씨네 집으로 시집을 갔다니깐 그게 내가 세 살 적이니 꼬박 열여덟 해로군. 열여덟 해면 이십 년 아니오.

그때 우리 아저씨 양반은 나이 어리기도 했지만 공부를 한답시고 서울로, 동경으로 십여 년이나 돌아다녔고, 조금 자라서 색시 재미를 알 만하니까 누가 예쁘달까 봐 이혼하자고 아주머니를 친정으로 쫓고는 통히 불고를 하고……

---

3) 칙살스럽다 — 하는 짓이 얄밉고 단작스럽다.
4) 후분(後分) — 늙바탕의 운수나 처지.
5) 소박(疎薄) — 아내나 첩을 박대하는 것.
6) 여대치다 — 뺨치게 낫다. 능가하다. 더 낫다.

공부를 다 마치고 오더니만 그 담에는 그놈의 짓에 들입다 발광해 다니면서 명색 학생 출신이라는 딴여편네를 얻어 살았지요. 그 여편네는 나도 몇 번 보았지만 상판대기라고 별반 출 수도 없이 생겼습디다. 그 인물로 남의 첩이야. 일색 소박은 있어도 박색 소박은 없다더니, 사실 소박맞은 우리 아주머니가 그 여편네에다 대면 월등 예뻤다우.

그래 그 뒤에 그 양반은 필경 붙들려 가서 오 년이나 전중이[7]를 살았지요. 그 동안에 아주머니는 시집이고 친정이고 모두 폭 망해서 의지가지없이[8] 됐지요.

그러니 어떻게 해요? 자칫하면 굶어 죽을 판인데.

할 수 없이 얻어먹고 살기도 해야 하려니와 또 아저씨 나오는 것도 기다려야 한다고 나를 반연[9]삼아 서울로 올라왔더군요. 그게 그러니까 아저씨가 나오던 전 해로군.

그때 내가 나이는 어려도 두루 날뛴 보람이 있어서 이내 구라다 상네 식모로 들어갔지요.

그 무렵에 참 내가 아주머니더러 여러 번 권면을 했지요. 그러지 말고 개가(改嫁)를 가라고, 글쎄 어린 소견에도 보기에 퍽 딱하고 민망합디다.

계제에 마침 좋은 자리가 있었고요. 미네 상이라고 미스코시[10] 앞에서 바나나 다다키우리[11]를 하는 인데 사람이 퍽 좋아요.

우리 집 다이쇼(主人)도 잘 알고 하는데, 그이가 늘 날더러 죄선 오깜상하구 살았으면 좋겠다고 중매 서 달라고 그래쌌어요.

---

7) 전중이 — 징역살이하는 사람을 속되게 이르는 말.
8) 의지가지없다 — 조금도 의탁할 곳이 없다.
9) 반연(絆緣) — 얽혀서 맺어지는 인연.
10) 미스코시 — 상점 이름으로 여겨짐.
11) 다다키우리— 물건을 값싸게 판매하는 것. 싸구려 판매의 일본어.

돈은 모아 둔 게 없어도 다아 벌어 먹고 살 만하니까 그런 사람 만나서 살면 아주머니도 신세 편할 게 아니냐구요.

그런 걸 글쎄 몇 번 말해도 숭헌 소리 말라고 듣덜 않는 걸 어떡허나요.

아무튼 그런 것 말고라도 참, 흰말이 아니라 이날 이때까지 내가 그 아주머니 뒤도 많이 보아 주었다우. 또 나도 그럴 만한 은공이 없잖아 있구요.

내가 일곱 살에 부모를 잃었지요. 그리고 나서 의탁할 곳이 없이 됐는데 그때 마침 소박을 맞고 친정살이를 하는 그 아주머니가 나를 데려다가 길러 주었지요.

그때만 해도 그 집이 그다지 군색하게 지내든 않았으니깐요. 아주머니도 아주머니지만 종조 할머니며 할아버지도 슬하에 딴자손이 없어서 나를 퍽 귀여워하셨지요.

열두 살까지 그 집에서 자랐군요.

사 년이나마 보통학교도 다녔고.

아마 모르면 몰라도 그 집안이 그렇게 치패(致敗)[12] 하지만 않았으면 나도 그냥 붙어 있어서 시방쯤은 전문학교까지는 다녔으리다.

이런 은공이 있으니까 나도 그걸 저버리지 않고 그래서 내 깜냥[13]에는 갚을만큼 갚느라고 한 셈이지요.

허기야 요새도 간혹 아주머니가 찾아와서 양식 없다는 사정을 더러 하군 하는데 실토[14] 정말이지 좀 성가시기는 해요.

그러는 족족 그 수응을 하자면 내 일을 못 하겠는걸. 그래 대개 잘라

---

12) 치패 — 살림이 아주 결딴나는 것.
13) 깜냥 — 일을 해 낼 만한 능력.
14) 실토(實吐) — 사실대로 말하는 것.

떼기는 하지요.

 그렇지만 그 밖에, 가령 양명절 때면 고깃근이라도 사 보낸다든지, 또 오면가면 이야기 낱이라도 한다든지 그런 걸 결단코 범연히[15] 하든 않으니까요.

 아무튼 그래서 아주머니는 꼬박 일 년 동안 구라다 상네 집 오마니로 있으면서 월급 오 원씩 받는 걸 그래도 고스란히 저금을 하고, 또 틈틈이 삯바느질을 맡아다가 조금씩 벌어 보태고, 또 나올 무렵에 구라다 상네 양주가 퍽 기특하다고 돈 칠 원을 상급(賞給)으로 주고, 그런 게 이럭저럭 돈 백 원이나 존존히 됐지요.

 그 돈으로 방 한 칸 얻고, 살림 나부랭이도 조금 장만하고, 그래 놓고서 마침 그 알량꼴량한 서방님이 뇌어 나오니까 그리로 모셔 들였지요. 뇌어 나오는 날, 나도 가서 보았지만 가막소 문 앞에 막 나서자 아주머니가 기다리고 있으니까 그래도 눈물이 핑! 돌던데요.

 전에 그렇게도 죽을 둥 살 둥 모르고 좋아하던 첩년은 꼴도 안 뵈구요. 남의 첩년이란 건 다아 그런 거지요, 뭐.

 우리 아저씨 양반은 혹시 그 여편네가 오지 않았나 하고 사방을 휘휘 둘러보던데요. 속이 그렇게 없다니까. 여편네는커녕 아주머니하구 나하구 그 외는 어리친 개새끼 한 마리 없더라.

 그래 마악 자동차에 올라타려다가 피를 토했지요. 나중에 들었지만 가막소 안에서 달포 전부터 토혈을 했다나 봐요.

 그래 다아 죽어가는 반송장을 업어 오다시피 해다가 뉘여 놓고, 그날부터 아주머니는 불철 주야로 할 짓 못 할 짓 다해 가면서 부시대고 날뛴 덕에 병도 차차로 차도가 있고, 그러더니 인제는 완구히 살아는 났지요. 뭐 참, 시방은 용꼴인걸요, 용꼴.

---

14) 범연히 — 차근차근한 맛이 없이 데면데면히.

부인네 정성이 무서운 겝니다.

꼬박 삼 년이군. 나 같으면 돌아가신 부모가 살아오신 대도 그짓 못 해요.

자, 그러니 말이지요. 우리 아저씨라는 양반이 작히나[16] 양심이 있고 다아 그럴 양이면, 어어허 내가 어서 바삐 몸이 충실해져서 어서 바삐 돈을 벌어다가 저 아내를 편안히 거느리고 이 은공과 전날의 죄를 갚아야 하겠구나…… 이런 맘을 먹어야 할 게 아니나요?

아주머니의 은공을 갚자면 발에 흙이 묻을세라 업고 다녀도 참 못 다 갚지요.

그러고저러고 간에 자기도 인제는 속 차려야지요. 허기야 속을 차려서 무얼 하재도 전과자이니까 관리나 또 회사 같은 데는 들어가지 못하겠지만 그야 자기가 저지른 일인 걸 누구를 원망할 일도 아니고, 그러니 막 벗어 붙이고 노동이라도 해야지요.

대학교 출신이 막벌이 노동이란 게 꼴 가관이지만 그래도 할 수 없지, 뭐.

그런 걸 보고 가만히 나를 생각하면, 만일 우리 종조 할아버지네 집안이 그렇게 치패를 안 해서 나도 전문학교나 대학교를 졸업을 했으면 혹시 우리 아저씨 모양이 됐을지도 모를 테니 차라리 공부 많이 않고서 이 길로 들어선 게 다행이다…… 이런 생각이 들어요.

사실 우리 아저씨 양반은 대학교까지 졸업하고도 인제는 기껏 해먹을 게 막벌이 노동밖에 없는데, 요 보통학교 사 년 겨우 다니고서도 시방 앞길이 환히 트인 내게다 대면 고즈가이[17]만도 못 하지요.

아, 그런데 글쎄 막벌이 노동을 하고 어쩌고 하기는커녕 조끔 바시시

---

16) 작히나 — '여북이나, 오죽이나' 등의 뜻으로 혼자 느끼거나 물을 때에 쓰는 말.
17) 고즈가이 — '사환·용돈' 등의 일본어로 하찮음을 비유한 말.

살아날 만하니까 이 주책꾸러기 양반이 무슨 맘보를 먹는고 하니, 내 참 기가 막혀!

아아니, 그 놈의 것하구는 무슨 대천지 원수가 졌단 말인지? 어쨌다고 그걸 끝끝내 하지 못해서 그 발광인고?

그러나마 그게 밥이 생기는 노릇이란 말이지? 명예를 얻는 노릇이란 말이지? 필경은 붙잡혀 가서 징역 사는 노름?

아마 그놈의 것이 아편하구 꼭 같은가 봐요. 그렇길래 한 번 맛을 들이면 끊지를 못하지요.

그렇지만 실상 알고 보면 그게 그다지 재미가 난다거나 맛이 있다거나 그런 것도 아니더군 그래요. 불한당[18] 패던데요. 하릴없이[19] 불한당 팹디다.

저어 서양 어디선가 일하기 싫어하는 게으름뱅이 몇 놈이 양지쪽에 모여 앉아서 놀고 먹을 궁리를 했더라나요. 우리 집 다이쇼가 다아 자상하게 이야기를 해 줍디다.

게, 그 녀석들이 서로 구논을 하기를, 자, 이 세상에는 부자가 있고 가난한 사람이 있고 하니 그건 도무지 공평한 일이 아니다. 사람이란 건 이목 구비하며 사지육신을 꼭같이 타고 났는데 누구는 부자로 잘 살고 누구는 가난하다니 그게 될 말이냐. 그런 부자가 가진 것을 우리 가난한 사람들 하구 다같이 고루게 나눠 먹어야 경우가 옳다.

야아, 그거 옳은 말이다. 야! 그 말 좋다. 자, 나눠 먹자.

아, 이렇게 설도를 해 가지고 우우 하니 들고 일어났다는군요.

아아니, 그러니 그게 생 날불한당 놈의 짓이 아니고 무어요?

사람이란 것은 제가끔 분지복이 있어서 기수(基數)를 잘 타고나든지

---

18) 불한당 — 떼 지어 돌아다니는 강도.
19) 하릴없다 — 어떻게 할 도리가 없다. 조금도 틀림이 없다.

부지런하면 부자가 되는 법이요, 복록을 못 타고 나든지 게으른 놈은 가난하게 사는 법이요, 다아 이렇게 마련인데 그거야말루 공평한 천리인 것을 딥다[20] 불공평하다는 게 될 말이오? 그리구서 억지로 남의 것을 뺏아 먹자고 들다니 그놈들이 불한당이지 무어요.

짓이 불한당 짓일 뿐만 아니라, 또 만약에 그러기로 들면 게으른 놈은 점점 더 게으름만 부리고 쫓아다니면서 부자 사람네가 가진 것만 뺏아 먹을 테니 이 세상은 통으로 도적놈의 판이 될 게 아니오? 그나마 부자 사람네가 모아 둔 걸 다아 뺏기고 더는 못 먹어 내는 날이면 그때는 이 세상 망하는 날이 아니오?

제마다 남이 농사지어 놓으면 그걸 뺏아 먹으려고 일 않고 번둥번둥 놀 것이고, 남이 옷감 짜 놓으면 그걸 뺏아다가 입으려고 번둥번둥 놀 것이고 그럴 테니, 대체 곡식이며 옷감이며 그런 것이 다아 어디서 나올 데가 있어야지요. 세상 망할밖에!

글쎄 그놈의 짓이 그렇게 세상 망쳐 놓을 장본인 줄은 모르고서 가난한 놈들 —— 그 중에도 일하기 싫은 게으름뱅이들이 위선 당장 부잣집 사람네 것을 뺏아 먹는다니까 거기 혹해 가지굴랑 너두나두 와—하니 참석을 했다는구려.

바루 저 아라사[21]가 그랬대요.

그래서 아니나다를까 농군들이 곡식을 안 만들기 때문에 사람이 수만 명씩 굶어 죽는다구요. 빠안한 이치지 뭐.

위선 먹기는 곶감이 달다고 그 지랄들을 했다가 잘코사니[22]야!

아, 그런데 그 못된 놈의 풍습이 삽시간에 동서양 각국 안 간 데 없이

---

20) 딥다 — '들입다'의 준말.
21) 아라사(俄羅斯) — '노서아(露西亞)'의 구칭. 러시아.
22) 잘코사니 — 미운 사람의 불행을 고소하게 여길 때 하는 소리.

퍼져 가지굴랑 한동안 내지에도 마구 굉장히 드세게 돌아다녔고, 내지가 그러니까 멋도 모르는 죄선 영감상들도 덩달아서 그 숭내를 냈다나요.

그렇지만 시방은 그새 나라에서 엄하게 밝히고 금하고 한 덕에 많이 머츰해졌고, 그런 마음 먹는 사람은 별반 없다나 봐요.

그럴 게지 글쎄. 아, 해서 좋을 양이면야 나라에선들 왜 금하며, 무슨 원수가 졌다고 붙잡아다가 징역을 살리나요.

좋고 유익한 것이면 나라에서 도리어 장려하고 잘 할라치면 상급도 주고 그러잖아요.

활동 사진이며 스모[23]며 만자이[24]며 또 왓쇼왓쇼랄지 세이레이나가시[25]랄지 라디오 체조랄지 이런 건 다아 유익한 일이니까 나라에서 설도도 하고 그러잖아요.

나라라는 게 무언데? 그런 걸 다아 잘 분간해서 이럴 건 이러고 저럴 건 저러라고 지시하고 그 덕에 백성들을 제가끔 제 분수대루 편안히 살두룩 애써 주는 게 나라 아니오?

그놈의 것 사회주의만 하더라도 나라에서 금하들 않고 저희가 하는 대루 두어 두었어 보아? 시방쯤 세상이 무엇이 됐을지……. 다른 사람들도 낭패본 사람이 많았겠지만 위선 나만 하더래도 글쎄 어쩔 뻔했어! 아무 일도 다 틀리고 뒤죽박죽이지.

내 이상과 계획은 이렇거든요.

우리 집 다이쇼가 나를 자별히 귀여워하고 신용을 하니깐 인제 한 십 년만 더 있으면 한 밑천 들여서 따루 장사를 시켜 줄 눈치거든요.

---

23) 스모 — 일본 씨름.
24) 만자이 — 두 사람이 주고받는 만담, 재담.
25) 왓쇼왓쇼, 세이레이나가시 — 당시에 국가에서 장려(獎勵)하던 운동으로 여겨짐.

그렇거들랑 그것을 언덕삼아 가지고 나는 삼십 년 동안 예순 살 환갑까지만 장사를 해서 꼭 십만 원을 모을 작정이지요. 십만 원이면 죠선 부자로 쳐도 천석꾼이니 머, 떵떵거리구 살 게 아니냐구요.

그리고 우리 다이쇼도 한 말이 있고 하니까 나는 내지인 규수한테로 장가를 들래요. 다이쇼가 다아 알아서 얌전한 자리를 골라 중매까지 서준다고 그랬어요. 내지 여자가 참 좋지요.

나는 죠선 여자는 거져 주어도 싫어요.

구식 여자는 얌전은 해도 무식해서 내지인하구 교제하는데 안 됐고, 신식 여자는 식자나 들었다는 게 건방져서 못 쓰고, 도무지 그래서 죠선 여자는 신식이고 구식이고 다아 제에발이야요.

내지 여자가 참 좋지 머. 인물이 개개 일자로 예쁘것다, 얌전하것다, 상냥하것다, 지식이 있어도 건방이지 않것다, 조음이나 좋아!

그리고 내지 여자한테 장가만 드는 게 아니라 성명도 내지인 성명으로 갈고, 집도 내지인 집에서 살고, 옷도 내지 옷을 입고, 밥도 내지식으로 먹고, 아이들도 내지인 이름을 지어서 내지인 학교에 보내고…….

내지인 학교래야지, 죠선 학교는 너절해서 아이들 버려 놓기가 꼭 알맞지요.

그리고 나도 죠선 말은 싹 걷어치우고 국어만 쓰고요.

이렇게 다아 생활 법식부텀도 내지인처럼 해야만 돈도 내지인처럼 잘 모으게 되거든요.

내 이상이며 계획은 이래서 이십만 원짜리 큰 부자가 바로 내다뵈고, 그리루 난 길이 환하게 트이고 해서 나는 시방 열심히 길을 가고 있는데 글쎄 그 미쳐 살기 든 놈들이 세상 망쳐 버릴 사회주의를 하려 드니 내가 소름이 끼칠 게 아니냐구요? 말만 들어도 끔찍하지!

세상이 망해서 뒤집히면 그래 나는 어쩌란 말이구? 아무것도 다아 허사가 될 테니 그런 억울할 데가 있더람?

머 참, 우리 집 다이쇼 말이 일일이 지당해요.

어느 절도나 강도나 사기나 그런 죄는 도적이면 도적을 해 가는 그 당장 그 돈만 축을 내니까 오히려 죄가 가볍지만, 그놈의 것 사회주의인지 지랄인지는 온 세상을 뒤죽박죽을 만들어 놓고 나라를 통째로 소란하게 하니까 도저히 용서할 수가 없대요.

용서라니! 나 같으면 그런 놈들은 모조리 쓸어다가 마구 그저 그냥……

그런 일을 생각하면 털어놓고 말이지, 우리 아저씬가 그 양반도 여간 불측스리[26] 뵈들 않아요. 사실 아주머니만 아니면 내가 무슨 천주학이라고, 나쁜 병까지 앓는 그 양반을 찾아다니나요. 죽는대도 코도 안 풀어 부칠걸. 그러나마 전자의 죄상을 다아 회개를 하고 못된 마음을 씻어 버렸을세 말이지, 머 흰개 꼬리 삼 년이라더냐, 종시 그 모양인걸요.

그러니깐 그가 밉살머리스러워서 더러 들렀다가 혹시 마주 앉아도 위정 뼈끝 저린 소리나 내쏘아 주고 말을 따잡아 가지굴랑 꼼짝도 못하게끔 몰아세우군 하지요.

저번에도 한 번 혼을 단단히 내주었지요. 아, 그랬더니 아주머니더러 한다는 소리가 그 녀석 사람 버렸더라고, 아무 짝에도 못 쓰게 길이 들었더라고 그러더라나요.

내 원, 그 소리를 듣고 하두 어처구니가 없어서!

대체 사람도 유만 부동(類萬不同)이지. 그 아저씨가 날더러 사람 버렸느니 아무 짝에도 못 쓰게 길이 들었느니 하더라니, 원 입이 몇 개나 되면 그런 소리가 나오는 구멍도 있누? 죄선 벙어리가 다아 말을 해도 나 같으면 할 말 없겠더구먼서두, 하면 다아 말인 줄 아나 봐?

이를테면 그게 명색 훈계 비슷한 것이렷다. 내게다가 맞대놓고 그런

---

26) 불측하다 — (생각이나 행동이) 괘씸하고 엉큼하다. 미리 헤아릴 수 없다.

소리를 하다가는 되잡혀서 혼이 날 테니까 슬며시 아주머니더러 이르란 요량이던 게지?

기가 막혀서……. 하느님이 사람의 콧구멍 두 개로 마련하기 참 다행이야.

글쎄 아무려면 내가 자기처럼 다아 공부는 못 하고 남의 집 고조 노릇으로, 반토(番頭) 노릇으로 이렇게 굴러 먹을 값에 이래 보여도 표창을 두 번이나 받은 모범 점원이요, 남들이 똑똑하고 재주 있고 얌전하다고 칭찬이 놀랍고 앞길이 환히 트인 유망한 청년인데, 그래 자기 눈에는 내가 버린 놈이고 아무 짝에도 못 쓰게 길이 든 놈으로 보였단 말이지?

하하, 오옳지! 거 참 그렇겠군. 자기는 자기 하는 짓이 옳으니까 나의 하는 짓은 다아 글렀단 말이렷다. 그러니까 나도 자기처럼 그놈의 것, 사회주의인지 급살맞은 것인지나 하다가 징역이나 살고 전과자나 되고 폐병이나 앓고 다아 그랬더라면 사람 버리지도 않고 아무 짝에도 못 쓰게 길든 놈도 아니고 그럴 뻔했군 그래!

흥! 참…… 제 밑 구린 줄 모르고서 남더러 어쩌구저쩌구 한다는 게 꼭 우리 아저씨 그 양반을 두고 이른 말인가 봐.

그날도 실상 이랬더라우. 혼을 내주었더니 아주머니더러 그런 소리를 하더란 그날 말이오. 그날이 마침 내가 쉬는 날이길래 아주머니더러 할 이야기도 있고 해서 아침결에 좀 들렀더니 아주머니는 남의 혼인집으로 바느질을 해 주러 갔다고 없고, 아저씨 양반만 여전히 아랫목에 가서 드러누웠어요.

그런데 보니깐 어디서 모두 뒤져 냈는지 머리맡에다가 헌 언문 잡지를 수북이 쌓아 놓고는 그걸 뒤져요.

그래 나도 심심삼아 한 권 집어들고 떠들어보았더니 머 읽을 맛이 나야지요.

대체 죄선 사람들은 잡지 하나를 해도 어찌 모두 그 꼬락서니로 해

놓는지.

 사진도 없지요. 망가(漫畵)도 없지요. 그리구는 맨판 까달스런 한문 글자로다가 처박아 놓으니 그걸 누구더러 보란 말인고? 더구나 우리 같은 놈은 언문도 그런 대루 뜯어보기는 보아도 읽기에 여간만 폐롭지[27]가 않아요.

 그러니 어려운 언문하고 까다로운 한문하고를 섞어서 쓴 글은 뜻을 몰라 못 보지요. 언문으로만 쓴 것은 소설 나부랭이인데 읽기가 힘이 들 뿐 아니라 또 죄선 사람이 쓴 소설이란 건 재미가 있어야죠. 나는 죄선 신문이나 죄선 잡지하구는 담 쌓고 남 된 지 오랜걸요.

 잡지야 머 「킹구」나 「쇼넹구라부」 덮어 먹을 잡지가 있나요. 참 좋아요. 한문 글자마다 가나를 달아 놓았으니 어떤 대문을 척 펴들어도 술술 내리읽고 뜻을 휙 하니 알 수가 있지요.

 그리고 어떤 대문을 읽어도 유익한 교훈이나 재미나는 소설이지요.

 소설 참 재미있어요. 그 중에도 기쿠지 캉 소설…… 어쩌면 그렇게도 아기자기하고도 달콤하고도 재미가 있는지. 그리고 요시가와 에이지, 그의 소설은 진치바라바라[28] 하는 지다이모노[29] 인데 마구 어깻바람이 나구요.

 소설이 모두 그렇게 재미가 있지요, 망가가 많지요, 사진이 많지요, 그리구두 값은 조금 헐하나요. 십오 전이면 바루 고 전달치를 사 볼 수 있고, 보고 나서는 오전에 도루 파는데요.

 잡지도 기왕 하려거든 그렇게나 해야지, 죄선 사람들은 제엔장 큰소리는 곧잘 하더구만서두 잡지 하나 반반한 거 못 만들어 내니!

---

27) 폐롭다 — 성가시고 귀찮다. 성미가 까다롭다.
28) 진치바라바라 — '지혜가 가득한, 재치가 넘치는' 이라는 뜻의 일본어.
29) 지다이모노 — 역사 소설을 가리키는 일본어.

그날도 글쎄 잡지가 그 꼴이라 애여 글을 볼 멋도 없고 해서 혹시 망가나 사진이라도 있을까 하고 책장을 후르르 넹기느라니깐 마침 아저씨 이름이 있겠다요. 하두 신통해서 쓰윽 펴들고 보았더니 제목이 첫 줄은 경제, 사회…… 무엇 어쩌구 잔 주를 달아놨겠지요.

그것만 보아도 벌써 그럴 듯해요. 경제는 아저씨가 대학교에서 경제를 배웠다니까 경제 속은 잘 알 것이고, 또 사회는 그것 역시 사회주의를 했으니까 그 속도 잘 알 것이고, 그러니까 경제하고 사회주의하고 어떻게 서루 관계가 되는 것이며, 어느 편이 옳다는 것이며, 그런 소리를 썼을 게 분명해요.

머, 보나 안 보나 빠안하지요. 대학교까지 가설랑 경제를 배우고도 돈 모을 생각은 않고서 사회주의만 하고 다닌 양반이라 경제가 그르고 사회주의가 옳다고 우겨댔을 게니깐요.

아무렇든 아저씨가 쓴 글이라는 게 신기해서 좀 보아 볼 양으로 쓰윽 훑어봤지요. 그러나 웬걸 읽어 먹을 재주가 있나요. 글자는 아주 어려운 자만 아니면 대강 알기는 알겠는데 붙여 보아야 대체 무슨 뜻인지를 알 수가 있어야지요.

속이 상하길래 읽어 보자던 건 작파[30]하고서 아저씨를 좀 따잡고 몰아셀 양으로 그 대목을 차알 펴 놨지요.

"아저씨?"

"왜 그러니?"

"아저씨가 여기다가 경제 무어라구 쓰구, 또 사회 무어라구 썼는데, 그러면 그게 경제를 하란 뜻이오, 사회주의를 하라는 뜻이오?"

"뭐?"

못 알아듣고 뚜렷뚜렷해요. 자기가 쓰고도 오래 돼서 다아 잊어버렸

---

30) 작파 — (하던 일이나 계획을) 그만두어 버리는 것.

거나 혹시 내가 말을 너무 까다롭게 내기 때문에 섬뻑 대답이 안 나왔거나 그랬겠지요. 그래서 다시 조곤조곤 따졌지요.

"아저씨! 경제란 것은 돈 모아서 부자되라는 거 아니오. 그런데 사회주의란 것은 모아 둔 부자 사람의 돈을 뺏아 쓰는 거 아니오?"

"이 애가 시방!"

"아아니, 들어 보세요."

"너, 그런 경제학, 그런 사회주의, 어디서 배웠니?"

"배우나마나 경제란 건 돈 많이 벌어서 애껴 쓰구 나머지 모아 두는 게 경제 아니오?"

"그건 보통 경제한다는 뜻으로 쓰는 경제고, 경제학이니 경제적이니 하는 건 또 다르다."

"다른 게 무어요? 경제는 돈 모으는 것이고, 그러니까 경제학이면 돈 모으는 학문이지요."

"아니란다. 혹시 이재학(理財學)이라면 돈 모으는 학문이라고 해도 근리(近理)할지 모르지만 경제학은 그런 게 아니란다."

"아아니 그렇다면 아저씨, 대학교 잘못 다녔소. 경제 못 하는 경제학 공부를 오 년이나 했으니 그저 무어란 말이오? 아저씨가 대학교까지 다니면서 경제 공부를 하구두 왜 돈을 못 모으나 했더니 이제 보니깐 공부를 잘못해서 그랬군요!"

"공부를 잘못했다? 허허, 그랬을는지도 모르겠다. 옳다, 네 말이 옳아!"

이거 봐요 글쎄, 단박 꼼짝 못 하잖나. 암만 대학교를 다니고 속에는 육조를 배포했어도 그렇다니깐 글쎄…….

"아저씨?"

"왜 그러니?"

"그러면 아저씨는 대학교를 다니면서 돈 모아 부자되는 경제 공부를 한 게 아니라 모아 둔 부자 사람네 돈 뺏아 쓰는 사회주의 공부를 했으니 말이지요……."
 "너는 사회주의가 무얼루 알구서 그러냐?"
 "내가 그까짓 걸 몰라요?"
 한바탕 주욱 설명을 했지요. 내 얼굴만 물끄러미 올려다보고 누웠더니 피쓱 한 번 웃어요. 그리고는 그 양반이 하는 소리겠다오.
 "그게 사회주의냐, 불한당이지."
 "아아니, 그럼 아저씨두 사회주의가 불한당인 줄은 아시는구려?"
 "내가 어째 사회주의가 불한당이랬니?"
 "방금 그러잖았어요?"
 "글쎄, 그건 사회주의가 아니라 불한당이란 그 말이다."
 "거 보시우! 사회주의란 것은 그렇게 날불한당이여요. 아저씨두 그렇다구 하면서 아니시래요?"
 "이 애가 시방 입심 겨룸을 하재나?"
 이거 봐요. 또 꼼짝 못 하지요? 다아 이래요, 글쎄…….
 "아저씨?"
 "왜 그러니?"
 "아저씨두 맘 달리 잡수시오."
 "건 어떻게 하는 말이야?"
 "걱정 안 되시우?"
 "나 같은 사람이 걱정이 무슨 걱정이냐? 나는 네가 걱정이더라."
 "나는 머 버젓하게 요량이 있는걸요."
 "어떻게?"
 "이만저만한가요!"
 또 한바탕 주욱 설명을 했지요. 이 얘기를 다아 듣더니 그 양반 한다는 소리 좀 보아요.

"너두 딱한 사람이다!"
"왜요?"
"……….."
"아아니, 어째서 딱하다구 그러시우?"
"……….."
"네? 아저씨."
"……….."
"아저씨?"
"왜 그래?"
"내가 딱하다구 그러셨지요?"
"아니다. 나 혼자 한 말이다."
"그래두……."
"이 애?"
"네?"
"사람이란 것은 누구를 물론허구 말이다, 아첨하는 것같이 더러운 게 없느니라."
"아첨이오?"
"저…… 위로는 제왕, 밑으로는 걸인, 그 모든 사람이 위선 시방 이 제도의 이 세상에서 말이다, 제가끔 제 분수대루 살아가는데 있어서 말이다, 제 개성을 속여 가면서꺼정 생활에다가 아첨하는 것같이 더러운 것이 없고, 그런 사람같이 가련한 사람은 없느니라. 사람이란 건 밥 두 그릇이 밥 한 그릇보다 더 배가 부른 건 아니니까."
"그건 무슨 뜻인데요?"
"네가 일본인 여자와 결혼을 해서 성명까지 갈고 모든 생활 법도를 일본화하겠다는 것이 말이다."
"네, 그게 좋잖아요?"

"그것이 말이다. 진실로 깊은 교양이나 어진 지혜의 판단에서 우러나온 것이라면 그도 모를 노릇이겠지. 그렇지만 나는 보매 네가 그런다는 것은 다른 뜻으로 그러는 것 같다."

"다른 뜻이라니오?"

"네 주인의 비위를 맞추고 이웃의 비위를 맞추고 하자고……."

"그야 물론이지요! 다이쇼의 신용을 받아야 하고, 이웃 내지인들하구 두 좋게 지내야지요. 그래야 할 게 아니겠어요?"

"………."

"아저씨는 아직두 세상 물정을 모르시오. 나이는 나보담 많구, 대학교 공부까지 했어도 일찌감치 고생살이를 한 나만큼 세상 물정은 모릅니다. 시방이 어느 세상인데 그러시우?"

"이 애?"

"네?"

"네가 방금 세상 물정이랬지?"

"네."

"앞길이 환하게 틔었다구 그랬지?"

"네."

"환갑까지 십만 원 모은다구 그랬지?"

"네."

"네가 말하려는 세상 물정하구 내가 말하려는 세상 물정하구 내용이 다르기도 하지만 세상 물정이란 건 그야말로 그리 만만한 게 아니다."

"네?"

"사람이란 건 제 아무리 날구 뛰어도 이 세상에 형적 없이, 그러나 세차게 주욱 흘러가는 힘—— 그게 말하자면 세상 물정이겠는데—— 결국 그것의 지배하에서 그것을 따라가지 별수가 없는 거다."

"네?"

"쉽게 말하면 계획이나 기회를 아무리 억지루 만들어 놓아도 결과가 뜻대루는 안 된단 말이다."

"젠장, 아저씨두……. 요전 킹구라는 잡지에두 보니까 나폴레옹이라는 서양 영웅이 그랬답디다. 기회는 제가 만든다구, 그리고 불가능이란 말은 바보의 사전에서나 찾을 글자라구요. 아, 자꾸자꾸 계획하구 기회를 만들구 해서 분투 노력해 나가면 이 세상 일 안 되는 일이 어디 있나요? 한 번 실패하거든 갑절 용기를 내 가지구 다시 일어서지요. 칠전 팔기 모르시오?"

"나폴레옹도 세상 물정에 순응할 때는 성공했어도 그것에 거슬리다가 실패를 했더란다. 너는 칠전 팔기해서 성공한 몇 사람만 보았지, 여덟 번 일어섰다가 아홉 번째 가서 영영 쓰러지구는 다시 일어나지 못한 숱한 사람이 있는 건 모르는구나."

"그래두 인제 두구 보시우. 나는 천하 없어두 성공하구 말 테니……. 아저씨는 그래서 더구나 못써요. 일해 보기두 전에 안 될 줄로 낙심 먼저 하구……."

"하늘은 꼭 올라가 보구래야만 높은 줄 아니?"

원, 마지막 가서는 할 소리가 없으니깐 동에도 닿지 않는 비유를 가져다 돌려대는 걸 보아요. 그게 어디 당한 말인구? 안 올라가 보면 머 하늘 높은 줄 모를 천하 멍텅구리도 있을까. 그만해 두려다가 심심하길래 또 말을 시켰지요.

"아저씨?"

"왜 그래?"

"아저씨는 인제 몸 다아 충실해지면 어떡허실려우?"

"무얼?"

"장차……."

"장차?"

"어떡허실 작정이세요?"
"작정이 새삼스럽게 무슨 작정이냐?"
"그럼 아저씨는 아무 걱정 없이 살아가시우?'
"없기는?"
"있어요?"
"있잖구?"
"무언데요?"
"그새 지내오던 대로……"
"그러면 저 거시기, 무엇이냐 도루 또 그걸……?"
"그렇겠지."
"아저씨?"
"………"
"아저씨?"
"왜 그래?"
"인제 그만두시우."
"그만두라구?"
"네."
"누가 심심 소일루 그러는 줄 아느냐?"
"그렇잖구요?"
"………"
"아저씨?"
"………"
"아저씨?"
"왜 그래?"
"아저씨, 올해 몇이지요?"
"서른셋."

"그러니 인제는 그만큼 해 두고 맘 잡아서 집안일 할 나이두 아니오?"
"집안일을 해서 무얼 하나?"
"그러기루 들면 그짓은 해서 또 무얼 하나요?"
"무얼 하려고 하는 게 아니란다."
"그럼, 아무 희망이나 목적이 없으면서 그래요?"
"목적? 희망?"
"네."
"개인의 목적이나 희망은 문제가 다르니까……, 문제가 안 되니까……."
"원, 그런 법도 있나요?"
"법?"
"그럼요!"
"법이라……."
"아저씨?"
"………."
"아저씨?"
"왜 그래?"
"아주머니가 고맙잖습디까?"
"고맙지."
"불쌍하지요?"
"불쌍? 그렇지, 불쌍하다면 불쌍한 사람이지!"
"그런 줄은 아시누만?"
"알지."
"알면서 그러시우?"
"고생을 낙으로, 그 쓰라린 맛을 씹고 씹고 하면서 그것에서 단맛을 알아 내는 사람도 있느니라. 사람도 있는 게 아니라 사람마다 무슨 일에고 진정과 정신을 꼬박 거기다가만 쓰면 그렇게 되는 법이니라. 그러니까 그쯤되면 그때는 고생이 낙이지. 너희 아주머니만 두고 보더라도 고생이 고생이면서도 고생이 아니고 고생하는 게 낙이란다."

"그렇다고 아저씨는 그걸 다행히만 여기시우?"

"아아니."

"그렇거들랑 아저씨두 아주머니한테 그 은공을 더러는 갚아야 옳을 게 아니오?"

"글쎄, 은공을 모르는 건 아니지만……"

"그러니 인제 병이나 확실히 다아 나신 뒤엘라컨……"

"바뻐서 원……"

글쎄 이 한다는 소리 좀 보지요? 시치미 뚜욱 떼고 누워서 바쁘다는군요! 사람 속 차릴 여망 없어요. 그저 어디루 대나 손톱 만큼도 쓸모는 없고 남한테 사폐만 끼치고 세상에 해독만 끼칠 사람이니. 머 하루바삐 죽어야 해요. 죽어야 하고 또 죽어서 마땅해요. 그런데 글쎄 죽지를 않고 꼼지락꼼지락 도루 살아나니 성화라구는, 내…….

〈1938년〉

두 순정(純情)

1

　산중이라 그렇기도 하겠지만 절간의 밤은 초저녁이 벌써 삼경[1]인 듯 깊다.
　윗목 한편 구석으로 꼬부리고 누워 자는 상좌[2]의 조용하고 사이 고른 숨소리가 마침 더 밤의 조촐함을 돕는다.
　바깥은 산비탈의 참나무 숲, 솨아 때때로 이는 바람이 한참 제철진 낙엽을 우수수 날려 흩뜨린다.
　바람이 지나가고 나면 이어 어디선지 모르게 싸늘한 찬기운이 방 안으로 스며들어 등잔의 들기름 불을 위태로이 흔들어 놓는다. 가느다란 등잔불이 흔들릴 때마다 아랫목 벽에는 노장의 검은 그림자가 커다랗게 얼씬거린다.

---

1) 삼경(三更) — 하룻밤을 다섯으로 나눈 셋째의 시각. 밤 11시부터 새벽 1시까지의 동안. 한밤중.
2) 상좌(上佐) — (불) 행자. 사승(師僧)의 대를 이을 여럿 가운데 높은 사람.

이야기를 시초만 내다가 말고서 합장을 하고 눈을 감고 앉았는 노장은 언제까지고 움직일 줄을 모른다.
　머리는 곱게 밀어 맨살같이 연하다. 수긋이 숙인 그 머릿길 없는 머리와 이마 위로는 무엇인지 모를 슬픔이 흐르는 듯 드리워 있다.
　하얗게 센 눈썹이 갖다 붙인 것 같다. 길기도 길어 한 치[3]는 넉넉 되는 성부르다.
　은실을 심은 듯 고운 수염이 그리 터북하지 않아서 더욱 해맑다.
　얼굴은 가는 주름살이 골고루 덮이고 티끌 하나 없이 몹시도 청아하다. 그 청아한 품이 지나치게 잘 그린 그림같이 방금 숨을 쉬는 산 사람의 얼굴인가 싶질 않다.
　그렇거니 하고 보노라면 어쩌면 숨도 하마 쉬지 않느니라 싶어진다. 숙인 이마, 감은 눈, 합장한 손, 모두 저 오랜 옛적부터 이렇게 그리고 앞으로 영겁(永劫)[4]까지 이렇게 이마를 숙이고 눈을 감고 손을 합장하고 앉았을 한 폭의 슬픈 그림이 아니던가 하는 환각(幻覺)을 일으킬 듯 정적의 한동안이 계속되고 있다. 나는 혼자 어떤 내력 모를 비극의 전설을 눈으로 보는 것 같은 이 노승의 그렇듯 비애가 흐르는 정적의 풍모에만 온갖 정신이 쏠려, 그가 꺼내다가 만 이야기끝을 기다리기도 잊어버렸다.
　얼마를 그러고 있었는지 모른다.
　이윽고 노장의 입술이 가느다랗게 움직이면서 소리도 들릴락말락,
　"나아무아미타아불, 관세음보살!"
　말은 염불이나 음성은 탄식하듯 하염없다.
　"어서 지무실걸!"

---

[3] 치 ─ 길이의 단위. 한 자의 1/10.
[4] 영겁 ─ (불) 영원한 세월. 백겁.

노장은 합장했던 손을 내리고 조용히 눈을 뜨다가 나를 보고 혼잣말하듯 중얼거린다. 주인된 인삿상이겠지, 눈초리와 입가로 미소가 드러난다.

"네, 아직 졸리지두 않구. 그리구……."

나는 아닌 변명을 하면서 아주 웃는 걸로 무료함을 껐다.

"……또 하시던 이야기두 마저 듣구 싶어서……."

"허허, 그만 이야기가 무어 그리 들음직한 게 있다구……."

"아니, 재미있습니다. 어디 그 다음을 마저 좀……."

"허허, 재미가 무슨……. 저엉 듣고자 하시면 하기는 하리다마는, 나두 원 들은 지가 하두 오래서……."

노장은 아까 맨 처음에 하던 변명을 또 하고 있다. 이야기가 자기의 소경사가 아닌 양으로 하자함이다.

실상 오늘 우연히 유산(遊山)[5]을 나왔던 길인데, 다른 일행은 아래 절에서 유하고 있고, 나는 전부터 이곳에 이상한 노승이 있다는 말을 들었던 터라 위정 혼자만이 암자를 찾아 올라와서 시방 그로 더불어 하룻밤을 지내게 된 것이다.

"게, 그래서…… 가만있자, 내가 어디까지 이야기를 했던가! 아, 오옳지, 응응……."

노장은 잊었던 이야기끝을 찾아 냈대서, 머리 없는 머리를 끄덕끄덕한다.

"게, 그래서…… 색시는 밤이 이슥하두룩 졸린 것을 참고 앉아서 바누질을 하다가…… 그러자니 촌 농갓집 며누리로 새벽 어둑어둑하면 일어나서 소물을 쏜다, 세 때 끼니를 해 치룬다, 빨래질 다듬질을 한다 하느라고 겨울이라 다른 일은 없다지만 온종일 오죽이나 몸이 고되며 그러니 밤이면 오죽이나 졸립겠소? 그런 걸 눈을 쥐어뜯구 참어가면서,

---

5) 유산 — 산으로 놀러 다니는 것.

꾸벅꾸벅 졸아가면서……."
 이렇게 이야기를 하고 앉았는 노장은 눈앞에 그 이야기의 환영을 보는 듯, 고개를 들어 우두커니 한눈을 팔면서 하는 말소리는 꿈같이 고요하다.
 이어서 이야기는 다음과 같이 풀려 나간다.

2

 색시가 그렇게 밤이 깊도록 기다리고 있노라면 이슥해서야 겨우겨우 이웃집 글방에서 글 읽는 소리가 그친다.
 색시는 얼른 방문 소리, 기침 소리를 연달아 내면서 사립문께로 나간다. 그때면 벌써 사립문 밖으로 쿵쿵쿵 어린 새서방 봉수가 급하게 뛰어오다가,
 "어머니!"
하고 외쳐 부른다.
 언제고 이렇게 부르는 것이지만 실상 모친이나 부친을 찾는 것이 아니요, 거기에 제네 색시가 기다리고 있는 줄 알면서 부를 수 없는 색시 대신 어머니라고 부르는 것이다.
 부르는 소리에 대답하듯 색시가 기침을 하면서 지친 사립문을 열라치면 봉수는 반갑다고 한걸음에 뛰어들어 색시 앞에 가 우뚝 어둠 속에서도 배슥이 웃는다. 색시도 웃는다.
 색시가 사립문을 잠글 동안 봉수는 기다리고 섰다가 둘이 같이서 앞서거니 뒤서거니 제네들 방으로 들어온다.
 이렇게 비둘기 한 자웅처럼 쌍 지어 노는 색시와 새서방이라고는 하지만 색시는 스물한 살, 새서방은 열두 살, 그러니 모자간이라면 좀 무

엇하겠고 그저 헴[6]든 누이와 어린 오랍동생 같은 사이다.

  색시는 새서방 봉수를 꼬옥 오랍동생한테 하듯 귀애하고 새서방 봉수는 어머니를 제쳐놓고 어머니한테 따르듯 색시를 따른다. 봉수는 밖에 나갔다가 돌아와서 모친은 눈에 안 띄어도 그만이지만 색시가 없든지 하면 단박 시무룩해 가지고 찾는다.

  이렇게 둘이는 부부간의 정이 들기 전에 그것을 건너뛰어 의좋은 동무, 정다운 오누이가 되었던 것이다.

  방으로 들어서기가 바쁘게 봉수는 노오랑 초립과 빨강 두루마기를 훌러덩훌러덩 벗어 내던진다.

  색시는 그것을 일일이 집어서 갓집과 횃대[7]에다가 넣고 걸고 한다.

  "망건은 안 벗구?"

  색시는 벌써 눈에 졸음이 가득한 새서방을 갸웃이 들여다보면서 웃는다.

  "응…… 참, 아이 졸려!"

  새서방은 눈을 시일실 감으면서 커다란 상투가 올라 앉았는 머리로 조그마한 손이 올라간다.

  "내가 벳겨 주오?"

  "응."

  좋아라고 새서방은 색시의 무릎에 엎드린다. 색시는 망건을 사알살 벗기기 시작한다.

  "이애기…… 응?"

  새서방은 색시의 무릎에 엎드려 망건을 벗기우면서 고담을 조른다.

  "아이! 졸려서 곤드레만드레허믄서 이애기를 해 달래."

---

6) 헴 — 헤아림·생각의 옛말.
7) 횃대 — 간짓대를 잘라 두 끝에 끈을 달아 벽 같은데 매달아 옷을 걸게 한 막대.

"그래두…… 이애기 해 주어예지 머……."
"가만 있어, 그럼 내 망건 갖다가 걸구, 잘 누워서 이애기 해 주께, 응?"
"응."
색시는 벗긴 망건을 걸고 와서 새서방을 아랫목으로 뉘고 이불을 덮어 주고, 저도 한가닥으로 허리를 가리고 그 옆에 가 드러눕는다.
새서방은 모로 돌아누워 이야기를 기다린다.
"저어 옛날에에에, 저어……."
"응."
"아이! 하두 해쌓서 인전 할 이애기가 있어예지, 어떻거나?"
"호랭이 이애기……."
"호랭이 이애기는 백 번두 더 한걸!"
"그래두……."
"가만 있어, 그럼 내 호랭이 이애기는 아니라두 재미있는 이애기 하나 허께, 응?"
"응."
"저어 옛날에 쬐꼬만한 새서방허구 커어다란 색시허구……."
"이잉 싫다, 이잉……."
새서방은 저를 빗대놓고 무슨 이야기를 지어서 하려는 줄 알고 지레 방색[8]을 한다.
"하하하, 아이 참, 쬐꼬만한 새서방이라믄 왜 그렇게 질색을 허꼬!"
"해해……."
"하하."
"아, 가만 있어! 요게 무어야?"

---

8) 방색(防塞) — 들어오지 못하게 막는 것. 받아들이지 않고 막는 것.

새서방은 색시가 웃는 볼로 옴폭하니 패는 보조개를 손가락으로 꼭 누른다. 오늘 밤 처음 본 것은 아니지만 오늘 밤에야말로 그것이 퍽 좋아보였던 것이다.

"인전 그만 불끄구 자, 응?"

"이애기는?"

"내일 저녁에 해 주께."

"시방……."

"어쩌나…… 그럼 저어 옛날에……."

색시는 아무거나 되는 대로 둘러대서 호랑이 이야기를 한다.

새서방은 동화를 들으면서 미처 다아 듣지도 않고 스르르 잠이 든다.

색시는 이불을 여며 주고 다독거려 주고 하면서 무심코 새서방의 자는 얼굴을 들여다본다.

눈에 익은 나무 같아 안 자라는 성불러도 이태지간에 퍽 자라기는 자란 셈이다. 키도 자랐거니와 헴도 들고…….

재작년 섣달에 시집을 왔으니까 꼬박 이태다. 그때는 새서방의 나이 열 살, 정말로 애기여서 밤이면 자다가 엄마를 부르고 울기도 가끔 했고 오줌도 쌌었다.

조금만 제 비위를 맞추어 주지 않으면 울고 안방으로 달려가서 일러바치고 그 끝에는 의례건 시어머니한테 걱정을 듣게 하고……. 그러던 것이 시방은 따르는 것도 따르는 것이거니와 도리어 제네 어머니를 가지고 색시한테 일르게끔 되었으니 그만 해도 철이 났다고 할는지.

3

역시 그 해 그 겨울 섣달 대목이 임박해서다.

시부모는 겨울이라 농삿일도 별반 바쁠 게 없고 하니 봄이 되기 전에 며느리를 친가로 보내기로 했다.

재작년에 혼인을 했으니 햇수로는 삼 년이요, 삼 년이면 근친[9]도 보낼 때다. 그러니 기왕 보낼 바이면 명절도 제네 친가에 가서 쇠게 할겸 그믐 전으로 보내는 게 좋겠다고, 그래 모레 글피로 아주 날을 받고 부랴부랴 서두르기를 시작했다.

새며느리의 첫 근친이라면 하기야 혼인 못지않게 이바지[10]를 차려야 하는 것이지만 가난한 촌 농가에서 어디 그런 격식을 갖게 차릴 수는 없는 노릇, 그저 흰 떡이나 한 말 하고, 인절미나 한 말 하고, 도야지 다리에 닭이나 한 마리 하고, 엿이나 좀 고고, 술이나 한 병 하고 이것이다.

이래서 집안이 갑자기 바짝 바빴는데 새서방 봉수는 대목이니까 설 차림인 줄 심상히 알았다. 바로 그날 저녁.

여느 때처럼 글방에서 늦게 돌아와 자리에 누운 새서방 봉수는 역시 여느 날 밤처럼 옆에 나란히 누운 색시더러 이야기를 조른다.

색시는 요새로는 저녁마다 그 이야기를 대기에 밑천이 달려 적잖은 걱정거리다.

"저어, 옛날에에에……"

색시는 그렇게 시초만 내놓고 까막까막 생각하다가 언뜻 좋은 이야깃거리가 생각이 났다.

"아이 참, 나 말이여, 응?"

"응?"

"저어 모레 글피, 응? 저어 우리 집에 갔다 오께, 응?"

---

9) 근친(覲親) — (시집간 딸이) 친정에 가서 어버이를 뵘.
10) 이바지 — 힘들여 음식 같은 것을 보내 주는 것, 또는 그 음식.

"우리 집? 저어기 재 넘어 쇠꼴? 이잉 싫다, 잉."

"흐흐흐, 어쩌나…… 그래두 꼭 가야 하는 법인걸? 어머니 아버지가 갔다 오라구 해서 가는걸?"

"그래두 난 몰라…… 머."

"그리지 말구, 응! 내 가서 꼬옥 한 달만 있다가 오께……. 이애기두 많이 배워 가지구 오구……."

"싫다 잉……. 한 달, 머 서른 밤이나 머 자구 와?"

색시는 아닌게아니라 속으로 딱하기는 했다.

시집을 왔으면 이태고 삼 년 만에 내 남 없이 의례건 한 번씩은 근친을 가는 법, 그래서 시부모도 시키는 노릇이고, 시키는 노릇이어서 마지 못해 하는 게 아니라 시켜 주기를 까맣게 기다리던 즐거운 한때다.

그러니까 즐거운 마음으로 가기는 가는 것이지만 그대도록 따르던 새서방을 비록 한두 달일망정 떼어 놓고 혼자 가서 있자니 두루 안된 게 한두 가지가 아니다. 밤으로 글방에서 돌아올 때면 누가 나서서 맞아 주며 그밖에 아침 저녁의 잔시중은 누가 들어 준단 말이냐.

어머니가 없는 것이 아니나 암만해야 그새처럼 색시 제가 해 주듯이 마음에 들도록 살뜰히 해 줄까 싶질 않다.

이렇게 생각을 하면 근친이고 무엇이고 다아 그만두었으면 싶기도 하다.

그러나 맘대로 그만둘 수도 없는 일이거니와 가령 저 혼자는 그만두자고 한다 하더라도 시부모한테 버젓이 내세울 말이 없다.

그렁저렁 색시는 마음이 민망하여 속을 결정하지 못한 채 새서방 봉수는 그날 밤부터 이집[11]이 나가지구 뿌루퉁한 채 근친 떠나는 날이 되었다.

---

11) 이집(異執) — (불) 어긋난 것을 굳이 고집하여 움직이지 않는 것.

새서방은 필경 고집이 터져 글방에도 안 가고 울어 대다가 저의 부친한테 매를 맞았다.

매는 맞았어도 속에 맺힌 노염이야 풀릴 이치가 없어 종시 시무룩하고 한편 구석으로 비켜서서 색시가 떠나는 눈치만 본다.

색시는 마음에 걸려 몇 번이고 뒤를 돌아보면서 내키지 않는 길을 떠났다. 떠나기 전에 아무도 안 보는 조용한 틈을 타서 인제 글방이 파접[12] 하거든 설에 어머니 아버지더러 말씀하고 꼬마둥이나 앞세우고서 오라고 달래기는 했으나 새서방은 움먹움먹 대답도 안 했다.

색시의 뒷그림자가 멀어지자 새서방은 사립문 밖으로 나서서 손가락을 입에 물고 바라다본다. 이바지 고리짝을 진 꼬마둥이가 앞을 서고 뒤에는 색시와 또 하나 안동해 보내는 동리의 일갓집 아주머니가 나란히 들판을 건너가고 있다. 분홍 저고리에 갈매 옥색 치마를 입고 시방 저리로 까맣게 멀리 가는 색시 얼굴이 눈앞에 어른어른한다.

해죽이 웃고 웃으니까 볼에 옴폭 보조개가 팬다.

방금 떠나갔는데 자꾸만 보고 싶다. 보고 싶은데 자꾸만 멀어간다. 멀어가는 그것이 어쩌면 색시가 영영 가 버리는 것이나 아닌가 싶어진다.

그 생각을 하니 그만 안타까워 몸부림이라도 치고 울었으면 시원할 것 같다.

저 벌판을 다 건너 다시 그 앞을 막고 섰는 산을 넘어서 또 조금만 가면 처갓집인 줄은 안다.

그러나 그것은 제가 장가를 갈 때와 또 그 뒤에 한 번 가 본 제 기억이 아니라 색시가 노상 손을 들어 가리켜 주던 말일 뿐이다. 그러니까 색시가 한 그 말대로 그렇거니 하기만 했지, 어디로 어떻게 가는 게 그 길인 줄은 모른다.

---

12) 파접(罷接) — 글 짓고 책 읽는 모임을 마치는 것.

가든 안 가든 가는 길도 모르는 것이 봉수는 더욱 안타까웠다.
시방이면 아직은 보이니까 쫓아가면 갈 것도 같다.
부르면서…… 무어라고? 어머니라고 부르면 알아들을걸……. 어머니, 어머니 부르면서 쫓아가면 서서 기다려 줄걸.
곧 뛰어가고 싶다. 다리가 움칫거린다. 저어기 시방 가고 있는, 분홍 저고리에 갈매 옥색 치마를 입은 색시가 돌아서서 웃고 기다리고 그럴라치면 얼른 집으로 가자고 데리고 오고…….
어느 결에 눈물이 흐르는 것도 몰랐다.

4

사흘 뒤에 봉수의 부모는 할 수 없이 봉수를 아내가 가서 있는 처가로 보내기로 했다.
울고 이집을 부리고 할 때는 매질을 해서 다스렸지만 그저 시무룩하니 풀이 죽어 가지고 있는 것은 애처로워 볼 수가 없다.
그러나마 자식이라고는 그것 하나밖에 없는 외아들.
외아들이기 때문에 농투성이[13]의 터수[14]에 그래도 장차 생일이야 해먹을 값에 제 성명 석 자나마 알아보고 쓰고 하라고 글방에도 보내어 〈통감(通鑑)〉권이라도 읽히던 것이고.
그러나 그렇기 때문에 글방이 내일 모레면 파접이 될 것도 상관 않고 하루 이틀 덜 다닌다고 무슨 그리 우난 공부래서 밑질 게 있을까부냐고 생각난 길에 그날로 보내기로 한 것이다.

---

13) 농투성이 — '농부'의 낮춤말.
14) 터수 — 살림의 형편이나 정도.

봉수는 처가에 —— 처가가 무엇인지는 몰라도 색시한테로 가리는 말만 듣고도 기운이 나서 날뛰었다.

사실 그는 색시가 없고 나니 아무 재미도 없고 모두 불편하기만 했다.

밤에 글방에서 돌아오면서 두 번 세 번 어머니를 불러야만 겨우 대답하고 그거나마 사립문께까지 나온 것도 아니요, 겨우 방에서 그런다.

이래저래 짜증이 나서 소리소리 어머니를 처부르면 아버지가 저놈은 다 자란 놈이 장가를 가서 남 같으면 아이를 낳을 놈이 생얼뚱애기로 응석만 한다고 나무람을 한다.

마지못해 어머니 옆으로 가야 옷도 받아서 걸어 주지 않고 이야기는 물론 해 주지도 않는다.

자다가 요강을 찾아야 얼른 대주지도 않는다. 그래서 자다가 깼을 때는 옆에 색시가 없는 것이 더 섭섭하고 방금 울고 싶다.

잠도 재미있게 자지질 않고 밥도 먹히지 않는다. 그러고서 자꾸만 색시가 옆에 있으면 하는 그 생각만 난다.

사흘 낮 사흘 밤을 이렇게 풀죽어 지내다가 인제는 어쩌면 영영 색시를 만나지 못하는 것이 아닌가 하는 낙망까지 하던 끝에 갑자기 처가에 가라는 말이 나오니 신이 나지 않을 수가 없던 것이다.

하기야 기왕이면 색시가 집으로 온 이만은 못 했다. 그래서 속으로 가거든 단박에 색시를 데리고 같이 집으로 오려니 하는 엉뚱한 꾀를 내었다.

색시가 설빔으로 해서 농 속에 재곡재곡 넣어 둔 새옷을 갈아 입었다. 부모는 간 길에 아주 설까지 쇠고 있다가 제네 아내와 같이 오라는 뜻으로 이렇게 차려 보내는 것이다.

처가에 설 세찬으로 달걀 세 꾸러미와 장닭 한 마리를 꼬마둥이가 지게에 얹어 지고 길잡이삼아 앞을 섰다. 봉수는 노랑 초립에 빨강 두루마기에 인제 갈아 신을 새 버선을 보따리에 싸 짊어지고 뒤를 따라섰다

—— 우쭐거리면서……. 촌집의 이른 조반을 먹고 나섰어도 이십 리 들판을 건너 오르기 오 리, 내리기 오 리의 소잡한 재를 넘어 다시 십 리를 걸어 겨우 쇠말의 처가에 당도했을 때는 쪼작거리는 어린애 걸음이라 오[15]때가 겨웠었다.

새서방이 찰락거리고 들어서는 걸 본 색시는 고꾸라질 듯이 마당으로 뛰어 내려온다. 꼬마둥이며 또 뒤미처 나서는 친정 어머니며 동생이 보는 데가 아니면 반가움에 겨워 그대로 얼싸안을 듯하다. 새서방은 배슥이 웃고 섰다.

장모도 반겨 하고, 마침 앓고 누웠는 장인도 방문으로 고개를 내민다.

"어서 방으로 들어가세……. 잘 오기는 왔네마는 치운데 오느라구 고생했네."

장모가 이런 소리를 하면서 방으로 인도하재도 새서방은 그대로 서서 있다.

"어서 방으로 들어가요, 응?"

색시가 들여다보면서 애기 어르듯 하니까 새서방은 차차로 볼때기가 나오더니,

"집에 가!"

한다.

여섯 살배기의 처제까지 모두 웃는다. 색시도 웃기는 웃으나 그의 고집을 알기 때문에 단단히 속으로는 걱정이 된다.

"어쩌나……. 그러지 말구, 자아 어서 방으로 들어가요! 치워서 말두 잘 못허믄서……."

"집에 가!"

"호호호오, 아 나두 오래오래간만에 우리 어머니 아버지한테 왔으니

---

15) 오(午) — 오전 11시부터 오후 1시까지의 사이.

간 좀 편안히 있다가 가예지, 응! 그렇잖어?"
"집에 가!"
"글쎄, 가던 안 가던……."
장모가 보기에 하도 답답해서 달래는 말이다.
"방으루나 들어가서 이얘기를 해야지 원, 우리 착한 새서방님이 이럴 디가 있더람! 자아 어서."
"어서 일러서 들어오너라……. 그 자식이 고집두 유난하구나! 칩다, 어서 들어오너라."
장인도 내다보고 있다 못해 말을 거든다.
그래도 꼼짝 않는 것을 색시가 할 수 없이 '아무튼 그러면 가기는 갈 테니 위선 방으로 들어가자'고 짐짓 조르니까 겨우 마음이 조금 풀리는지 비실비실 방으로 따라 들어온다.

5

이튿날 오때가 훨씬 겨웁고 거진 새때나 됨직해서 색시는 새서방을 앞세우고 친정집을 나섰다.
도무지 장인이고 장모고 색시고 천하 없어도 그의 고집을 당해 낼 수가 없었다. 어제 당도하던 길로 그렇게 고집을 부리면서 점심을 주어야 먹지도 않고 저녁도 안 먹고 엉파듯이 앉아 조르기만 했었다.
졸리다가 못 해 되는 대로 그러면 오늘은 날이 기왕 저물었으니 내일 아침에 일찍 가자고 졸랐다. 그 말에 또 한 번 솔깃해서 저녁밥을 먹는 시늉, 그 밤을 지냈다.
날이 훤히 밝자 일어나 앉아서 가자고 졸라 댄다.
조반도 안 먹고 점심때가 되니까는 필경 울음을 내놓는다.

인제는 아무렇게도 도리는 없고 다만 한 가지 색시가 같이서 시집으로 오는 것뿐이다. 사맥[16]이 이렇게 다급했던 것이다. 색시는 참말 딱했다.

새서방이 이쯤 따르고 하는 걸 여겨 가령 근친을 와서 오래 편안히 있지 못하고 닷새 만에 도로 가는 것이야 글로 메꿀 수도 없는 것은 아니다.

실상 말이지 근친이라고 왔대야 생각하더니보다는 그다지 즐거움도 모르겠고, 흡사히 남의 집에 온 것 같아 하루바삐 시집으로 돌아가고 싶은 생각이 오던 그 이튿날부터 나지 않은 것도 아니었다. 더욱이 저를 잃어버리고 풀죽어 있을 새서방의 양자[17]가 눈에 암암 밟히어 밤으로도 편안한 잠을 이룰 수가 없었다. 하니 어떻게 생각하면 무지금코 일찌감치 돌아가는 것이 일변 좋지 않은 것도 아니다.

그러나 시집에 대한 인사를 못 차려서 일이 아니다. 명색 근친이라고 왔던 길이니 시부모의 버선 한 켤레, 주머니 염낭 하나씩이라도 해 가지고 돌아가야 할 것이고, 다만 인절미 한 고리짝이라도 지워 가지고 갔어야 할 것이다. 그런데 이처럼 맨손이다. 민망하여 어떻게 얼굴을 들고 시부모를 보랴 싶다.

겨우 술 한 병에 마침 동리 사람이 꿩 사냥을 해 둔 게 있어서 그놈 한 자웅을 구해 가지고 나서는 수밖에 없었다.

꿩은 새서방이 보따리에 꾸려 짊어지고 술은 색시가 손에 들었다.

부친은 앓고 누워 기동을 못 하고 그렇다고 누구 마음맞게 배웅해 줄 사람도 없어 모친이 겨우 오 리 가량 따라나와 주었다.

이럴 줄 알았으면 어저께 데리고 온 꼬마둥이라도 잡아 두었을 것을 하고 후회될 따름이다.

그러나 해는 좀 기울었지만 아는 길이니 저물기 전에 재만 넘어서면

---

16) 사맥(事脈) — 일의 내력과 갈피.
17) 양자 — 얼굴의 생긴 모양. 겉으로 나타난 모양·모습.

그 다음에는 평탄한 들판인, 즉 좀 저물더라도 그리 상관은 없으리라는 안심으로 그것도 묻뜨리고 나선 것이다.

아침부터 잔뜩 흐렸던 하늘에서는 금시로 눈이 쏟아질 것 같다. 바람이 또한 여간만 차고 거세게 불지를 않는다. 오 리 바탕이나 바래 주러 따라나왔던 모친이 딸이 근친이라고 왔다가 느닷없이 이렇게 쫓겨가고 있는 양이 새삼스럽게 어이가 없어 뻔히 보고 섰을 무렵부터 눈발이 하나씩 둘씩 포올폴 날리기 시작했다. 바람도 차차 더 거칠어 걸음걷는 앞으로 채어든다.

그러던 것이 필경 재 밑까지 당도했을 때는 이미 사나운 눈보라로 변하고 말았다.

바람은 사정없이 앞을 채이는데 눈발이 미친 듯 휘날리어 걸음도 걸을 수가 없거니와 가는 길이 어떻게 되었는지 분간할 수가 없다.

색시는 겁이 더럭 나고 어쩐지 마음이 내키질 않았다. 새서방은 보니 입술이 새파랗게 얼어 가지고 달래달래 떤다. 어떻게도 애처로운지 차마 볼 수가 없다. 그럴수록 자꾸만 더 뒤가 돌아뵌다. 시방이면 한 십 리 길밖에 오지 않았으니 친정집으로 돌아가도 그리 어려울 것은 없을 듯싶다. 그래 새서방더러 그렇게 했다가 내일 날이 들거든 오자고 달래니까 그건 죽이라고 도리질을 한다. 색시는 할 수 없이 새서방이 짊어진 보따리를 벗겨 제가 한편 어깨에 걸치고 한 손으로 새서방의 손을 잡아 이끌면서 재를 오르기 시작했다.

비탈은 험한데 길이래야 겨우 발이나 붙임직한 소로다. 그 위에다가 눈이 벌써 허옇게 덮였으니 어느 것이 길이고 아닌지 알아보기가 어렵다. 우환중에 바람이 앞을 채이고 자욱한 눈발이 시야를 가로막으니 짐작삼아 더듬고 간다는 것도 대중을 할 수가 없다.

드디어 길을 잃고 말았다. 하마 마루턱까지는 올라왔으려니 싶은데 그대로 올라가는 길이다. 그런가 하고 한참 올라가노라면 갑자기 내려

쏠리는 비탈이 앞으로 기울어졌다. 비탈을 겨우겨우 내려가면 도로 또 올라가는 언덕바지다.

색시는 옳게 겁이 나고 마음이 다뿍 급해서 허둥지둥한다. 새서방은 손목을 잡혀 매달려 오면서 세 걸음에 한 번씩 고꾸라진다. 와들와들 떨면서 얼굴이 사색이다. 참다못해 새서방을 들쳐업었다. 업고 나서니 새서방은 편할지 몰라도 색시는 더 어렵다. 꿩을 싼 보따리는 띠삼아 동쳐 맸다지만 손에 든 술병이 여간만 주체스럽질 않다.

새서방을 들쳐업고 다시 얼마를 헤매는 동안에 길은 종시 찾지 못했는데 날이 깜박 저물었다. 눈보라는 더욱 사나워 세 걸음 앞이 보이질 않고 바람은 앞뒤로 치어 퍽퍽 고꾸라뜨린다.

등에 업힌 새서방은 어엉엉 울어 댄다. 춥고 배가 고프다는 것이다. 그도 그럴 것이 어제부터 고집을 쓰느라고 끼니를 변변히 먹지 않았으니 묻지 않아도 배는 고플 것이다. 속이 비었으니 춥기도 한결 더할 것이고.

그러나 춥고 배가 고프기는 새서방만 아니다. 색시도 새서방이 밥을 안 먹고 하는 운김에 어제 점심부터 오늘 점심까지 줄곧 설쳤기 때문에 시방 여간만 속이 허한 게 아니요, 따라서 추위도 더 심하다.

등에 업힌 새서방의 우는 소리에 애가 녹다 못해 색시는 치마를 벗어서 덤쑥 무릅씌운다.[18] 그러나 그것 한 껍데기 벗어 버린 색시는 갑절이나 더 추웠어도 새서방이 그만큼 갑절 따스운 것은 아니다. 다시 얼마를 헤맸는지 모른다. 눈보라도 눈보라려니와 인제는 날이 아주 어두워서 지척을 분간할 수가 없다. 앞으로 옆으로 허방을 딛고는 쓰러진다.

그렇게 쓰러지기까지 하노라고 더욱 기운이 빠져 아주 기진맥진 한 걸음도 옮겨 놓기가 어렵게 되었다. 기운이 없을 뿐만 아니라 정신도 아

---

18) 무릅다 — 뒤집어쓰다의 옛말.

득하니 횡총망총해진다.

　그러한 중에도 한 가지 등에서 우는 새서방을 생각하여 이래서는 안 되겠다고 정신을 가다듬고 기운을 차려가면서 구르듯 기어가듯 하는 참인데, 그럴 무렵에 어쩌다가 한 번 앞으로 푹 고꾸라지는 손에 잡혀지는 것이 있었다.
　어떻게도 반가운지.
　그것은 논바닥의 벼포기였다.
　벼포긴 줄 알자, 인제는 산중을 벗어져 나왔구나 하는 안심에 그대로 펄신 주저앉아 버렸다.
　다시 일어날 기력이 없기도 하려니와 그는 시진한 정신에 시방 좀 쉬어 가자는 생각이 든 것이다. 이 눈보라 속에서 쉬어 가자고 주저앉아 있는 것이 벌써 정신을 차리지 못한 것인 것은 말할 것도 없다. 그러나 그러한 중에도 등에 업었던 새서방을 내려서 제 품안에 담쑥 안고 치마로 싸 주고 하기를 잊지 않았다.
　하는 동안에 정신이 차차로 더 오리소리하고 그러자 새서방의 우는 울음소리가 차차로 차차로 멀어감을 알았다.
　"혼자 먼점 가나보다. 그렇다면 다행이지!"
　여기까지 생각하다가 깜박 정신을 놓아 버렸다.
　새서방은 그대로 울고 있고……

6

　그날 밤, 그리 깊든 안 해선데, 동리 사람 몇이 마침 재를 넘어오다가 길 옆 논바닥에서 사람 우는 소리를 들었다. 그들은 처음 귀신 우는 소린 줄 알고 모두 머리끝이 쭈뼛했으나 일행이 여럿이기 때문에 대체 그놈의 귀신이 어떻게 생긴 것인지 좀 본다고 쫓아와서 횃불을 비추어보니 봉수네 내외였었다.

  꽁꽁 얼어서 오그라붙은 색시와 다 죽어가는 새서방을 동리 사람들이 업어 오기는 했으나 색시는 영영 소생하지 못했고, 새서방만 무사히 살아났다.

7

  봉수는 죽은 색시를 잊지 못했다. 언제고 분홍 저고리에 갈매 옥색 치마를 입고 해죽 웃는 얼굴에 이쁜 보조개가 옴폭하니 패는 색시가 눈에 밟혔다. 봉수는 이렇게 색시의 얼굴을 생각해 보는 것이 슬프면서 그게 기쁨이었었다. 그러는 동안에 그의 나이 열셋, 열넷, 열일곱, 스물 더해가고 사람도 자라 철이 들어갔다. 그러나 분홍 저고리에 갈매 옥색 치마를 입고 보조개가 옴폭 패게 웃는 색시의 환영은 그대로 가슴 속에서 사라지지 않았다. 도리어 점점 더 뚜렷해 갔다.

  스무 살 때에 그의 부모가 다시 장가를 들이려고 했으나 봉수는 막무가내로 듣지를 않았다.

  스물다섯 살까지에 양친이 다 돌아가자 봉수는 집과 살림과 밭뙈기와 논 몇 마지기를 모조리 팔아 가지고 동리를 떠났다.

  누구의 말에는 어느 산중에 들어가서 중이 되었다고도 한다.

8

  "누구의 말에는 산중에 들어가서 중이 되었다고 한답디다."

이 말로 노장의 이야기는 끝이 났다. 나는 비로소 이 노장의 —— 아주 속세의 인정사와 인연이 없는 성불러도 기실 지극히 슬픈 인정 비화의 주인공인 —— 이 노장의 내력을 안 것 같아서 혼자 고개를 끄덕거렸다.

"그래, 노장! 올해 연치가 어떻게 되셨나요?"

"내 나이요? 허! 여든둘이랍니다."

"여든둘…… 그러니 칠십 년이군! 칠십 년이군, 칠십 년. 일 세기 가까운 순정!"

나는 혼잣말로 이렇게 중얼거리다가 다시 물어 보았다.

"그래, 시방두 그 분홍 저고리에 갈매 옥색 치마를 입고 볼에 보조개가 옴폭 패는 색시가 늘 보입니까?"

"실없는 말씀을!"

노장은 나를 나무라면서 눈을 감고 고개를 숙이고 합장을 한다.

머리 없는 머리와 숙인 이마로 흔적없이 드리운 비애, 흰 눈썹에 은실 같은 수염, 그림같이 청아한 얼굴, 숨도 쉬지 않는 듯한 정적……. 이런 것이 모두 아까와 같았으나 대하는 나에게는 새로이 인상이 핍절했다.[19]

윗목에서는 상좌가 여전히 꼬부리고 누워 숨소리 고르게 자고 있다. 잊었다가 생각이 난 듯 솨아 하니 밖에서 바람이 일어 낙엽을 흩뜨린다.

찬기운이 방 안으로 스며들면서 등잔의 들기름 불이 가느다랗게 춤을 춘다. 아랫목 벽에 어린 노장의 꼼짝도 않는 그림자가 호올로 얼씬거린다.

〈1938년〉

---

19) 핍절하다 — 진실하고 거짓이 없으며 절실하다.

쑥국새

1

　외인편은 나무 한 그루 없이 보이더니, 무덤들만 다닥다닥 박혀 있는 잔디 벌판이 밋밋이 산발을 타고 올라간 공동묘지. 바른편은 누리 붉은 사석이 숭헙게 드러나고 못생긴 왜송이 듬성듬성 늘어붙은 산비탈. 이 사이로 좁다란 산협 소로가 고불고불 깔그막져서 높다랗게 고개를 넘어갔다.
　소복이 자란 길 옆의 풀숲으로 입하(立夏) 지난 햇볕이 맑게 드리웠다.
　풀포기 군데군데 간드러진 제비꽃이 고개를 들고 섰다. 제비꽃은 자줏빛, 눈꼽만씩한 괴밥꽃은 노랗다. 하얀 무릇꽃도 한참이다. 대황도 꽃만은 곱다. 할미꽃은 다아 늙게야 허리를 펴고 흰 머리털을 날린다. 미럭쇠는 이 경사 급한 깔그막길을 무거운 나뭇짐에 눌려 끙끙 어렵사리 올라가고 있었다.
　구름이 지나가느라고 그늘이 한때 덮였다가 도로 밝아진다.
　솔푸덕에서 놀란 꿩이 잘겁하게[1] 울고 날아간다.

꾀는 없고 욕심만 많아, 마침 또 지난 장에 새로 벼러[2] 온 곡괭이가 알심 있는 손에 맞겠다. 한데 오기는 있어 산림 간수한테 들키면 경을 치기는 매일반이래서 들이닥치는 대로 철쭉 등걸이야 진달래 등걸이야 소나무 등걸이야 더러는 멀쩡한 옹근[3] 솔까지 마구 작살을 낸 것이 해 놓고 보니 필경 짐에 넘치는 것을 제 기운만 믿고 짊어진 것까지는 좋았으나, 산에서 내려오면서는 몇 번이고 앞으로 고꾸라질 뻔했고, 이 길을 올라가는 데도 여간만 되뇐 게 아니다.

게다가 사월의 긴긴 해에 한낮이 훨씬 겨워 거진 새때나 되었으니 안 먹은 점심이 시장하기까지 하다.

끙끙 힘을 쓰는 소리에 지게가 삐이득삐이득 지게 밑에 매달린 밥바구니가 다그락다그락 서로 궁상맞게 대답을 한다. 중간에 한 번이나 두 번은 쉬어야 할 것이지만 고집이 그대로 떠받고 올라간다. 지게 밑으로 토옹통하니 알이 밴 새까만 두 다리가 퇴육살이 불끈불끈 터지기라도 할 것 같다.

고개 마루턱에 겨우겨우 올라서자 휘유우휙 쟁그랍게[4] 숨을 몰아 내쉬면서 한옆으로 나무지게를 받쳐 놓고 일어선다.

시원한 바람이 한아름 고개 너머로 몰려든다. 바라다보이는 고개 밑은 또 하나 산이 가렸고, 그놈을 넘어서 오릿길을 가야 집이다. 그러나……

"작것이 나는 저때미네 이렇기……"

미럭쇠는 공동묘지께를 힐끔 돌아다보고는 두런두런 허리의 수건을 뽑아 땀 흐르는 얼굴을 쓰으쓱 씻는다.

---

1) 잘겁하다 — 뜻밖에 몹시 놀라다.
2) 벼리다 — 날이 무딘 연장을 불에 달구어 두드려 날카롭게 만들다.
3) 옹근 — 축나거나 모자람이 없이 본디 그대로의.
4) 쟁그랍다 — 보거나 만지기에 불쾌할 만큼 흉하다.

"……존 질루(길로) 편허게 갈 껏두 이렇게 고생하는디…… 작것이!"

웬만침 땀을 들인 뒤에 미럭쇠는 지게 밑에서 밥바구니를 떼어 뒷짐져 들고 어슬렁어슬렁 공동묘지를 걸어간다. 할미꽃 터럭이 눈날리듯 허어옇게 덮여 날린다.

공동묘지는 풀도 바스락 소리 않고 대낮이 밤처럼 괴괴하다.

여새겨 찾지 않아도 저어편 산 밑으로 치우쳐 외따로 있는 게 아내의 무덤이다.

아직 잔디가 뿌리를 못 잡아 까칠하고 뗏장[5]과 뗏장 사이로는 검붉은 황토가 비죽비죽 비어져 나온다.

무덤 한옆으로 먹자국이 선명하게,

'密陽 朴氏之墓'

라고 쓴 말뚝이 섰다. 한편쪽에는 다시,

'戊寅 四月二日'

이라는 날짜를 썼다.

미럭쇠는 읽을 줄도 모르면서 말뚝을 한참이나 들여다보다가 그담에는 무덤을 한 바퀴 돈다. 뗏장도 벗겨진 데는 없고 구멍도 나지 않고 별일없다.

한 바퀴 둘러보고 나서는 무덤 앞에다가 밥바구니를 열고 숟갈을 꽂아 괴어 놓는다. 밥이래야 뉘와 피가 절반이나 섞인 현미(玄米) 싸라기밥, 한옆으로 짠 무김치를 몇 쪽 곁들인 것뿐이다.

"처먹어라……. 너 생각허구서 배고픈 것두 안 먹구 애꼈다가 갖구 왔다."

마치 산 사람한테 두런거리듯 한다.

밥바구니를 괴어 놓아 주고서는 운감[6]하기를 기다리면서 멀거니 앞

---

5) 뗏장 — 잔디를 흙이 붙은 뿌리째 떠 낸 조각.

을 바라보고 앉아 한눈을 판다. 앞은 산 밑에서부터 훤하니 퍼져나간 들판, 들판이 다다른 곳에는 암암한 먼 산이 그림같다. 들 가운데 조그마한 산모퉁이를 지나 기차가 장난감같이 아물아물 기어간다.

미럭쇠는 넋을 잃은 듯 손으로 잔디풀을 또옥똑 뜯고 앉았는 동안 어느 결에 눈에는 눈물이 글썽글썽한다.

"작것이 왜 죽어 빼릿어······. 가만히 있으면 갠찬헐 틴디······. 방정맞게 왜 죽어 뻐리어! 작것이."

목멘 소리로 중얼중얼, 주먹을 들어다가 눈물을 씻는다.

2

바로 지나간 삼월 초생이었었다.

미럭쇠가 논에 두엄을 져 내다가 점심 먹으러 오는 길인데, 동네 우물의 동청나무 울타리 뒤에서 점녜가 해뜩해뜩 무슨 말을 하고 싶은 눈치로 웃고 섰었다.

"너 이 가시내, 왜 날보고 웃냐?"

"망할년의 자식이네! 이년의 자식아, 내 이름이 가시내냐!"

"너 이 가시내, 날만 보면은 주둥이 시어서 해룽해룽하지."

"애개개! 참 내 벨꼴 다 보겠네!"

말로는 시뻐해도 속으로는 분명 아픈 자리를 건드렸던 것이다.

"······이년의 자식아, 내가 저 화상이 그리 좋아서? 아나 옛다!"

"이 가시내야, 너 암만 그리두 네까짓 건 일 없단다!"

"흥! 누구는 일 있다는디? 아이구 구역질이 마구 나오네!······ 저 꼴

---

6) 운감(殞感) — 제사 때에 차려 놓은 음식을 귀신이 맛보는 것.

에 그리두 새말 납순이한티 반하였다지? 참 똥싼 주제에 매화타령허네!"

"이년의 가시내, 주둥이를 찢어 놀라! 내가 납순이한티 반힛으니 니가 무슨 상관이여! 이년의 가시내……."

미럭쇠는 슬그머니 골이 나서 커어다란 눈방울을 부라린다.

그러나 점녜는 조금도 무서워하덜 않는다.

"이년의 자식아, 누가 상관헌다냐? 그렇지만 되렌님! 속 좀 채리세유. 납순이한티는 암만 반히서 침을 지일질 힐리구 댕겨두 헛다방입니다—요."

"걱정 말어, 이 가시내야……."

"닭 쫓던 강아지는 지붕이나 쳐다보지! 종수허구 죽자사자 하는 납순이헌티 저 혼자 반헌 저 화상은 무얼 쳐다볼랑고?"

"이 가시내야, 거짓말허면 호랭이가 물어간다!"

"미안허시것네! 오널두 납순이는 취 뜯으러 간다구 건너와서 뒷산으루 올라가구, 종수는 나무허러 가는 체 어실렁어실렁 뒤따라 갔답니다—요……. 어떠냐? 헤쩍허지? 미이히!"

"참말이냐?"

"홍! 인제는 아숩지?…… 몰라, 몰라."

점녜는 방정맞게 싹 돌아서서 두레박질을 시이시한다.

"빌어먹을 놈의 가시내! 샘에서 퐁당 빠져 죽어라!"

미럭쇠는 내뱉으면서 흐느적흐느적 걸어간다. 걸어가면서 생각이다.

점녜 가시내가 노상히 거짓말은 아니고 종수 자식이 워느니 눈치가 수상하기는 수상했어! 그러니 그놈의 새끼한테 납순이를 뺏기고 만담? 내가 요만할 적부터 내걸로 맡아 두었는데, 다아 자란 뒤에 뺏기어!

사람이 화가 나서 살 수가 있나!

하기는 종수 자식이 나보담 얼굴이 밴조고롬하니 예쁘기는 예쁘것다? 그거 원 참!⋯⋯.

 미럭쇠는 귀주머니에서 동강난 거울 조각을 꺼내 들고 제 얼굴을 들여다본다.

 죽가래로 푹 찌른 것처럼 가로째진 입, 길바닥에 떨어진 쇠똥같이 지질펀펀한 코, 왕방울 같은 눈, 좁디좁은 이마, 부룩송아지 대가리처럼 노오란 머리터럭이 곱슬곱슬 자지러붙은 대가리⋯⋯ 등속. 미상불 제가 보아도 그다지 출 수 없는 인물이다.

 젠장맞일! 워느니 이 화상을 누가 좋아한담! 눈깔이 삔 점녜 가시내가 진짜로 반해서 그 지랄이지. 원 어쩌면 요롷게도 빌어 먹게 갖다가 만들어 놓더람! 가만있자 이게 우리 어머니 아버지 잘못이겠지. 옳아! 아버지는 죽었으니 할 수 없고, 어머니를 졸라야지. 아 그래도 내가 기운은 세고, 또 사내자식이 머 인물 뜯어 먹고 사나? 빌어먹을 것, 들여다본다⋯⋯ 눈 멀뚱멀뚱 뜨고서 뺏겨?

 미럭쇠는 허둥허둥 집으로 달려들더니 저의 모친더러 시방 얼른 새말 납순네 집에 건너가서 혼인하자는 말을 하라고, 만일 납순이한테 장가를 못 가는 날이면 목을 매고 죽는다고, 어머니가 나를 이렇게 못나게 낳아 놓았으니까 그 대신 꼭 납순이한테 장가를 들여 주어야 한다고, 마치 미친놈 날뛰듯 주워 섬기고서는 도로 부리나케 뒷산으로 올라간다.

 온 산을 다아 매고 다니던 끝에 으슥한 골짜구니의 양지바른 언덕 밑에서 둘이 나란히 누워 있는 종수와 납순이를 찾아 냈다.

 납순이는 질겁하게 놀래서 달아나고, 그러나 저만큼 가 서서 거추를 보고 있고, 종수는 여느 때 같으면 눈만 부릅떠도 비실비실 피하던 것이 오늘은 눈살이 패앵팽해 가지고 아그똥하니 버티고 서서 있다.

 미럭쇠는 그놈에 비위가 더 상했다.

 "너, 이놈의 새끼!"

 미럭쇠는 눈을 불군불군, 그 잘난 코를 벌심벌심 내리으깨어 버릴 듯이 종수 앞으로 바싹 다가선다.

"그리서?"

말소리며 몸은 떨려도 종수의 대답은 다구지다.

"아 요것 보게!"

"왜? 어찌서 그리어? 늬가 무슨 상관이여?"

"왜 상관이 없어? 내가 맡아 논 지집애를 늬가 왜 건디려? 그리두 상관이 없어?"

"머, 밭두덕의 개똥참외더냐. 맡어 놓구 어쩌구 허게? 그 녀러자식, 생긴 것허구 넉살두 좋네!"

"아, 요년의 새끼가!"

말로는 암만해야 달리고, 미럭쇠는 종수의 멱살을 움켜쥔다.

실상 진작에 그럴 것이었다. 종수도 마주 멱살을 잡는다.

"그리어? 어찌어?"

"요, 싹둥머리 없는 놈의 새끼! 사알살 돌아댕기면서 남의 집 지집애나 바람맞히구……. 너 좀 죽어 봐!"

와락 잡아 나꾸는데, 종수는 휙 둘리면서도,

"웬 상관이어? 내가 늬 에미를 후려 냈더냐? 늬 할미를 후려 냈더냐?"

하고 입은 끄은이 놀린다.

그러나 그 말이 떨어지기 전에 둘이는 어우러져 뒹군다.

말은 없고 잠시 동안 식식거리면서 엎치락뒤치락했지만 악으로 덤빈 종수는 다 같은 스물한 살박이 장정이라도 미럭쇠의 황소 같은 힘을 당해 내는 수가 없었다.

미럭쇠는 종수의 배를 타고 앉아서 주먹으로 가슴패기를 짓찧는다.

"요놈의 새끼, 다시두?"

"오오냐, 헐 대루 히여라!"

"요것이 그리두 산소리여!"

미럭쇠는 종수의 목을 내리누른다. 종수는 캑캑, 눈을 희번덕, 얼굴에 푸른 핏대가 선다.

그러자 마침 그때다.

등 뒤에서 작대기가 따악 하더니 미럭쇠의 정수리를 보기 좋게 후려갈긴다.

"아이쿠!"

미럭쇠는 정신이 아찔해서 앞으로 넘어지려 하는데, 재우쳐 한 번 더 따악 내리갈긴다.

미럭쇠는 그대로 정신을 놓고 쓰러지고 납순이는 달려들어 종수의 손목을 잡아 일으켜 가지고 달아난다.

3

납순네는 계집애가 못된 종수녀석과 좋잖은 소문을 퍼뜨리고 다닌 대서 걱정을 하던 판이라 미럭쇠네가 청혼을 하니까 마침 좋다고 납채 삼십 원에 선뜻 혼인을 승낙했다. 미럭쇠네는 작년에 저의 부친이 제 장가 밑천으로 장만해 놓고 죽은 송아지가 중소나 된 것을 오십 원에 팔고 또 양돝[7]새끼 여섯 마리를 삼십 원에 팔고 해서 납채 삼십 원을 치르고, 나머지 오십 원으로 혼인을 치렀다. 그게 바로 미럭쇠가 납순이한테 작대기를 맞던 날부터 겨우 열흘 만이다.

혼인을 한 첫날 밤.

미럭쇠는 달리느라고 맞은 발바닥이 아파서 절름절름 신방으로 들어

---

7) 돝 — 돼지.

온다.

생전 처음으로 촛불이 환하게 켜져 있는 신방에는 불보다 더 환하게 연지 찍고 곤지 찍고 분단장한 신부 납순이가 소곳하니 앉아 있다.

미럭쇠는 가뜩이나 큰 입이 귀 밑까지 째지면서, 느긋해라고 한참이나 웃고 섰다가 신부 앞에 가서 털썩 주저앉는다.

"히히 작것! 늬가 작대기루 날 띠렸지?"

납순이는 마치 눈이 오려는 겨울날처럼 새초옴해서 눈을 아래로 내리깔고 눈썹 한 개도 까딱 않는다.

"그때 혼났다. 야!…… 원 그렇기루 사정없이 때린담 말이냐! 히히."

"………."

"그러닝개루……."

미럭쇠는 납순이의 두 손을 덥숙 쥔다. 그 손은 얼음같이 찼다.

"……너두 그전 일은 죄다 잊어 뻬리구서, 인제버텀은 우리 각시닝게루 응? 내 말 잘 듣고 그리라, 응?"

미럭쇠는 노염이 다아 풀려서 인제는 종수를 죽이지 않는다고 말을 냈고, 그래서 종수는 며칠 만에 도로 동네로 돌아왔고, 납순이는 그대로 까딱없이 눈오는 겨울날처럼 새초옴한 채 그날그날을 보내고.

그리한 지 보름이 되는 어느 날 석양.

미럭쇠가 등너머 봄보리 밭에 소마[小便]를 져 내고 있느라니까 난데없는 점녜가 미럭쇠 ──미럭쇠── 불러 대면서 헐레벌떡 달려오고 있었다.

미럭쇠는 웬일인지 가슴이 서늘해서 밭두덩으로 나오는데 점녜는 가빠하는 체하고 쓰러질 듯 팔에 가 매달린다.

"저어……."

"왜 그러냐?"

"저어, 시방 오다가 어머니더러두 일러 주었는듸……."

"무얼?"
"저어, 납순이가아……."
"납순이가!"
"내가 망을 보닝개루우……."
"그리서?"
"종수가아……."
"종수가?"
"응, 종수허구우 납순이허구우, 방으루……."
"멋?"

미럭쇠는 점녜를 떠다 박지르고 소처럼 내리뛴다. 등을 넘어서자 이 녀언 이년, 모친의 게목 지르는 소리가 들린다.

단걸음에 사립문 안으로 들어서는데 모친은 납순이의 머리채를 감아쥐고 마당 가운데서 이러저리 개 끌 듯 끌어 동당이를 치고 있다. 조그마한 보따리가 한편으로 굴러져 있다.

"어서 오니라……."

노파는 더욱 기광이 나서 허어덕허덕 들렌다.[8]

"……이년이, 이년이 대낮에 응 ── 대낮에 그러구서두 그놈허구 도망을 갈라구 보따리를 싸구……. 이년! 이 찢어 죽일년!"

미럭쇠는 잡아먹을 듯 험한 얼굴을 휘휘 두르다가 토방으로 우루루 절굿공이를 집어 들고 납순이에게로 달려든다.

"이이년을!"

방아 찧듯 절굿공이를 번쩍 쳐들어 단번에 골통을 칵 내리바수려는 순간 납순이와 눈이 딱 마주친다. 그것은 미럭쇠가 이뻐하는 납순이의 얼굴, 마주 말끄러미 올려다보는 그 눈이 어떻게도 액색한지 그만 눈물

---

8) 들레다 ─ 야단스럽게 떠들다.

쑥국새 ■ 91

이 날 것 같았다.
 퍽 내리치는 절굿공이에 애꿎이 굳은 마당 바닥이 움푹 팬다.
 "이년을 이렇게 쳐죽일 참인디……. 가만있자……."
 미럭쇠는 절굿공이를 내던지고 허둥지둥 둘러본다.
 "이놈으? 이년허구 한티다가 묶어 놓구서 한꺼번에 놈년을 쳐죽여야 헐 틴디이……. 놈을 잡아와야지, 이놈을……. 어머니! 그년 놓치지 말구 꼭 붙들구 있수……. 내 이놈마저 잡아 갖구 울티닝개루……."
 해 던지고는 쭈루루 사립문께로 달려 나간다. 사립문 밖에서는 동네 아이들이 구경을 하다가 양편으로 좌악 길을 터 준다.
 점녜가 마침 배슥이 웃고 서서 눈을 찌긋찌긋한다. 미럭쇠는 짐짓 제 몸뚱이로 점녜를 칵 떠받아(그것은 방금 납순이를 절굿공이로 내리찧려던 욕심과 같았다) 그렇게 죽어라고 떠받아 나동그라뜨리고서 휑하니 뛰어 간다. 종수를 잡는다고 선불 맞은 범처럼 뛰어나간 미럭쇠는 그 길로 용 머리의 술집으로 가서 밤이 늦도록 술을 먹고 그대로 쓰러져 잤다.
 이튿날 새벽에야 철럭거리고 집으로 돌아온 미럭쇠는 납순이가 부엌 석가래에 목을 매고 늘어진 시체를 제 손으로 풀어 내려놓아야 했었다.
 노파가 밤새도록 붙들고 지키다가 새벽녘에 잠깐 잠이 든 사이에 납순이는 빠져 나가서 그 거조[9]를 냈던 것이다.
 서방 미럭쇠가 돌아오는 날이면 맞아죽고 말 것, 가령 죽지 않는다고 하더라도 병신이 될만치 얻어 맞을 것(아까 내리치던 그 무서운 절굿공이!), 그러고서도 평생을 맘없이 매달려 살아야 할 테니 차라리 진작 죽는 것만 못하다고 생각하기도 예사일 것이었다.
 "그년을 꼭 내 손으로 쳐죽일랬더니, 에잉 분히여!"
 미럭쇠는 동네 사람들이 모여 섰는 데서 이렇게 장담을 하고 못내 분

---

9) 거조(擧措) — 행동 거지. 무엇을 처리하거나 꾸미기 위한 조치.

해하는 체했다. 눈물까지 쏟아졌다. 모두들 분해서 그러는 줄만 알았지 미럭쇠의 정말 슬픈 심정은 알지 못했다.

4

 아내 납순이의 무덤 옆에 넋을 놓고 앉았던 미럭쇠는 이윽고 정신이 들어 무덤으로 고개를 돌린다. 숟갈을 꽂아 괴어 놓은 밥바구니에는 어디서 날아왔는지 파리가 서너 마리나 엉기었다.
 "쪼개 먹었냐?"
 미럭쇠는 중얼거리면서 밥바구니를 집어든다.
 "물이 없는디. 목 마쳐서 어쩌꺼나!"
 마디지게 한숨을 내쉰다.
 "작것이 왜 죽어 뻬리여!…… 가만히 있으면 괜찮헐 틴디. 방정맞게 왜 죽어 뻬리여!…… 작것이!"
 두런두런, 눈물을 찔끔찔끔, 밥바구니를 차고 앉아서 숟갈을 뽑아든다.
 "꼬시레!"
 죄꼼 떠서 앞으로 던지고, 또 한 번은 뒤로 던지면서,
 "꼬시레!"
 양편 옆으로 한 번씩,
 "꼬시레!"
 "꼬시레!"
 골고루 고사를 한다.
할 때에 마침 등 뒤의 산허리께서,
 "쑤꾸욱."

"쑤꾸욱."

쑥국새(뻐국새) 우는 소리가 들린다.

미럭쇠는 마악 밥을 먹으려던 숟갈을 멈추고 돌려다본다.

"쑤꾸욱."

"쑤꾸욱."

형체는 안 보이고 울음소리만 들린다.

"쑤꾸욱."

"쑤꾸욱."

산을 돌아 넘어가는지 소리가 감가암하니 멀어간다.

미럭쇠는 옛이야기가 생각났다.

며느리가 해산을 했는데 야속한 시에미가 미역국을 안 끓여 주고 쑥국만 끓여 주었다. 며느리는 피가 걷히지 않고 속이 쓰리다 못해 삼칠일 만에 그만 죽었다.

그 며느리가 죽어 혼이 새가 되었는데, 쑥국에 원한이 서리어 그래서 밤낮 쑤꾸욱 쑤꾸욱 운다고 한다.

"우리 납순이는 죽어서 무엇이 되었을꼬. 쑥국새가 되었으머는 우는 소리나 듣지!"

미럭쇠는 우두커니 쑥국새 우는 곳을 바라보다가 소스라쳐 한숨을 내쉰다.

"쑤꾸욱."

"쑥쑤꾸욱."

마지막 소리가 아즈란히 들리더니, 그 다음은 잠잠하다. 미럭쇠는 밥 먹기도 잊고 도로 넋이 나가서 우두커니 앉아 있다.

〈1938년〉

소망(少妄)

　　　　남아(男兒)여든 모름지기 말복(末伏)날 동복(冬服)을 떨쳐 입고서
　　　　종로(鍾路) 네거리 한복판에 가 뻗치고 서서 볼지니……. 외상진 싸전
　　　　가게 앞을 활보(闊步)해 볼지니…….

　아이, 저녁이구 뭣이구 하도 맘이 뒤숭숭해서, 밥 생각도 없구…….
　괜찮아요, 시방 더위 같은 건 약관걸.
　응. 글쎄, 그 애 아버지 말이우, 대체 어떡하면 좋아! 생각하면 고만.
　냉면? 싫어, 나는 아직 아무것도 먹고 싶잖어. 그만두고서 뭣 과일즙
〔果實汁〕이나 시원하게 한 대접 타 주. 언니는 저녁 잡셨수? 이 집 저녁
하구는 꽤 일렀구려.
　아저씨는 왕진 나가셨나보지? 인력거가 없구, 들어오면서 들여다보니
깐 진찰실에도 안 기실제는…….
　옳아, 영락없어. 그 아저씨가 진찰실에두 왕진두 안 나가시구서 언니
하고 마주 안 붙어 앉았을 때가 있다가는 큰일나라구?
　원 눈도 삐뚤어졌지. 우리 언니, 저 아씨가 어디가 이쁜 디가 있다구
그래애! 시굴뜨기는 헐 수 없어. 아따 저 누구냐 '쇠알?' 읽은 지가 하

두 오래 돼서 다아 잊었네. 뭣이냐 '보바리 부인' 남편 말이야…….

하는 소리 좀 봐요. 늙어가는 동생더러 망할 년이 뭐야? 하하하.

내가 웃기는 웃는다마는 남의 정신이지, 내 정신은 하나두 아니야.

양복장 새루 맞췄다더니 벌써 들여왔구려. 아담스럽게 이쁘우.

제엔장! 나는 더러워서 언니네가 모두 이렇게 재미나게 사는 걸 본다 치면 새앰이 나구 속이 상해 죽겠어.

무얼? 양복장을 하나 사 주겠다구? 언니두 참! 누가 그까짓 양복장 말이우?

그런 건 백날 없어두 좋아. 낡으나따나 한 개 있으면 고만이지 머.

가난해서 좀 고생허구 그리는 건 아무렇지두 않아요.

글쎄 다 같은 한아버지 딸에 한어머니 태 속에서 생겨나가지굴랑 똑같이 자라구, 똑같이 공부허구, 그랬으면서두 언니는 이렇게 안존하게 아무 근심 없이 사는데, 나는 하필 그이 때문에 육장 애가 받구, 맘이 불안하니, 그런 고루잖을 디가 어디며, 생각하면 화가 더럭더럭 난다니깐.

구식 여자들이 걸핏하면 팔자니 사주니 하는 게 아마 그런 소린가 봐.

아닌게아니라 미신이라두 좋으니 오늘 같아서는 어디 뭇구리라두 가서 해 보구 싶습디다.

그러나마 참 사람이라두 변변치 못했을세 말이지. 아 유식하것다, 기개 좋것다. 무엇 굽힐 게 있수? 부모 유산 넉넉히 못 타구 난 거야 어디 그이 탓이오? 돈이야 부자질 안 할 바에 기를 쓰구 모아서는 무얼 해.

애개개!

그 이는 이 집 아저씨더러 하등 동물이란다. 병자 고름 긁어서 돈이나 모을 줄 알지, 세상이 곤두서건 인간이 돼지가 되건 감각두 못 허구 그저 맛있는 음식에 좋은 옷, 편안헌 집에서 호박 같은 마나님이나 이뻐 허구, 그런 것밖에는 아무것두 모른다구. 하하하, 언니두 그런 줄은 잘 아는구려?

 참, 결혼을 하면 남편 성질을 닮는다는데, 그게 정말인가 봐? 우리가 어려서는 언니가 되려 신경질루 감정이 섬세허구, 잔 결벽이 유난스럽구 했는데, 그리고 나는 덜렁이구. 안 그랬수? 그랬는데 시방은 꼭 반대니.

 아무튼 나두 언니처럼 의사허구 결혼이나 했더라면 시방쯤 언니 부러워 않구서 엄벙덤벙 아무 근심 걱정 없이 살아갔을 거야.

 네에, 옳습니다. 이번에는 내가 언니한테 졌습니다. 가치(價値)는 어디루 갔든지간에 당장 언니가 나보담 팔자가 좋구. 그걸 내가 한편으루 부러워하는 게 사실은 사실이니깐요.

 그러나저러나 대체 어떡하면 좋수? 이 일을…….

 나 혼자서 두루두루 생각다 못 해 이 집 아저씨허구나 상의를 좀 해 볼까 허구서 부르르 오기는 왔어두, 상의를 하자면 그세 통히 토설을 않던 속사정을 다아 자상하게 언니한테랑 설파를 해야 하겠구. 그랬다가 그런 줄을 그이가 알든지 헐 양이면, 성미에 생벼락이 내릴 테구. 멀쩡한 사람 가져다가 미친 놈 만들려구 헌다구.

 그래서 섬뻑 엄두가 나든 않지만, 그래두 어떡하우. 증세가 좀처럼 심상털 않어 뵈구, 그러니깐 무슨 도리를 좀 차리기는 차려야지만 할 것 같은데.

 이 집 아저씨 동창이든지 친구든지 누구 신경과(神經科) 전문하는 이 없나 모르겠어.

 신경 쇠약이냐구?

 그렇지, 신경 쇠약은 신경 쇠약이지, 머. 그런데 시방은, 오늘버텀은 암만해두 여늬 우리가 생각하는 신경 쇠약에서 한 고패를 넘을 기미야.

 언니네는 시굴서 올라온 지 얼마 안 되구, 또 내가 이것저것 털어놓구 설파를 안 했구 해서 모르기두 했겠지만, 실상 나두 그새까지는 좀

심한 신경 쇠약이거니, 신경 쇠약으루 저만큼 심하니깐 더 도질 리야 없구 차차 나어 가겠거니 일변 걱정은 하면서두 한편으로는 낙관을 허구 있었더라우.

아, 그랬는데, 글쎄 오늘은 아까 점심 나절이야. 사람이 사뭇 십 년 감수를 했구려. 시방두 가끔 이렇게 가슴이 울렁거리군 하는걸. 내온 참, 어떻게 생각하면 어처구니가 없기두 허구.

아까 그게 그러니까 두 시가 조끔 못 돼서야. 부엌에서 무얼 좀 허구 있는 참인데, 뚜벅뚜벅 구두 소리가 나요.

무심결에 돌려다봤지. 봤더니, 웬 시꺼먼 양복쟁이야. 첨에는 몰라봤어. 그래 웬 사람인가 허구 자세히 보니깐 그이겠지!

그이는 쇠통 글쎄 겨울 양복을 꺼내 입었어요. 이 삼복중에 겨울 양복을.

저를 어쩌니가 아니라, 머 정신이 아찔하더라니깐.

그게 제 정신 지닌 사람이 할 짓이우? 하얀 아사 양복을 싹 빨아 대려서 양복장에다가 걸어 준 걸 두어 두고는 이 삼복 염천에 생판 겨울 양복 허구두 그나마 머 홈스펀[1]이라든지, 그 손구락같이 올 굵구 시꺼무레한 거. 게다가 맥고모자며 흰 구두까지 멀쩡한 걸 놓아 두구서 겨울 모자에 검정 구두에 넥타이, 와이셔츠꺼정 언뜻 봐두 죄다 겨울 거구려.

그러니 그렇잖어두 늘 맘이 조마조마하던 참인데, 문뜩 그 광경을 당허니 얼마나 놀랬겠수, 내가 말이야.

그냥 가슴이 더럭 내려앉구, 어쩔 줄을 모르겠어. 팔다리 허며 입술이 사시나무 떨리듯 떨리구.

아이머니, 저이가아! 이 소리 한 마디를 죽어 가는 소리루 겨우 입술만 달싹거리구는 넋이 나간 년 매니루 멍하니 섰느라니깐, 그이 좀 보구

---

1) 홈스펀 — 스카치 종의 거친 양털로 만든 수직물.

려! 마당에 우뚝 선 채 나를 마주 뻐언히 바라보더니 아 혼자서 벌심허구 웃겠지! 웃어요, 글쎄.

작년 가을 이짝 도무지 웃는 일이라구는 없던 사람이 근 일년 만에 웃는구려. 전에 혹시 무슨 유쾌한 일이 있든지 허면, 벌심허구 웃던 꼭 그런 웃음째야.

일변 반갑기두 허구, 그리면서두 가슴이 더 두근거려 쌌는군.

그럴 게 아니우? 일 년 짝이나 웃질 않던 사람이 갑자기 웃으니. 여편네 된 맘에 웃는 그것만은 반가워두 저이가 영영 상성[2]이 된 게 아닌가 해서 말이야.

어떻다구 맘을 진정헐 수가 없구, 눈물이 좌르르 쏟아지는 것을. 그제서야 힁낳게 마당으루 쫓아 나가서 두 팔은 덥쑥 잡었대지만, 목이 미어 말이 나오우? 그이는 내가 사색이 질려 가지구는 —— 반 얼굴이 다아 죽었을 게 아니겠수! 그래 가지구서 당황해하다가 끝내 울구 달려나오니깐, 첨에는 성가신 듯이 이맛살을 찌푸리더니 용히 제가 채림새가 생각이 나던가 봐. 실끔 아랫도리를 한 번 내려다보더니, 좀 점직하다[3]는 속인지 피쓱 웃어요. 그 웃는데 사람의 애가 더 밭더라니까.

"왜 그래? 여름에 동복을 입었기루서니, 왜 죽는 시늉이야?"

혀를 끌끄을 차면서 얼굴 기색하며 말 소리허며 아주 천연스럽구 전대루지, 죄끔두 공허(空虛)한 데가 없어요. 사람이 실성을 하면은 어덴지 말하는 음성이며 태도허며 건숭이구 공허해 보이잖우?

"천민! 속물! 세상이 곤두서는 데는 태평이면서, 옷 좀 거꾸로 입은 건 저대지 야단이야."

속물이란 소리는 노상 듣는 독설(毒舌)이구. 나는 그이 눈을 주의해

---

2) 상성(喪性) — 본래의 성질을 잃어서 딴사람같이 되는 것.
3) 점직하다 — 부끄럽고 미안한 느낌이 있다.

보느라구 경황 중에두 정신이 없지. 저 뭣이냐, 사람이 영 미치구 나면 눈자위가 틀린다구 않수?

그런데 암만 찬찬히 파구 보아야 전대루 정기가 돌구 맑지 머, 아무렇지두 않어.

그래두 그걸루 어디 안심이 되우?

그래 팔을 흔들면서, 아이 여보오 부르니까.

"왜 그래, 글쎄!"

하면서, 보풀스럽게 톡 쏘아 붙이는 것까지도 여전해요.

"대체 이 모양을 허시구 어디를 나갔다가 오시우?"

분명 어디를 나갔다가 오는 참이야. 얼굴이 버얼겋게 익구, 땀을 흠뻑 흘리는 게. 탈은 거기가 붙었어, 탈은.

아아니, 그이가 글쎄 갑작스리 의관을 —— 동복은 동복이라두 —— 단정하게 채리구서는 출입을 허다께 그게 사람이 기색을 헐 노릇이 아니우? 이건 천지가 개벽을 했다면 모르지만.

그이가 작년 초가을에 신문사를 그만두던 그날버틈서 인해 일 년짝을 굴 속 같은 그 건넌방에만 처박혀 누워서는 통히 출입이라구 하는 법이 없구. 산보가 다 뭐야. 기껏해야 화동(花洞) 사는 서씨(徐氏)라는 친구나 닷새에 한 번큼, 열흘에 찾어가는 게 고작이더라우.

그리구는 허는 일이라는 게 책 디리파기, 신문 잡지 뒤지기, 그렇잖으면 끄윽 드러누워서 웃지두 않구 이야기두 않구 입 따악 봉허구서는 맘 내켜야 겨우 마지못해 묻는 말대답이나 허구. 그리다가는 더럭 짜증이 나가지굴랑 날 몰아세기나 허구. 그럴 때만은 여전한 웅변이지. 그러니 나만 죽어날밖에.

아, 아무 데두 맬 데가 없는 몸이것다. 조옴 좋수? 집 뒤 바루 중앙학교 후원으루 해서 조금만 가면은 삼청동이요, 푸울이 있것다, 마침 태호 녀석이 유치원두 쉬는 때라, 동무가 없어서 어린것이 심심해 못 견디기두 허구 허니 기직[4]이나 한 닢 들구 그애 손목이나 잡구 매일 거기라 두 가서 물에두 들어가 놀구, 물에 지치거든 그늘 좋은 솔밭으루 나와 누워서 독서두 허구 그러느라면 몸에두 좋구, 더우두 잊구, 또 아는 사람두 만나구, 새루 사구는 사람두 생기구 해서 어우렁더우렁 만사 다아 잊구 지낼 게 아니겠수? 그런 걸 글쎄, 내가 혀가 닳두룩 말을 해두 안 들어요. 뎁다 날더러 신경이 둔한 속물이 돼서 자꾸만 보기 싫은 인간들 허구 섭쓸려 돼지처럼 엄벙덤벙 지내란다구 독설이나 뱉구.

그뿐인가 머. 언니두 알 테지만, 집에서 어머니가 지난 첫여름버텀 벌 써 네 번째나 편지를 하셨다우. 아이 아범이 올해는 아무 데두 맨 데가 없다면서 예가 바루 해변이것다, 넉넉진 못하지만 느이들이 서울서 지내느니보담야 다만 생선 한 토막을 먹어두 나을 테니 집일란컨 예서 서울 속재 잘 알구 착실한 여인네 하나가 마침 있으니깐 올려 보내서 한 여름 동안 집을 봐 주게 하께시니 부디 어린놈 데리구 세 식구 다 내려와서 이 여름 더움잖게 지나라구, 제일에 내가 어린놈이 보구 싶어 못하겠다구, 그리구 요전번 네 번째 하신 편지에는 혹시 여비라두 없어서 못 내려가는 줄 아시구서 내려오겠다면 집 보아 줄 사람 올려보내는 편에 돈을 얼마간 보낼 테니 곧 기별허라구까지 하셨구려.

사우 이뻐할사 장모라구, 그게 다아 딸이나 외손주놈보담두 실상 알구 보면 그 알뜰한 사우 양반 생각허시구 그리시는 거 아니우?

그러니 말이우. 그렇게 살뜰스럽게 오래지 않는다구 하더래두, 딴 비발[5] 써 가면서 남들은 위정 피서두 갈라더냐. 거 봐요! 언니네는 갈 맘이 꿀안 같애두 못 가잖수. 그러니 글쎄 선뜻 내려갔으면 오죽 좋수?

그러나마 처가래야 처남인들 하나나 있으니, 어려운 생각이며 편안찮

---

4) 기직 — 왕골 껍질이나 부들 잎으로 짚을 싸서 엮은 자리.
5) 비발 — 비용.

은 맘이 나겠수? 장인 장모 단 두 분이것다. 참말이지 제가 본갓집보담 두 더 임의롭구 호강바디루 지낼 건데.

내가 얼마를 졸랐다구. 그래두 영 도래질이야. 그러구는 헌닷 소리가 나를 목을 베어 봐라, 단 한 발이라두 서울서 물러서나, 이러는구려!

대체 무엇이 그대지 서울이 탐탐해서 죽어두 안 떠날 테냐구 캘라치면, 네까짓 것 하등 동물이 동앗줄 신경이 설명을 해 준다구 알아들으면 제법이게? 설명해서 알 테면 설명해 주기 전에 알아챌 일이지, 이리면서 몰아세요.

그리구두 졸리다 졸리다 못 하면 임자나 태호 데리구 가겠거든 가래는 거야. 웬만하거든 아주 영영 가 버리라구. 시방 세상이 통채루 사개[6]가 벙그러지는 판인데 부부구 자식이구 가정이구 그런 건 다아 가 버리라구. 시방, 세상이 고담(古談)[7] 같대나. 내 어디서 온.

왜 혼자라두 안 가느냐구 말이지? 언니두 그런 말 마시우. 허기야 참, 몇 번 별르기두 했더라우.

그래두 차마 훌쩍 못 떠나겠습디다. 그런 사람을 여기다가 떼어 놔 두구서 나 혼자 가다께 될 말이우? 것두 신경이 노말한 사람이면 몰라. 그렇지만 병인인걸. 병인을 혼자 남의 손에 맡겨 두구서야 어디.

에구 무척! 언니는 아저씨라면 들입다 깨질 똥단지 위하듯 위하면서. 하하하, 내가 그이 물이 들어서 자꾸만 이렇게 입이 걸쭉해 가나 봐.

신문사 나온 거? 머, 누구 동료나 손윗사람허구 다투거나 의견 충돌이 생겼던 것두 아니구, 그저 불시루 그날 그 자리서 사직원을 써서는 편집국장 앞에다가 내놓구 나왔다는걸. 그게 벌써 신경이 심상찮어진 표적이 아니우?

---

6) 사개 — 상자 같은 것의 네 모퉁이를 요철형(凹凸形)으로 만들어 끼워 맞추게 된 부분.
7) 고담 — 옛날 이야기.

신문사서두 어디루 보고, 어떻게 생각했던지 첨에는 편지가 오구 둘째 번은 정치부장이 오구, 셋째 번에는 사장의 전갈이라구 편집국장이 명함을 적어 보내구, 도루 사에 나오라는 권면이야. 그래두 번번이 몸이 건강틸 못 해서 일 감당을 못 하겠다는 핑계만 대지, 종시 움쩍을 안 했더라우.
  남들은 다같이 대학을 마치구 나와서두 삼사 년씩 취직을 못해 쩔쩔매는 세상에 그 해 동경서 나오던 멀루 신문사에 들어갔구. 인해 오 년이나 말썽없이 있어 왔으니깐 그만하면 신문사 인심두 얻구 또 사장두 자별하게 대접을 했답디다. 그런 것을 헌신짝 벗어 내던지듯 내던지구는 사람마저 저 지경이 됐으니······. 허기는 눈동자가 옳게 박힌 놈은 이 짓 못 해 먹겠다구, 그 무렵에 바싹 더 침울해허기는 했었지만서두.
  생활비?
  머 그저, 작년 가을 겨울 두 철은 신문사서 나온 퇴직금 한 삼백 원 되는 걸루 그럭저럭 지냈구. 올 봄으루 첫여름은 시댁에서 두 번인가 백 원씩 보낸 걸루 지내는 시늉을 했지만.
  시댁두 별수는 없구. 막내 시아재가 작년버팀 금광을 해요.
  그리 우난 건 아니지만, 동기간이 객지서 어려히 지낸다구 가끔 돈 백 원씩 그렇게 띠워 보내군 했는데, 그 뒤에 광이 팔리기루 됐다나 봐. 팔리기만 하면은 몇만 원 생길 텐데 매매에 걸려 가지구는 두 달 장간이나 오늘 내일 밀려 나려오기만 허구 돈이 들어오덜 않는대나 봐. 그걸 바라고 있다가 우리두 고슴도치 오이지듯 빚을 다뿍 짊어진걸.
  그렇지만 괜찮아요. 영 몰리면 집은 우리 것이니깐 팔아서 빚두 가리구 한동안 먹구 살 거리만 냉기구서 시외루 오막살이나 한 채 얻어 나앉지. 그런 것은 나두 뱃심 유해졌다우. 의식주 같은 건 근심하지 말구 서 돼 가는 대루 살아가기루.
  정말이지 그런 건 죄꼼두 걱정두 안 되구 위협두 느끼잖어요.

소 망 ■ 103

그저 그이만 몸을 도루 일으켜 가지구 생화[8]야 있든지 없든지 남처럼 활달하게 나돌아 다니구 허기만 해 주었으면. 머, 내가 어디 가서 빨래품을 팔아다가 사흘에 한 끼씩 먹구 살아두 좋아요.

흰말이 아니라우, 진정이야. 그런데 글쎄. 아유 답답해! 아, 밖에 나가서 돌아다니구, 머 삼청동 푸울에를 다니구 그런 것두 외려 열두째야. 내 참!

언니두 와서 봤으니까 알 테지만 우리 집 건넌방이라는 게 그게 방이우? 여름 한철은 도무지 사람이 거처를 못 해요. 앞문이 정서향으로 나놔서 오정만 지나면 그 더운 불볕이 쨍쨍 들이쬐지요. 게다가 처마끝에 함석 채양에서는 후꾸후꾼 더운 기운이 숨이 막히게 우리지요. 북창 하나 없구 겨우 마루루 샛문이 한쪽 났다는 게 바람 한 점 드나들덜 않지요. 머 방 속이 아니라 영락없는 한징 가마 속이야. 날더러는 단 십 분을 들앉어 있으래두 죽으면 죽었지 못해. 어느 쟁이녀석이 고따우루 소견머리 없이두 집을 지어 놨는지.

그런 걸 글쎄 그이는 꼬박 그 속에서 배겨 내는군. 가을이나 겨울이나 또 봄철은 외려 괜찮아요. 아 이건 이 삼복중에 그 뜸가마 속에서 끄윽 들박혀 있으니 더웁긴들 오죽허며 여늬 사람두 더위에 너무 부대끼면은 신경이 약해져서 못 쓰는 법인데. 이건 가뜩이나 뭣한 사람이 그 지경을 있다께. 멀쩡한 자살이 아니우?

제에발 마루루라두 나와서 누웠으라구, 경을 읽어두 안 들어요. 마룬들 그대지 신통할꼬만서두, 그래두 건넌방보담은 더얼 허구. 또 안방은 앞뒷문으루 맞바람이 쳐서 제법 시원하다우. 단 두 내외에 어린놈 하나것다, 남의 식구라구는 없으니 아녈말루 활씬 벗구는 여기저기 시원한 자리루 골라 눕던 못 허우?

---

8) 생화 — 벌이나 직업.

성가시구 다아 힘이나 드는 노릇이라면 그두 몰라. 누웠던 자리에서 몸 한 번만 뒤치면 마루루 나와지구. 또 한 번만 뒤치면구 안방 뒷문치루 옮아 누워지구 하는 걸 웬 고집이며 무슨 도섭으루다가 고걸 꼼지락거릴랴구 않구서, 생판 뜸가마 속에만 늘어붙어설랑 육성으루 그 고생이우?

가슴이 지레 터지구, 내가 얼마나 폭폭 하겠수? 사뭇 살이 내려요.

허기야 사람이 전에두 고집이 세구 신경질이 돼서 편성9)이구 허기는 했지만. 시방 저러는 건 고집두 편성두 아니구서, 그저 나무 토막이구 돌덩어리라니깐. 그러니 병이 아닌담에야 어디 그럴 법이 있수.

병원? 진찰?

흥! 그런 말만 내보우. 생사람 하나 죽구 말지 안 돼요, 안 되구. 아까 이야기하다가 말았지만, 여기 아저씨가 누구 잘 아는 이루 신경과 전문 의사가 있으면 미리 짜구서 그런 눈치 저런 눈치 뵐 게 아니라, 놀러 온 양으로 어물쩌억허구 좀 보아 달래야지, 내 억칙으루는 천하 없어두 병원에 데리구 가는 장사는 없어요.

이거 봐요. 글쎄, 오늘은 이런 재주를 다아 부려 보잖었겠수?

오정이 조꼼 못 돼서야. 태호 벙어리를 털으니깐, 제법 일 원짜리루 두 장이나 나오구, 죄다 해서 한 오륙 원은 돼요. 옳다구나 태호허구두 그누를 해 가지고서는 모자가 건넌방으루 —— 그 양반이 농성(籠城)을 허구 있는 그 한징 가마 속이었다 —— 글러루 처억 쳐들어갔구려.

들어가설랑, 아 날두 이렇게 몹시 더웁구 이 애두 벌써 며칠째 어디를 가자구 조르구 허니깐 우리 가서 수박두 먹을겸 물에두 들어갈겸 안양(安養)이나 잠깐 갔다가 오자구. 듣자니 사람두 그리 많지두 않구, 조용한 자리두 얼마든지 있다더라구.

---

9) 편성(偏性) — 한쪽으로 치우친 성질.

머 있는 소리 없는 소리 주워 보태가면서 은근히 추슬르지를 안 했다구요. 태호는 태호대루 내가 외어 준 말을 강한다는 게 '안양' 먹으러 '수박' 가자구 앉았구.

첨에는 대답두 안 해요. 그래두 자꾸만 앉어서 조르니깐, 겨우 한닷소리가 태호 데리구 갔다오구려, 이리는군! 그리면서 슬며시 돌아눕는데, 글쎄 잠방이[10]만 입구 알몸으루 누웠던 등허리가 땀이 어떻게두 지독으루 났는지 방바닥이 흔그은해요.

오죽해서 내가 걸레를 집어다가 닦었으니 천주학이라구는!

일 글른 줄 알면서두 그리지 말구 같이 갑시다. 당신두 같이 가서 소풍두 허구 그래야 좋지. 우리 둘만 무슨 재미루다가 가겠수. 자, 어서 일어나서 우선 냉수루 저 땀두 좀 씻구 그리라구 비선헌 듯, 애기 달래듯 하니깐,

"재미?"

암 말두 않구 한참 있다가 따잡듯 시빗조야.

"재미라……? 게 임자네 재미보자구 나는 고통을 받어야 하나?"

"그런 억짓 소릴라컨 내지두 마시우!"

나두 그제서는 속에서 부아가 치밀다 못 해 쏠밖에.

"원, 놀러가는 게 어쩌니 고통이며, 당신 말대루 고통이 된다고 합시다. 당신 좀 고통받구서, 머 나는 둘째야. 저 어린것 하루 실컷 즐겁게 해 주면, 그게 못 할 일이우?"

"그것두 천하사를 도모하는 노릇이라면……"

"에구! 그저……"

"………"

"당신 이러다가 아녈말루 죽거나 하면 어떻거자구 그러시우?"

---

10) 잠방이 — 가랑이가 무릎까지 오는 짧은 남자용 홑바지.

"헐 수 없겠지. 인간 목숨이 소중하다는 것두 요새는 전설 같아서 까마득허이!"

"듣그러워요! 내가 어디 가서 기두 맥두 없이 죽어 버려야 당신이 정신을 좀 채릴려나보우."

"야몽거지 않는 여편네는 넉넉 만금값이 있어. 아닌게아니라 아씨의 그 다변은 좀 성가셔!"

"그렇다면은 아무래두 나는 죽어야 하겠구려? 당신 성가시지 않게, 또 정신을 버쩍 좀 차리게. 소원이라면 죽어 드리리다."

"나를 위해서…… 죽는다……?"

"빈말이 아니라 두구 봐요."

"남을 위해서 내가 죽는 것두 개죽음일 경우가 많아. 제일차 세계대전 후에 아메리카 녀석들이 무얼루 오늘날 번영을 횡재했게! 귀곡성(鬼哭聲)이 이천만의 합창을 하잖나! 억울하다구. 생때 같던[11] 장정 이천만 명!"

"아이구 답답이야! 이 답답. 제에발 덕분 하느라구 저기 마루나 안방으루라두 좀 나가서 누워요, 제에발."

"그만 입 다물지 못 해! 이 하등 동물 같으니라고."

소리를 버럭 지르면서 도사리구 일어나 앉어요, 화가 나설랑.

"이 동물아! 내가 이렇게 꼼짝 않구서 처박혀만 있으니깐, 아무 내력 없이 그리는 줄 알아? 나는 이게 싸움이야. 이래뵈두 더위가 나를 볶으니까, 누가 못 견디나 보자구 맞겨누는 싸움이야 싸움!"

내 원, 어처구니가 없어서. 더 옥신각신해야 되려 그이 신경에만 해롭겠어서 벌떡 일어나 나와 버렸지. 속두 상허구 허는 간으루는 제가 말대루 태호나 데리구 안양이라두 곧 가겠어. 그렇지만 어디 그럴 수가 있어

---

11) 생때 같다 — 몸이 튼튼하여 병이 없다.

야지. 내가 애를 푹신 삭히구 말았지.

 그러자 마침 생각하니깐 오늘이 말복이야. 그래, 온 여름 내내 그 생지옥에 처박혀 있으면서 연계 한 마리두 못 얻어 먹구 꼬치꼬치 야윈 게 애처롭기두 허구. 또 태호두 며칠 설사끝에 눈이 빠아꼼하구. 에라 남대문 장에 나가서 연계를 두어 마리 사다가 삶어 주리라구, 태호를 앞세우구 나섰지.

 그이더러는 장에 가서 닭 사 가지구 오마구, 좋은 말루 말을 허구 나 가려니깐 되부르더니 내려가는 길에 싸전 가게 주인더러 재갸가 엊그제 시굴서 올라오기는 했는데 일이 여의치 못했다구 미안한 대루 이달 팔 월 그믐꺼정만 더 참아 달라구 일르라는군. 그런 걸 봐두 정신 말짱하잖수? 대놓구 먹던 아랫거리 싸전에 묵은 외상값이 한 이십 원 돼요. 지난 봄부터 몇 번 밀어 오다가 유월 그믐껜가는 재갸가 돈을 마련하러 시굴을 내려가니 수히 올라와서 셈을 막어 주마구 그랬다는군. 그래 놓구는 칠 월 그믐을 문뚜름히 넹겼는데 그이 하는 짓을 좀 봐요. 시굴 내려갈 줄루 거짓말을 하구서는 그 담부텀은 그 앞으루 지내다니기가 안 됐으니깐, 화동 서씨네 집을 갈 때면은 곧장 내려와서 가회동으루 넘어가덜 못 하구서는 위정 중앙학교 뒤루 길을 피해 비잉빙 돌아다니는구려! 애초에 시굴이니 뭣이니 할 게 아니라, 그대루 이럭저럭 한동안 밀어가다가 생기는 날 갚어 줄 것이지. 또 그래 놓구서 그 앞을 얼찐 못할 건 무엇이며, 사람이 고렇게 소심하다구는! 그런 걸 보면 천하 졸장부야.

 그래 아무려나 시키는 대루 싸전엘 들러서 말을 그대루 일르구는 전차를 타구 남대문 장까지 가서 연계를 세 마리를 털 뜯고 속낸 걸루 사 가지구 그리구 돌아오니깐 한 시가 조꼼 못 돼더군. 아마 한 시간 남짓 했나 봐. 그런데 집에를 당도하니깐, 그이가 어디루 가고 없어요. 집은 텅 비워 놓구 대문만 지쳐 두구서.

 그저 짐작에 화동 서씨네 집에 나갔나보다구 심상하게 여기구서 별치의두 안 했지. 늘 동저고리 바람으루 시간 대중 없이 주르르 가군 하니깐.

그랬지, 누가 글쎄 동복을 지성으루 꺼내 입구, 그 야단을 떨었을 줄야 꿈엔들 생각했수?

그랬는데, 그래 시방 부랴부랴 닭은 삶는다, 또 그이가 칼국수를 좋아허길래 밀가루를 반죽해 가지구 늘여서 썰어서 삶어 건져놓는다, 양념을 장만한다, 거진 다아 돼가는 판에 마침 들어오기는 때 맞추어 잘 들어왔다는 게 쇠통 그 모양을 해 가지구 처억 들어서지를 않는다구요?

하마 조꼼 뭣했으면 내가 미칠 뻔했다우. 허겁이 아니라 시댁두 시댁이지만 집에서 만약 어머니가 아시면 기절을 하셨지.

그래 겨우 정신을 채려 가지구 그 얼뚱애기를 데려다가 마룻전에 걸터 앉히구서 모자를 벗기구, 저구리를 벗기구, 조끼를 벗기구, 부채질을 하면서 대체 어디를 갔다가 오느냐구 재쳐 물으니깐 종로! 종로를 갔다 온대요, 자그만치 종로를.

나는 기가 막혀서 울다가 웃었구려.

젊은이 망령은 참나무 몽둥이루 고친다는데, 이건 몽둥이질을 하잔 말두 안 나구. 아닌게아니라 국수를 늘이느라구 거기 마루에 놓아 둔 방망이가 돌려다보입디다!

"아니 여보, 말쑥한 여름 양복은 두어 두고서 무슨 내력으루 이걸 꺼내 입구, 종로는 또 무엇하러 가셨단 말이오?"

"속 모르는 소리 말아. 이걸 떠억 입구, 이걸 푸욱 눌러 쓰구, 저 이글이글한 불볕에 어때? 온갖 인간들이 더위에 항복하는 백기(白旗) 대신 최저한도루다가 엷구 시원한 옷을 입구서 그리구서 허어덕허덕 쩔쩔 매고 다니는 종로 한복판에 가 당당하게 겨울 옷을 입구서 처억 버티구 섰는 맛이라니! 그게 어떻게 통쾌했는데!"

연설조루 팔을 내저으면서 마구 기염을 토하겠지.

"남들이 보구 웃잖습디까?"

"그까짓 속충(俗蟲)들이 뭘 알아서? 어허허, 그 친구 토옹쾌허다! 이 소리 한 번 치는 놈 없구, 모두 피쓱피쓱 웃기 아니면 넋나간 놈처럼 멍허니 입을 벌리구는 치어다보구 섰지."

보니깐 그 두꺼운 양복 밖으루 땀이 뱄겠지. 얼마나 더워서!

"그리구 참, 내 올라오면서 싸전 가게 앞으루 지내와 봤는데……"

"무어랍디까?"

"그저, 안녕히 다녀오셨느냐구. 그런데 말이야, 그 앞을 지내오면서 가만히 생각하니까 썩 유쾌하겠지."

사뭇 우쭐거리는데 얼굴을 보니깐 그새처럼 침울하기는 침울해두 말소리는 애기같이 명랑하겠지!

제가 말대루 통쾌하구 유쾌하구 한 덕분인지 모르겠어두 닭국에다가 국수를 말어 주니깐 큰 바리[12]루 하나를 다 먹구 또 주발[13]루 반이나 먹더군.

그러니 말이우, 그게 요행 병을 돌려서 그리는 거라면 오죽 기쁠 일이우. 그렇지만 불행히 병이 도져가는 징조라면 그 일을 장차 어떡헌단 말이우?

혈통? 없어요. 시방 당대구 선대구 그런 일은 없어요. 아니야, 내가 글쎄, 그이허구 결혼한 지가 칠 년인데. 그이 학부 마칠 동안 삼 년 허구 취직한 뒤에 살림 시작하기 전 이 년허구, 오년이나 시댁에서 지냈는 걸. 아무런들 그이 집안에 정신병 혈통이 있는지 없는지 몰랐겠수?

옳아, 언니 시방 하는 말이 맞았어. 나두 실상 그렇게 짐작은 했다우.

---

12) 바리 — 놋쇠로 만든 여자의 밥그릇. 오목주발과 같되, 중배가 더 내밀고 뚜껑에 꼭지가 있음.
13) 주발 — 놋쇠로 만든 밥그릇. 위가 약간 벌어지고 뚜껑이 있음.

그러니 말이지. 사내 대장부가 어찌 그대지 못났수? 이건 과천(果川)서 뺨맞구 서울와서 눈 흘기기 아니우? 제엔장맞을, 차라리 뛰쳐 나서서 냅다 한바탕…… 응? 그럴 것이지, 그렇잖수?

　그러구저러구간에 시방 나루서는 병 시초나 또 뿌렁구나 그게 문제가 아니야. 다만 그이가 정말루 못 쓰게 신경 고장이 생겼느냐, 요행 일시적이냐. 만약에 중한 고장이라면은 어떻게 해야만 그걸 낫우어 주겠느냐 이것뿐이지. 그 밖에는 아무것두 내가 참견할 게 아니야. 날더러 그이를 이해(理解)를 못 한다구 딴전을 보구 있네! 그게 어디 이해를 못 하는 거유?

　마침 맞게 아저씨가 들어오시는군.

　내친 걸음이니 아무러나 같이 앉아서 상의를 좀 해 보구…….

〈1938년〉

패배자(敗北者)의 무덤

 오래비 경호는 어느 새 고개를 넘어가고 보이지 않는다.
 경순은 바람이 치밀세라 뭉뚱거린 어린것을 벅차게 앞으로 안고 허덕지덕, 느슨해진 소복치마 뒷자락을 치렁거리면서 고개 마루턱까지 겨우 올라선다.
 산이라기보다도 나지막한 구릉(丘陵)이요, 경사가 완만하여 별로 험한 길이랄 것도 없다. 그런 것을 이다지 힘이 드는고 하면, 산후라야 벌써 일곱 달인 걸 여태 몸이 소성되지 않았을 리는 없고 혹시 남편의 그 참변을 만났을 때 그때에 원기가 축가고 만 것이나 아닌가 싶으기도 하다.
 사람이 죽는다는 것도 아무리 애석한 소죽음일 값에 가령 병이 들어 한동안 신고를 하든지 했다면야 주위의 사람도 최악의 경우를 신경의 단련이라고 할까, 여유라고 할까, 아무튼 일시에 큰 격동을 받지 않고 종용[1] 자약하게[2] 임할 수가 있는 것이지만 이는 전연 상상도 못 할 불

---
1) 종용(慫慂) — 잘 설명하고 달래어 권하는 것.
2) 자약하다 — 큰일을 당하여도 놀라지 않고 평상시와 같이 침착하다.

의지변[3]이어서, 무심코 앉았다가 별안간 당한 일이고 보니 사망(死亡) 그것에 대한 애통은 다음에 할 말이요, 먼점 심장이 받은 심리적 타격이 대단했던 것이다.

쇠뿔을 바로잡다가 본즉 소가(죽은 게 아니라) 말승냥이가 되더라는 둥, 불합리와 간접 교사를 하고 있을 수가 없다는 둥, 언뜻 암호 문자(暗號文字)처럼 생긴 이유를 찾아 가지고 남편 종택이 제법 그때는 녹록치[4] 않은 소장 논객으로서 어떤 잡지의 전임 필자이던 직책을 내던진 후 집안에 칩거한 것이 작년 이직 초승…… 잡지사를 그만둔 이유는 그러한 것이었으나 그를 단행한 직접 동기는 부친에게서 온 한 장의 서신이었었다.

아침에 마악 잡지사에 출근을 하려는 참인데 편지가 배달이 되었다. 이맛살을 잔뜩 찡그리고 읽어 내려가던 종택은 귀인성[5] 있는 늙은이들 죽지도 않는다고 불측한 소리를 두런거리면서 방바닥에다 편지를 내동댕이치더니, 그대로 주저앉아 그 손으로 잡지사에 사직원을 썼던 것이다.

잡지사의 사직이야 시일 문제인들 경순도 알던 터이지만 시아버지의 편지와 무슨 관련이 있을 줄은 뜻밖이라 궁금한 대로 편지를 걷어 가지고 읽어 보니 강 진사의 예의 한문에 토를 달아가면서(아들이 순한문을 잘 몰라 본대서 언제고 그 투다) 한발이 넘게 달필의 붓글씨로 휘갈긴 사연이 우습기도 하고 솔직하기도 하나, 결국 함축 있는 반박이었었다.

―― 너는 그것이 심히 불가한 양으로 이 애비를 책망하였음이나 진실로 그렇지 않을 연유가 있는 배로다. 하고 뇨하면, 천하의 목탁이라

---

3) 불의지변(不意之變) ― 뜻밖의 변고.
4) 녹록하다 ― 평범하고 하잘것없다.
5) 귀인성(貴人性) ― 귀인다운 고귀한 바탕이나 성질.

칭시하는 일보(日報)야며 너도 간여를 하고 있는 잡지야며를 상고할진댄 신문지사(新聞之士)와 잡지지사(雜誌之士) 그를 극구 칭양하여 솔신고무하니 의(義)임을 가히 알지로다. 우황 거세(擧世) 그를 따름이리요. 유차관지컨대 유의지사(有意之士)와 유산지민(有産之民)이 모름지기 숭상할 대도(大道)인지라, 내 빈재(貧財)를 나누어 혼연히 행한 바이로다 ──.

말없이 싸서 주는 사직원을 받아 가지고 나가서, 속달 등기로 부치도록 사환 계집아이를 분별시킨 후에 건넌방으로 도로 들어와보니, 남편은 외투까지 입은 채 출입하려던 차림 그대로 방 한가운데 가서 버얼떡 드러누워 눈을 감고 침음[6)]에 잠겨 있었다.

"예는 찬데!"

경순은 남편의 머리 옆으로 조용히 앉으면서 손바닥으로 방바닥을 짚어 보면서 그의 얼굴을 가만히 들여다본다. 진작부터도 남편이 침울하게 지내왔고, 하다가 오늘은 또 그러한 서신이야, 사직원이야 해서 가뜩이나 저렇게 마음이 편안치 않아 하고 하는 것을 경순은 잘 이해할 줄도 알고 그러므로 근심도 되고 하여 자연 얼굴에 흐린 그늘이 지지 않는 것은 아니나 그러나 그것이 곤곤히 드러만나는 애정과 명랑한 빛을 통째로 지우지는 못한다.

종택은 천천히 눈을 뜨고 아내를 올려다본다. 근심은 그대로 가득한 얼굴이나 금세 아내의 등이라도 다독다독 해 줄 그러한 눈이다.

결혼을 하여 겨우 일 년 남짓하니 연애적 기분도 미처 가시지 않았을 무렵이기야 하지만, 시방 종택 자신이 정신 생활의 중대한 난면을 만났고, 경순은 그의 고민을 제 살로써 충분히 느끼고 하는 절박한 시기에 처하여서도 그들의 도타운 애정은 결코 전면에 나타나기를 주저하지 않

---

6) 침음(沈吟) ─ 속으로 깊이 생각하는 것. 근심에 잠겨 신음하는 것.

는다.

"옷 갈아입구 절러루 누우세예지, 여기는 차아!"

"응!"

종택은 머리를 고였던 한편 팔을 뽑아다가 이마를 뒤로 씻으면서 입을 꾸욱 다물고 응! 한다. 길쭉한 아래턱이 쑤욱 더 나오고 넓다란 이마가 씻는 대로 더 넓어진다.

"그리구우 인전 아침 불 때예지요? 낮에두 집에 기실 테니깐······ 네?"

"응? 응."

"그리구, 자요오! 옷 갈아입구······."

"응."

"아이 참! 애긴가 뭐, 응, 응만 허구."

"으응, 내가 그랬나!"

종택은 푸시시 일어나 앉은 채로 외투며 양복을 벗고, 아무렇게나 바지와 저고리를 뀌고 걸치고 한다.

경순은 벗어 내놓은 것을 걷어다가 양복장을 열고 차례로 걸면서 밖으로 대고 안잠이[7]를 불러 이 방에 군불을 지피라고 이른다.

종택은 내키잖은 손으로 담배 하나를 피워 물더니 아랫목 보료 위에 가서 잔뜩 쪼그리고 앉는다.

마지막 양복장 문을 닫으려고 할 때다. 무엇을 까막까막 생각하느라고 건성으로 손을 놀리던 경순은 별안간 웃음을 하나 가득 달뜬 음성으로,

"아이! 차음!"

하면서 급하게 들어서다가, 그러다 남편이 하고 앉았는 양을 보고는 그

---

7) 안잠이 — 남의 집에서 안잠자며 일하는 사람.

만,

"……오온! 쫓겨 가시나……. 치워요?"

종택은 버륵 웃으면서, 제 자세를 내려다보더니 혼자서 또 고소를 한다.

"방바닥두 뜨듯한데……. 그래두 안방으루 건너가시든지……."

종택은 고개를 흔들고 경순은 보료 밑을 짚어 보다가 그대로 주저앉는다.

"……저어, 전에 —— 전에에, 우리 결혼하기 전두 말구, 또 그전……."

"응."

"그때, 양행허구 싶다구 그리셨지요? 불란서 같은 데루……."

"부울란서? 글쎄……."

"아따 저 거시기 누구냐, 뿔룸? 응 뿔룸 내각이 생기구 그럴 땐데, 그날 일요일날 내가 하숙으로 찾아가니깐 사진서껀 나구 헌 신문을 읽으시다가 한 번 휘익 다녀왔으믄 좋겠다구, 인제 결혼허구 나서 둘이서 같이 갈 거라구……."

"글쎄…… 혹시 그랬을지도 모르지……. 그런데 그런 옛말은 별안간 왜? 가구 싶수?"

"아아니. 그리구 나는 가구 싶어두……."

경순은 제 아랫배를 내려다보다가 바륵 웃는다.

배가 아직 겉으로 드러나게 보이든 않아도, 삼 개월이라고 며칠 전에 산과 의사의 확진까지 났던 것이다.

종택은 아내를 마주 보고 웃던 눈을 재쳐 가슴 아래로 흘리다가 이윽고 다시 젖가슴께서 잠깐 멈추더니 도로 아내의 눈을 찾는다.

인간은 오랜 옛적 동물로서 많이 취각(臭覺)으로 살던 본능이 아직도 혈관 속에 처져 있어서 그러한지는 몰라도 임신 삼 개월 마침 그때가 아낙이 사랑스러 보인다고 한다. 그리고 아낙 역시 그때가 남편에게 느끼는 사랑이 가장 고조에 오른다고.

"아이, 숭업게 왜 자꾸만 보셔!"

경순은 수삽하여[8] 부질없이 치맛자락으로 배를 싼다.

종택은 그새 벌써 다른 생각에 눈을 까막까막 주의가 아내에게서 딴 데로 번진다.

경순은 먼점에 하다가 만 이야기가 다시 생각이 나서,

"시방 글쎄여…… 양복을 걸믄서 양보옥 양복자앙 하다가 괜히 양행이란 말이 생각이 나겠지요. 그리군 전에 그 이야기두 생각이 나구……. 어떠세요? 마침 이렇게 수서언허기두허구, 그러니깐 바람두 쐬실겸 이번에……."

"글쎄……."

"훠얼훨, 좀…… 뭐 해필 불란서로만 가신다는 게 아니라, 천천히 구라파루 아메리카루 일주를 하셔두 좋구."

"쯧! 좋겠지."

"인전 아무래도 한동안 시굴루 내려가서 지내는 게 좋잖아요? 괜히 분잡허구, 또오……."

"글쎄……."

"그러니깐 이왕 서울 살림은 헤치구 일어서는 길에 아주."

"간다구 허더래두 여권두 문제라!"

"좀 다잡아서 운동을 해 보지? 널리 대구……. 되다가 못 되더래두."

"글쎄……."

"여비는 아버님 안 주시거들랑, 뭐 그래 주실 여유도 없으시대지만 이 집 이거 팔구 아무래두 시굴루 내려가자믄 팔아야 할 테니깐……. 한 오천 원은 받지요?"

---

8) 수삽하다 — 어찌해야 좋을지 모를 정도로 수줍고 부끄럽다.

"받겠지."

"그리구 모자라는 건 내 논 따루 몫지어 주신 거 아버지더러 돈으로 주시라구 허지. 그렇지만 아버지가 그건 안 들으실 거구. 오빠더러 이야기를 해예지, 뭐. 오빠는 우리 일이라믄 돈이나 한 몇천 원은 얼른 해 주실 건데……. 그러니깐 여비두 걱정 없잖아요?"

"글쎄……."

"그리구 나는 그동안 시굴서 집에 가서 있든지, 모처럼 시집살이라두 좀 허든지, 또오 오면 가면 허든지 그리구우, 네? 나느은……."

경순은 그 다음이 아주 재미있는 대목인데 남편을 보니 제가 이야기하고 있는 것을 보고 앉았기는 앉았으면서 실상은 딴생각으로 주의가 산만하고 그리고 그래서 여태까지 말대꾸하던 것도 건성이었고 한 것을 비로소 알고는 그만 헤먹어서,9) 응석하듯 그의 무릎을 잡아 흔든다. 재미나는 대목이란 건 인제 한 이태고 후에 당신이 고베나 요코하마에서 배에서 내리는 날 나는 이쁘디이쁜 애기를 안고 부두에서 서서 마중을 하구요, 이 말을 하겠던 것이다.

그러나 종택은 아내가 개두를 한 그 이야기를 결코 잊어버린 것이 아니다. 오히려 여자답게 재치있게 궁리를 해 낸 양행이라는 그것이 일변 마음에 당겨 두루 생각을 하고 있었다.

그는 언뜻 양행이면 소극적이기는 할 값에, 지금의 이 거추장스런 자기 분열(自己分裂)에 대한 준열한 자책이 어느 만큼 완화될 수가 있을 성불렀다.

후일의 에네르기를 삼을 겸, 견문도 넓히고 미흡한 학문도 닦고 하면서 한 이태고 삼 년이고 외국에서 지내다가 서서히 돌아와서 차차 다시……

---

9) 헤먹다 — 빈 곳이 많아서 어울리지 않다.

이렇게 생각을 했을 때는 당장 오늘이라도 뛰쳐 나가서 여권도 주선을 해 보고, 여비도 마련을 하고 부리나케 서둘러 하루바삐 떠나고 싶기도 했다.

그러나 그것은 처음의 한순간이요, 마침내 속은 후련하게끔 그리고 경도가 되어 버리질 않고서 차차로 짜뿌둠하니 싫었다.

작금의 종택은 강풍을 만나 파선을 하고 난 뱃사람과 흡사하다 하겠다.

본시 바람이란 것은 제 풀로 두어 두면 부질없이 파괴나 일삼는 해로운 물건이다. 그러나 사람은 파괴나 하고 마는 자의 힘을 갖다가 역으로 인도하며 나에게 순응하도록 이용을 하는 총명함을 타고 났다. 돛〔帆〕을 만들어 바람을 받아서 물 위로 배를 달리고 풍차를 세워 물레를 돌려서 동력을 얻고 하는 것이다.

바람은 그런데 사시 봄바람이나 산들바람만 부는 것은 아니다. 그는 제 성격과 제 이유로 해서 가다가는 성난 폭풍일 수도 있다. 그러므로 그러한 강풍을 어거하자면,[10] 보다 더 실한 돛과 정정한 풍차가 있어야 할 것이다.

종택은 일찍이 바람 거칠지 않을 절기에 조그마한 돛을 만들어 달고 바다로 나왔었다. 했다가 그는 힘에 부치는 강풍을 만났다.

돛은 여지없이 찢어졌다. 그리고 배는 낯선 섬에 표착이 되었다. 종택은 지금에, 참혹한 파선의 형태를 바라보면서 해안을 두루 배회하고 있었다.

다시금 든든한 돛을 만들어 달고 강풍이 불어치는 바다로 달릴 의욕은 불타오르나 그에게는 그러한 돛을 만들 힘 —— 체력이 없었다. 천지에 바다와 맞붙어 단판 씨름을 않고는 살 수가 없는 판박이[11] 뱃사람이

---

10) 어거하다 — 수레를 메운 소나 말을 몰다. 거느려서 바른 길로 나가게 하다.

아니라 거기 어디 되는 대로 주저앉아도 넉넉한 팔자, 이것이 그의 타고난 불리한 약점이었던 것이다.

그리하여 마음은 한갓 풍랑거친 바다로 쏠리는 것이나, 몸뚱이는 생리적 고통을 지레 겁을 내어 의욕을 뒤받쳐 주지 않고는 가재걸음을 치고 해서, 어찌 하자는 말도 나오지 않던 차인데 공교로이 양행이라는 아내의 훈수다.

얼씨구나 좋다고 몸뚱이는 들이 프랑스로, 아메리카로, 발칸으로, 지중해로, 모스크바로, 로마로 세계 지도를 제멋대로 뛰어다니고 있다. 겁이 담뿍 났는데 마차운 샛길이 나오니까 냉큼 그리루 도망을 빼는 꼴새다. 온갖 조조(曹操)는 그자인 것이다.

이렇듯 한낱 도비[12]에 지나지 않는 것이고 보니, 처음에 양행이란 말이 나자 언뜻 자기 분열의 가책을 면하려니 싶었던 것은 결국 착각에 불과했던 것이다.

결단코 견문이 좁거나 학문이 미흡해서 오늘 당장에 할 노릇을 못 하는 일일세 말이지, 오히려 지금 정도로도 족할 지경이다.

그러니 가사 양행을 한다고 했자 산을 뽑아 짊어지고 올 바 아니며, 요술 둔갑을 익혀 가지고 올 바 아니며, 무기력한 인간이기는 오나가나 일반이 아닐 것이냐.

그러나마 시방 역사는 백 년의 경륜을 하고 있지는 않느냐. 그는 바야흐로 세계로 하여금 어떤 사실에 뿌리를 박고서 독자한 시대적 성격을 창조시키고 있는 중이니, 그의 연령을 세기(世紀)로서 따져야 할 것이 아니냐.

그 사실이 불합리하고, 그 성격이 나의 생리(生理)에 맞지 않는 것은

---

11) 판박이 — 판(版)으로 박는 일. 판에 박은 듯이 꼭 같아 새로움이 없는 모양·사람.
12) 도비(徒費) — 보람 없이 헛되이 쓰는 것.

딴이야기다. 이번에는 갈릴레오가 도리어 그레고리 십삼세의 초사를 받다가,

"······그래도 지구는 돌지 않는다!"
는 폭담을 들어야 할 차례인 데야······.

그러니 양행이나 하여 견문이며 학문쯤 조그만치 더 얻어 가지고, 한 이삼 년 만에 돌아온댔자 백 년을 가고도 남을 풍랑인걸, 종시 무위 무능(無爲無能)하기는 일반일 게 아니냐.

결국 그러므로 거추장스런 자기 분열은 오늘 여기서도 짊어지고 있어야 하고, 내일 양행(——을 한다면) 거기서도 짊어지고 다녀야 하고, 그리고 모레 돌아와서도 짊어지고 살아야 할 것이 아니냐.

종택은 한숨을 몰아 내쉬다가 어느 새 세계 지도를 펴놓고 앉아서 손가락으로 세계 일주를 하고 있는 아내의 프로필을 삭막한 얼굴로 건너다본다.

그 뒤로도 부부는 저무나 새나 앉아서 하는 이야기란 양행과 거기에 대한 여러 가지 두서 없는 한담이었었다. 그러나 일이 첫째 종택 제 자신이 와락 서둘지 않는 탓도 있기는 하지만 막상 눈썹이 당장 타들어오도록 시각이 급한 무엇도 없고 하여 자연 청처짐한[13] 채 어떤 진척이나 곱해진 결정은 된 것이 없었다.

그러구러 두 주일쯤 지나서 예기하지 못했던 —— 그러나 당하고 보니 당연한 —— 일이 한 가지 뒤집혀지고 말았다. 종택이 마호메트의 초청을 받아 아라비아 땅에를 갔던 것이다.

아침에 떠났던 남편을 근신으로 기다리던 중 오정만하여 무사히 돌아오는 것을 맞는 경순의 안심은 그러나 단지 그 순간의 것이요, 역시 짐작한 대로 일은 크고 절박했었다.

---

13) 청처짐하다 — (동작이나 어떤 상태가) 느슨하다.

마호메트는 매우 친절하게, '코란'과 또 한 가지 다른 명물을 내보이면서 어느 것이 마음에 드느냐고 종택더러 물었다.

종택은 둘다 일없으니 좋은 낙타나 한 마리 주었으면 그놈을 타고 끄으덱끄으덱 세상 구경이나 다니겠노라고 대답을 했다.

마호메트는 무얼 그다지 겸사를 하느냐고 정으로 주는 것이니 물리치지 말고 제발 둘 중에 한 가지를 골라 가져 달라고 간곡히 권을 했다.

종택은 그래도 사양을 하니까 마호메트는 필경 울면서 세 번째 졸랐다.

종택은 그러면 며칠 말미를 주면 집에 돌아가서 자알 생각해 본 뒤에 작정을 하겠노라고 수유[14]를 타 가지고 돌아왔던 것이다.

무서운 진통의 사흘이 저물어 올 때, 오후에는 어떤 낯모를 신사의 방문을 받았다. 그리고 그날 밤 늦어서, 불시로 출입을 한 종택은 영영 돌아오지 않고 말았다.

그러나 그 밤의 정밤중에 그가 아현(阿峴) 터널 앞에서, 막 진해 나오는 제이호 급행열차를 정면으로 —— 진기한 자살이래서 당시 신문에 게재된 그 기관차 운전수의 말이라는 것에 의하면 하릴없이 성난 짐승처럼 —— 제 몸뚱이를 기관차에 갖다가 똑바로 들이받아 산산 박살을 만들어 버렸을 줄이야. 경순이 집에서 밤새도록 기다리기나 했을 따름이지 꿈엔든 생각을 했을까보냐.

진실로 경순은 밝은 날 아침, 첫편으로 배달된 봉함 엽서의 유서가 아니었으면 그리고 병원에서 경찰서의 사람이 보여 주는 양복저고리며 외투며의 조각에 남은 성명이 아니었으면 그 면상이 형적도 없이 으깨어진 머리와 팔 하나만 붙은 동체(胴體)와 떨어져 나간 팔과 두어 번이나 동강난 다리와 이런 것들을 가까스로 집어다가 그럴 듯이 맞추어만 놓은

---

14) 수유(受由) — 말미를 받는 것.

피투성이의 끔찍스런 육괴, 그를 겨우 열두어 시간 전에 자기 발로 저엉 정히 집을 나가던 나의 중난한[15] 남편이라고는 믿지 않았을 것이다.

—— 무위와 무능에서 다시 나아가 나의 육체는 나를 망신되게 하는 것으로 밖에는 쓰일 곳이 없는 게 되고 말았다. 프로메테우스의 후손은 불초하여 약행(弱行)할지언정 불을 도로 빼앗지 않기 위하여서는 육체를 처분할 장단조차 없지는 않다. 그대에게 미안하다. 그러나 그대의 총명이 결코 그대의 전정을 어리석게 인도하지 않을 것만은 자못 안심이다. 새로이 탄생되는 생명은 그대의 의사에 있는 것이지 나의 간섭할 바가 아니다. 다만 참고로 그 생명에서 새로운 진리를 하나 창조할 적극적 의욕이라면 모르거니와 맹목적인 모성애로 쓰잘데없는 육괴나 보육하느라고는 청춘의 재건을 묵살할 필요가 없으리라는 말은 해 두고 싶다. 이 지편(紙片)은 욕과 조소를 하겠거든 하라고 경호 군에게만 한 번 보여줌이 좋겠다.

유서의 내용은 대강 이러했다.

태동(胎動)도 유산도 안 된 것이 도리어 이상할만큼 경순의 심장에 울린 격동은 대단했고, 그러나 시계의 바늘까지 설 리는 없어서, 시집이야 친가의 가족들이 울고불고 쫓아 올라오고 그 알뜰한 시체를(화장이라니 될 법이나 한 말이냐고) 떠싣고 고향으로 내려가서 한 동네인지라 시집과 친정을 오면 가면 하는 동안에, 배가 불러 오는 속도의 비례로 뱃속의 생명도 자랐고, 팔 월달에는 여승 종택의 모형(模型) 같은 조그만 놈이 세상을 나왔고, 이제는 그럭저럭 일 년…… 심신은 술렁거렸던 파동으로부터 다같이 가라앉았다. 하지만 그러나 격심했던 타격이 타격인만치 그로 인하여 몸이 축갔으려니 하는 것도 노상히 엄살은 아닌 것이다.

---

15) 중난하다 — 중대하고도 어렵다.

고개 마루턱에서 경순은 잠깐 숨을 돌리는 성하다가 이어 다시 길을 내려간다.

몇 걸음 더 안 가서 고팽이[16]를 돌아나서자 안개가 타악 트이고 서——아래 움푹한 분지의 한복판으로 얼른 남편의 무덤이 내려다보인다. 공동묘지와 달라 가족묘지요 해서, 마침 그 근처로는 다른 무덤도 없고, 또 묘비가 섰고 하여 호젓은 해도 눈에 잘 띄인다. 묘비는 장사때에는 아직 없었어도 그 뒤에 해 세운 줄은 알아 낯에 설지 않다.

애통은, 망극하던 초참과 달라 시방은 하나의 생리(生理)와도 같이 살 속으로 훨씬 침착된 때라 새삼스럽기보다 차라리 장사를 지낸 지 일 년 만에야 비로소 찾아오는 남편의 무덤은 반가움이 앞을 선다.

반가움이란 참으로 뜻밖이었다. 경순은 무덤을 보던 눈을 내려 걸음을 주춤주춤, 포대기를 헤치고 들여다본다. 세상에 나와서 오늘이야 저의 부친이라는 사람과 겨우 무덤하고나마 상면을 하는 것이다. 어린것은 무얼 가만 좀 있으라는 듯이 잠이 한참 고부라졌다.[17]

경순은 가만히 웃고 포대기를 도로 여며 준다. 그러나 만일 그 언젠가 남편과 마주 앉아 인제 양행을 하고 돌아오는 날 고베나 요코하마 부두에서 이쁘디이쁜 애기를 안고 마중을 하마고 하려다가만 그때의 일이 생각이 났다면, 오늘 이 자리가 노상히 그렇게 심성이 편안하지는 못했을 것이다.

또 그도 그러하려니와 경순이가 남편을 여의고 나서 이 일 년 동안에 지금 보는 바와 같은 무던한 성장(成長)이 없었다고 하면, 저기 반갑게 누워 있는 남편의 무덤을 망지소조[18] 울고 부르짖고 하기에 좀처럼 낭자함[19]을 가누지 못했을 것이다.

---

16) 고팽이 — 새끼·줄 따위를 사려 놓은 돌림을 세는 단위.
17) 고부라지다 — 한쪽으로 옥아 들다.

종택이 그러한 거조를 내기 전 그 당시…… 경순은 아직 그저 가여운 아가씨였을 값에, 자리잡힌 부인이랄 수는 없었다.

몸가지는 태와 기분이 많이 여학생 그대로요, 그래서 결혼은 했다지만 가정이라고 하느니보다 연애에 더 가까웠다. 남편에게 대한 애정의 형용이 그러하고, 쓰는 버캐뷸러리가 그러하고, 말의 억양까지도 그러했다.

일변, 고이 자라 학창으로부터 이내 가정으로 옮아 앉았을 뿐이라, 생활 의식이라는 것도 단지 남편을 사랑하면서 그의 사랑에 고스란히 파묻히는 것, 그것 하나가 주장이요, 그것이 절대(絶對)요 했었다.

이렇게, 말하자면 인생으로써는 미완성인 채(미완성이 완성이 되려면) 그가 일 년이 될락말락하여, 나이래야 또 과부라는 이름조차 잔인한 스물두셋에 더럭 삼십도 넘은 중년 여인만치나 노성을 했고, 한 것은 자못 흥미있는 일이 아닐 수 없었다.

남편의 변상을 치르고 나서 적이 마음이 가라앉기 시작할 무렵이었다. 경순이 처음으로 주의가 가기는 제 자신의 한 경이로운 변천이었다.

"내 자신의 나, 어디로 대고 보나 단지 나라는 사람. 나……."

일찍이 생각도 못 했던 제 자신의 새로워진 발견이었.

하기야 그것이 큰 손실과 슬픔의 대상인가 하면 허망하고 서글픈 노릇이긴 하지만 사실 그것만을 따로 떼어놓고 보느라면 일변 신통하기 다시 없어 미소라도 떠오를 것 같았다.

"내 자신의 나…… 새로운 내 자신……."

볼수록, 그 다음에는 가만히 자랑스럽기도 했다. 그러나 뒤미처 그는 어떤 긴장을 느끼고 다시금 정신이 들었다. 그 새로운 내 자신의 나는 결코 장롱 속에 건사해 둘 노리개나 앨범에 붙여 두고 시시로 떠들어볼

---

18) 망지소조(罔知所措) — 너무 당황하거나 급하여 어찌할 바를 모름.
19) 낭자하다 — 여기저기 흩어져 어지럽다. 낭려하다.

사진이나처럼 순리(純理)의 인식의 대상에만 언제까지고 멈춰 있을 것이 아님을 그는 깨달았던 것이다.

내 자신의 나인만큼 그러므로 이제부터서는 하나의 엄연한 실제 문제로 나를 '생활'해야 한다.

생활해야 하고, 그러나 되는 대로 아무렇게나 하는 것이 아니라 잘 해야 한다. 잘 생활해야 망정이지 어리석은 짓이나 하고, 추태나 부리고, 부질없는 고통이나 서서 하고 해서는(다른 아무 데의 나도 아닌) 내 자신의 나를 욕되게 하고, 내가 불행하게 하고 마는 것이다. 결단코 잘 해야 한다.

그때에 경순은 새 정신이 번쩍 들었었다. 그러면서 그 '잘'이란 소리를 몇 번이고 입으로 뇌었다.

물론 막연한 말이었었다. 그러나 아직은 실제 생활의 많은 체험이 없는 그녀로서는 어떠한 기준을 세울 토대가 없는 만큼 제 자신의 총명이랄까, 영리함이랄까, 아무튼지 그러한 것을 믿고 장차 일에 임하면, 잘 하려니 하는 수밖에 없었던 것이다.

남이 보기에는 지나친 전도부인적(傳道婦人的)인 조심이면서, 그러나 그러면서도 일변 위태로워 보일 무엇이 없지 않으나 경순 자신은 그걸로 위선 안심이 되었다. 따라서 갈피없이 헤뜨러지던[20] 여러 가지 상념이며 센티멘털로 차차로 가라앉을 것은 가라앉고, 스러질 것은 스러지고 하여 심신(心神)은 비로소 한결되게 자리가 잡히기 시작했다.

침착과 노성은 일찍이 이때로부터 가다오다 남의 눈에도 띄었거니와 경순 자신도 어디라 없이 제 마음이며 몸가짐의 태도가 무긋무긋함을 느꼈다.

그러구러 예측된 대로 제 시기에 해산을 하고 별탈이 없이 몇 이레가

---

20) 헤뜨러지다 — 쌓이거나 모인 물건이 흩어지다.

지나고 다시 두석 달, 반년, 이렇게 언뜻언뜻 지나가는 동안 경순은 온갖 정성과 생활이 고스란히 어린것에게로 쏠리고 말았다. 그것은 이제 내 자식이거니, 항차 외로운 홀어머니의 소중한 자식이거니, 하는 타산으로 하여 위정 그리하고 싶어서 하는 것도 아니요, 옆에서 누가 그걸 시킬 머리도 없던 것이요, 단지 샘솟듯 끝없이 절로 솟는 애정으로부터 우러나는 노릇이었다.

이 주관을 한 번 객관했을 때 경순은 다시 새로운 만족과 안심을 얻었다.

그녀는 일찍이 잘 생활하리라 했었다. 그런데 본즉 저는 잘 이상으로 잘 생활하고 있던 것이다.

무엇 한 가지고 아무리 사소한 일이라도 소중치 않는 것이 없었다. 가령 요놈이 재주가 한 가지 또 늘어 가지고 혼자 뉘어 놀라치면 빠드웃하고 몸을 뒤친다. 들여다보면 깔린 팔을 뽑으려고 노력을 하는 게 아주 대단하다. 조금만 그대로 두었다가 지쳐서 고개에 힘이 없을 무렵에 팔을 뽑아 준다. 편안하다고 한숨까지 내쉰다.

세상의 어떠한 잘 하는 생활을 갖다가 놓아도 경순에게는 갓난이의 팔 하나 뽑아 놓아 주는 이 생활을 감히 따를 자가 없는 것이 있었다.

경순의 생활의 기준과 코스는 그리하여 스스로 결정이 되었고, 제풀로 벌써 잘 진행을 하고 있었다.

그 밖에 다른 생활은 하나의 예외도 없이 이 기준의 코스를 따라야 하고, 따르는 자라야만 경순에게는 용납이 될 터이었다.

하기야 다른 생활이라고 해도 실상은 지극히 단순하여 무슨 이렇다고 할 말썽거리도 아직 같아서는 생길 게 없다.

다만 한 가지, 동강이 난 채로 남아 있는 한 토막의 청춘의 처리 문제가 중대하다면 매우 중대하달 수도 있고, 난관이라면 성가신 난관이랄 수도 있고, 하기는 하나, 내부적으로는(어느 새 말라 비틀어져가는 줄은 모르고서) 수면 상태에 있고, 외부적으로는 누가 도끼를 둘러메고서 열 번 찍자고 달려드는 일도 없고, 겸하여 이런 시골이니 좀처럼(가령 기다려 본댔자) 그러한 맹랑한 한량이 있을 머리도 없고 해서 시방 짐작키에는 별반 위험이 있을 것 같지도 않다.

그렇거니 하면 문득 섭섭하여 제 자신이 반감스럽고 연달아 남편의 유서의…… 맹목적인 모성애로 쓰잘데없이…… 운운한 구절이 솔깃하면서 어떤 모험심이 비밀히 손을 까불기도 한다.

경순은 그러나 이러한 때에도 스스로 야속할만치 결코 당황할 필요가 없다. 그녀는 시방 거기 마당에서 노느라고 빼착빼착 우물 두던 가까이로 가고 있는 애기가 절대로 우물에 빠지도록은 안 될 것을 잘 아는 어머니와 같아, 그리고 만약이라도 위험해 보일 경우에는 미리서 얼른 안아 올 여유와 자신을 두고 앉아 안심하는 것과 같아, 조금도 덤비거나 불안해 할 거리가 되지 않던 것이다.

시어머니는 본시 편성이요, 또 여자의 좁은 소견이라 하겠지만 언뜻 장자의 유유한 풍토가 있어 보이는 시아버지 강 진사까지도(물론 드러내놓고 내색을 하는 것은 아니나 눈치가) 저 새파랗게 젊은것이 신식 바람도 쏘이고 한 터에 저대로 수절을 할 이치가 없을 것, 상필 팔자를 고쳐갈 테니 우무리 개명이요, 말세이기론 양반의 가문에 욕됨이 클지요, 항차 내 집안을 이을 저 어린것이 남의 의붓자식이 되어 간대서야 당치 않은 일, 그렇잔 즉 애비없는 자식이 에미마저 놓쳐야 한단 말이냐, 해서 매우 울적하고 불안스런 모양이었다.

경순은 불쾌하기보다도, 그 근천스런 초조가 어쩌면 걸인이 연상되어 무심코 미소를 하곤 한다.

친정 부모는 친정 부모대로 저 어린것이 말이라도 민망하지 수절 과부로 평생을 늙히다니 차마 애처로워 볼까보냐고, 신식 공부도 넉넉히 했고 한 터에 자식은 젖이나 떨어지거들랑 제 조부모한테 내 주고서 진작 팔자를 고쳤으면 작히나 좋겠느냐고 은근히 상심을 하면서 한숨을 곧잘 쉰다.

경순은 다친 게 살은 내 살이라도 나는 짜장[21] 아픈 줄을 모르는데 옆에서들 엄살엄살하는 것이 육친의 살뜰한 정인 줄이야 이해를 못 하는 바 아니지만 하마 코웃음이 나곤 한다.

바로 며칠 전, 오래비 경호도 앉았고 한 자리에서다.

경순은 한담을 하던 끝에 짐짓 친정 모친더러 대체 그 과부라는 것이 어쩌니 그렇게 여자한테 찔끔이요, 상서롭지 못한 것이냐고, 또 과부면 과부지 제마다 남편이 아쉬워서 미치라는 법은 어디 있다더냐고 웃음말 섞어 공박을 주었다.

모친은 그러나 대꼍을 않고 웃기만 하고 있는데 경호가,

"그런 게 아니라 어머니는 시방두 과부가 시집을 가면 못 쓰는 걸루 아신단다. 그러면서두 딸, 너는 시집을 갔으면 허구 바래신단다. 우리 어머니 휴머니즘이야."

하고 꺼얼걸 웃었다.

경순도 같이 웃다가,

"가만히 기시오. 어머니, 내 시집 열 번 더 간 것보다 더 보람이 있게끔, 요놈 요조그만 놈을(어린것을 추스리고 어르고 해싸면서) 요놈을 어쨌든지 저기 저 햇덩어리만한 대장부를 만들어 놓을 테니, 할머닐라컨 오래 사시다가 재미나 보시오. 보쌈이나 못 들어오게들 하시오."

하면서 제 결심을 내비쳐보였다.

"너, 그 말 잘했다! 헴 헴……."

경호가 또다시 그 말을 받아 무릎을 탁 치면서 내닫다가 그게 몸짓이 너무 과했는지 기침을 한바탕 출렁거린 뒤에,

---

21) 짜장 — 과연. 정말로.

"……내, 너한테 헴 헴, 첩지[22]를 한 장 내리마. 헴 헴……."
하고 연신 밭은 기침을 하던 것이다.
 모친은 정렬 부인[23] 가자[24]란 소린 줄 알고서 말미암아 좋아서 혼자 웃고, 경순은 모르는 어휘라 뚜렛뚜렛,
 "무슨, 지요?"
 "첩지……. 아버지두 참봉 첩지를 받구서 참봉을 했구. 헴 헴, 느이 시아버지 강 진사가 쓰구 있는 그 위대한 삼각산(三角山=冠)두 첩지 값이란다. 실상 모두 인찌끼 댔지만……."
 "사령장 같군?"
 "오올치 맞았어! 헴 헴, 그래 나는 너한테 무슨 첩지를 내리는고 하면…… 이애 이건 괘앤히 아버지 참봉 첩지나 강 진사 진사 첩지처럼 인찌끼는 아니렷다!"
 "네에, 어서 첩지나 내리시우. 그렇지만 나는 한문은 모르니 첩지는 받어두 인찌끼 참봉, 인찌끼 진사게."
 "아마 너는 오래비 덕에 정렬 부인 가자나 타나보다!"
 모친이 새에서 한 마디 거드는 것을 경호는 커다랗게 손을 내저으면서,
 "에 ─ 천만에! 괘앤히 정렬 부인 가자 탔다가는 어머니 저애 영영 시집 못 가우. 헴헴…… 그런 게 아니구 이 애? 너 시방 고놈을 햇덩어리만한 대장부를 만든댔지? 응, 됐어, 헴 헴. 태양은 광염이렷다, 비타민 씨두 있지만 그런 건 나 같은 폐병쟁이나 배추장수한테 공덕이고, 헴 헴……."
 "인전 그마안 해 두시우. 기침 나오리다! 참봉 진사는 이담에 허지요."

---

22) 첩지(牒紙) ─ 조선 말기의 판임관(判任官)의 임명서.
23) 정렬 부인 ─ 정렬한 부인에게 내리는 가자(加資).
24) 가자(加資) ─ 정3품 통정대부(通政大夫) 이상의 품계를 올리는 일.

"뭣이냐, 태양은 광명이요, 응? 광명은 진리(眞理)렷다. 그러니 너는 처억 진리의 어머니란 벼슬을 주는 거란 말이야. 진리의 어머니, 어떠냐? 맘에 드냐?"

"하하하, 것두 해롭진 않지요! 하하하, 요게요게 진리는 진리야!"

경순은 어린것을 들여다보면서 재미있어 한다. 농담 좋아하는 오래비의 한낱 농담에서 나온 말이기는 하지만, 그러므로 진리의 어머니라는 경순 제 자신에 대한 형용은 귀 밖으로 듣고 말 것이지만, 이 어린것이 진리라는 데는 마음에 차악 앵기던 것이다.

"그렇지만 이 애 너, 그런 벼슬 했다구 가구 싶은 시집 못 갈 건 없다! 괘앤히 헴 헴, 어머니가 날 청원하실라!"

그 뒤로부터 경호는 곧잘 누이를 이 애 경순아 하는 대신 여보 진리의 어머니니 하면서 유쾌한 애정을 농담으로 표현하곤 했다. 그러나 그 진리의 어머니 대신 진리의 자당님이라고도 부르는데 이러한 때는 누이가 차차로 염기(艶氣)[25] 없어져 가는 노성에 전도 부인과 같은 일종의 경멸을 느끼고서 조소를 해 주는 조롱이던 것이다.

고개 마루턱에서 고팽이를 돌아 내려서니 오래비 경호는 오래간만에 넓은 대기 속에서 훠얼훨 이렇게 걷는 것이 대단히 유쾌한가 본지 벌써 저만침 멀찍이, 모자는 삐뚜룸, 단장을 홰이홰, 길도 안 난 산비탈 잔디밭으로 비어져서 가분가분 걸어 내려가고 있다.

당자 자신은 방금 휘파람이라도 불 듯 매우 신이 나 하는 모양이나 라글란 봄 외투 밑으로 가뜩이나 쿠렁쿠렁 쌔지 않고 따로 노는 앙상한 어깨가 눈에 띄는 게 새삼스럽게 애처로워 경순은 마음이 언짢았다.

무덤이 있는 분지께로 거진 당도해서야 경호는 뒤를 돌려다보고 단장을 쳐든다.

---

25) 염기 — 고운 기운.

경순이 오래비가 기다리고 섰는 곳까지 가까이 따라갔을 무렵해서 마침 저편 짝으로(지름길이 있었던 모양이지) 등너머 산지기네 아낙인 듯, 돗자리 말은 것을 안고 젊은 촌색시 하나가 부리나케 무덤 옆으로 가고 있다.

"이 애, 저기 봐라……."

경호는 누이가 제 옆에까지 당도하기를 기다려 무덤 앞에다가 어느새 돗자리를 펴놓고는 도로 달아나듯 물러가고 있는 산지기네 아낙을 턱으로 가리키면서,

"……산지기네 아낙이 철두 아닌데 헴 헴, 쥔[26]네 과수 아씨가 성묘 나온 걸 보구서 알심[27]을 부리는 거로다. 됐어!"

경순은 그저 그런가보다고 심상히 웃으면서 나란히 걷기 시작하는데 경호는 빈들빈들 분명 누이를 무어라고 또 놀려 줄 입초리다.

"거 뭣이야. 술을 한 병 차구 나오는 걸 깜박 잊었지! 돗자리를 펴놓은 걸 보니 생각이 나는군!"

"술은 해 무얼 허시우?"

"뭘 허다니, 그래? 정든 님 무덤을 찾아왔으면서 너두 뭣이냐……."

"오온!"

"허허허허. 그래 뭣이야, 술을 한 잔 부어 놓굴랑 헴 헴, 저 자리에 가서 엎디려설랑 애고오 애고 한바탕 울어야 않나! 응? 어허허허."

"내, 오온!"

"어허허허 허허허허."

"오라버니 분배에 울음이 나오려다가두 도루 들어가구 말겠수."

"허허허 어허허허, 그런데 뭣이야. 달리 그런 게 아니라, 내 인제 그릴

---

26) 쥔 — '주인(主人)'의 준말.
27) 알심 — 은근히 동정하는 마음이나 정성. 보기보다 야무진 힘.

게 하나 있어서 한 말이다. 인제 한 백 호짜리루다가 하나를 그리는데 헴 헴, 그걸 쓰윽 만화루 그리거든, 만화루……. 네가 무덤 앞에다가 술을 부어 놓굴랑 엎드려서 애고오애고 우는 걸 만화루 그려요."

"왜 인제는 어머니 말씀마따나 눈방울만 생긴 대장쟁이 때 그건 영 안 그리시우? 방향 전환인가? 만화루."

"것두 인제 시절이 오면야 다시 그리지. 그리지만 헴 헴, 시방 그 만화를 그렇게 하나 그리는데……. 그려 가지굴랑 찬(讚)28)은 갖다가 무어라구 쓰느냐 하면 헴 헴, 이날에 진리의 자당이 패배자의 무덤 앞에서 크게 울도다! 이렇게 쓴단 말이렸다. 응? 어떠냐? 그리구 화제는 불합리구. 어떠냐?"

"불합린지 악취민지……."

"돈 키호테의 후일담(後日譚)이라구 허는 게 좋겠군, 헴 헴. 옳아! 저 녀석 돈 키호테……."

경호는 단장을 들어 무덤을 가리킨다. 경순도 아까부터 생각 많던 얼굴로 어느덧 남편의 무덤을 바라보다가 도로 고개를 숙이고 잠잠히 걷는다.

"돈 키호테란 말은 잘 하셨지?"

이윽고 경순은 너무도 짧았던 행복한 시절의 추억이 다하고, 끝이 남편의 그 참변에 이르자 꿈에서 깨어난 것처럼 혼잣말을 하듯 뇌이면서 눈은 다시 무덤으로 옮는다.

"하! 갈 데 있나! 돈 키호테 아니구야……."

경호도 명상에서 깨어나서 눈 가는 대로 무덤을 바라보다가 문득,

"……그래두, 그래두는 말이지……. 돈 키호테는 돈 키호테라두 그 녀

---

28) 찬 — ①남의 아름다운 행적을 기리는 문체의 한 가지. ②서화에 글제로 쓰는 시·가(歌)·문(文) 등의 총칭.

석이 가만히 생각을 해 보니, 거 거 토옹쾌 통쾌헌 일이 있구나! 응? 허허허허, 됐단 말이야!"

경호는 연신 고개를 끄덕거리면서,

"……통쾌한 것이…… 뭣이냐, 헴 헴. 저 녀석이 글쎄, 아 저걸 좀 보지? 저럭허구서 무덤 속으루 도망을 뺐으니 헴 헴. 아, 도망을 빼설랑 저럭허구 있으니 뭣이냐. 글쎄 마호메트는 새벽에 아라 영감이 와설랑 기관총을 들이대구서, 너 이 녀석 '코란'을 읽을 테냐, 안 읽을 테냐 헌들 어떡허나? 죽은 놈을 뉘 재주루? 허허허허, 거 통쾌허잖아. 허허허허."

"통쾌헌 건지, 원……."

경순은 비난의 음성인 것이 아니라 곰곰 찬탄을 하듯,

"바우가 밉다구 발길루 걷어 찼는지!"

"됐단 말이야……. 써억 통쾌하단 말이야……. 대가리루다 급행 열차를 정면으로 들이받은 것보다 그놈이 되려 걸작이렷다 걸작. 허허허허…… 크크크."

말끝이 별안간 기침으로 변한다. 경호의 건강으로는 말이 좀 과했고, 걸음도 졸지에 너무 속했을는지도 모른다.

겨울이 물러가면서 금년들어 처음 보게 날이 따사하고 좋아 삼동의 지리하던 요양 생활 끝이라 모처럼 농사 근처고 어디고 산보라도 나가 볼까 하던 차인데 그러자 마침 오정만하여 누이가 생질놈을 안고 오더니 인제 일 주기(周忌)도 임박했고, 이놈도 그 전에 제 도리를 치르도록 해 줄 겸 잠깐 산소에를 다녀오고 싶다고. 그러나 시댁에서는 노인들이 나서서 어린것한테 아직도 첫봄머리의 쌀쌀한 바람에 해로울까 하여 마땅찮아 할까 봐서, 또는 교군[29]을 채린다, 하인을 안동[30]해 준다, 오히려 단출함이 좋을 나들이를 긴찮이[31] 분배를 놓을까 봐서, 그대로 잠자코 나왔으나 이십 리 상거를 도보로 왕복하잘 수는 없으니 인력거가 됐든지 자동차가 됐든지 무어나 탈것을 좀 분별시켜 달라고 하는 청이었다.

경순은 명색이나마 시부모 앞에서 얼씬거리고 있는 몸이니 또한 상청과도 다를 뿐 아니라 대체 무덤이란 그다지 자주 나다니게 되는 것은 아니기야 하다지만, 일변 생각하면 생전에 서로 자별했던 정으로 보든지 생판 촌며느리와는 달리 출입이 구속이 없는 처지로 보든지 장사를 하고 나서 우금[32] 일 년이나 그대로 문두름이 있었다는 것은 좀 박절했다고 할는지 매몰스럽다고 할는지……

물론 작년 이보다 며칠 늦어서 저 자리에다가 저렇게 무덤을 묻고는 손에 묻은 흙도 씻는 둥 마는 둥 바로 살림을 가다구니 하느라고 서울로 올라갔었고, 두 달 만에 도로 내려왔을 때는 삼 백여 리의 기차 여행이 위험이 느껴질만침 배가 불렀고, 그리자 팔 월에 해산을 하고서는 몸이 소성될 무렵이라는 게 늦은 가을과 인해 삼동이고 보니, 첫째 어린것을 안고 나오잔 말도, 떼어 놓고 나오잔 말도 나지 않았고 해서 이래저래 마차운 계제가 없었던 것은 사실이다.

그러나 만약에(만약에라도) 저기 있는 저 무덤이 백골이나 묻혀 있는 뿐 말도 없는 한 줌의 흙이 아니고 방금 살아 있는 사람이었다면 결단코 경순은(하필 경순이리요, 누가 당했든지) 수화[33]를 가리지 않았을지언정 그대도록 번연하지[34]는 가령 하고 싶어도 못 했을 것이다. 그런 걸로 미루어 보면 사람은 죽은 이를 무정하다고 하지만 오히려 살아 남은 인간이 무정한 게 아닌가 싶으다.

아무튼지 그래서 경순은 오늘 나가 보았으면 하는 마음이야 없는 것

---

29) 교군(轎軍) — 가마. 가마를 메는 사람.
30) 안동(眼同) — 사람을 따르게 하거나 물건을 지니고 가는 것.
31) 긴찮다 — 긴하지 않다.
32) 우금 — 지금까지.
33) 수화(水火) — 물과 불. 극히 곤란한 환경을 이르는 말.
34) 번연하다 — 모르던 것을 갑작스럽게 깨닫다.

이 아니로되 내일 나가도 무던할 노릇이라 그러한 오늘과 오늘이 일 년 내내 저물군 하다가 오늘이란 오늘에야 마침 날씨도 반갑고 하여 그러면 다녀오는 거라고 작정을 하고 나니 미상불 그제서야 너무 소원했구나 하는 민망한 생각이 들고 한 다음에는 누가 붙잡고 말릴까 무섭게 부랴사랴 달려나온 길이었다. 그러나 병중이라 조심이 되는 오래비와 동행을 하자던 요량은 아니었는데, 경호는 말이 떨어지자마자 예라 오늘은 내가 진리의 어머니의 시종 무관이렷다고 성큼 차리고 따라 나섰던 것이다.

경호는 오늘 기위[35] 산보는 하고 싶던 차요, 해서 누이의 너무 호젓한 길동무도 해 주려니와 저 역시 매제일 뿐더러 생전의 삼십 년 가까운 다정한 친구의 무덤을 장사 때에 회정을 나왔을 뿐 여태껏 찾지 못했던 터라 겸사겸사 나섰던 걸음이다. 그리고 아닌게아니라 자동차를 내려 두 킬로 남짓한 촌락과 구릉을 오르내리기가 생각하던 바와 같이 매우 유쾌했었다. 그러나 그놈 유쾌한 놈에 겨워 무심코 경중거린 것이 약간 무리랄 수도 있었다.

경호는 단장을 놓고 유유하게 잔디 위에 가서 주저앉아 쿨룩쿨룩 기침을 치르고 있고, 경순은 애가 씨여 잔뜩 찡그린 얼굴로 오래비의 괴로워하는 양을 들여다보고 섰다.

이윽고 경호는 그득 넘어온 담을 출입할 때의 소용인 종이타구에 배앝아 집어넣다가 너무 다붙어 섰는 누이를 힐끔 올려다보더니,

"어린놈꺼정 안구서 좀 조심해라! 괜히 겁두 안 나나보구나!"
하면서 웃음말같이 나무란다.

경순은 듣고 보니 그렇기는 하나 그렇다고 사뭇 질겁을 해서 물러서기도 박절한 짓이라 어린것만 한옆으로 비껴 안는데 마침 잠이 깼는지

---

13) 기위(旣爲) — 이미.

포대기 속이 꼼풀꼼풀한다.

"다아 지무셨군, 우리 대장이."

경순은 둘러보다가, 저만침 무덤 앞에 편 돗자리가 눈에 띄었으나 무얼 그러겠느냐고 넌지시 북덕잔디 위로 가서 퍼근히 앉아, 포대기를 헤치고 들여다본다.

간드러지게 생긴 얼굴이, 눈을 아직 그대로 지그려 감고 콧등을 찡긋찡긋하다가, 고 육중한 입을 하―벌리고 하품을 늘어지게 배앝는다. 그러고는 젖꼭지를 찾느라고 입술을 오물오물하더니 새까만 두 눈을 반짝…….

"깨꾸우 ――. 자아 젖 먹어야지……."

경순은 가슴을 헤치고 젖통을 들어 내다가 물려 주면서,

"자아아, 젖 먹구우."

아직도 잠이 더얼 깨어 눈을 시일실 감으면서도 주먹은 가져다 커다란 젖통을 움켜쥐며 잡당기며 꿀꺽꿀꺽 빨아 넘긴다. 경호가 앉은 채로 돌려다보다가,

"고놈이 아범한테 올 줄 알구서 때맞춰 깬 거로다!"

"하하 그랬나? 이 사람…… 그렇지만 가만히 기시우. 그까짓 미운 아빠는 내가 젖 배불리 먹구서 이따가 천천히 만나 보겠습니다."

경호는 몸의 피로를 쉬면서 앉아, 가냘픈 대로 봄빛을 즐기기에 정신이 팔린다.

이월 보름께라 아직은 일러 바람끝이 쌀쌀한 기운이 채 가시지 않은 철이지만, 여기는 북쪽으로 언덕이 막히고 움푹 패인 분지가 되어서 바람은 없고 한갓 다양만 하다. 맑기도 하려니와 햇빛은 따사한 걸 지나쳐 정이 들게 포근하다.

주위는 깜박 잊어버린 듯 조용하다. 묘지와 같이 괴괴한 게 아니라 잠자는 애기와 같이 한가하게 조용하다. 조용하고 볕이 봄스러운 품이

금세 어디서 꿀벌이라도 한 마리 왱 —— 가늘게 울고 날아드는 성싶으다.
 잔디풀은 여태 그냥 시들어 있다. 그러나 속대를 뽑으면 벌써 물이 올라 촉촉할 것 같다.
 앞으로 느릿하니 미끄러져 내려가던 구릉이 다하면 아래서는 보리밭이 다랑다랑 기어 올라왔다. 먼 빛에 보아도 가즈런히 골을 타고 자란 보리풀이 제법 탐스럽다.
 밭에는 연달아 넓은 들판이 자꾸자꾸 퍼져 나간다. 볕 그늘이 가물가물 들판을 퍼져 나가다 못해 끝이 희미해진 거기서야 겨우 아스라한 산들과 만난다.
 들판에는 가까이 거기도 하나, 또 저기도 하나, 그리고 저어기도…… 네 패 다섯 패 군데군데서 쟁기를 멘 소가 뒤에 선 사람으로 더불어 늘어지게 움직이는지 마는지 어쩌면 아구를 내는 입이 보이는 것도 같으다. 완구히 봄을 장만하고 있다. 제각기 들판도 밭도 잔디풀도 부지런히 그러나 얌전스럽게들 봄을 장만하느라 여념이 없다.
 얼마를 그럭허고 넋없이 앉았었던지, 경호는 이윽고 제 정신이 들자 후 —— 거친 소리를 내어,
 "봄! 봄은 봄이렷다!"
하면서 앞에 놓았던 단장을 집는다. 그때다. 무심코 내려다보던 눈인데 뜻밖에도 거기에는,
 "네에, 봄이올시다, 안녕합쇼?"
하는 듯이 정말로 봄이 한 놈 고개를 뾰죽이 내놓고 있는 것이다. 털이 송알송알 갓돋은 할미꽃 엄이다. 어떻게도 신통한지 고놈을 쏘옥 손가락으로 잡아 뽑아 가지고 싶은 것을 겨우 참고 허리가 고부라져서 들여다보고 있다. 얼굴에는 어린아이같이 무심한 희열이 넘친다.
 처음에는 그것도 봄을 찾아 냈다는 단순한 기쁨이었었다. 그러나 그는 이 그다지 아름다울 것도 없는 한 포기의 할미꽃의 엄에서, 일찍이

다른 생활에서는 맛보아 보지 못한 어떤 새로운 희열을 지금에 비로소 느끼고 있던 것이다. 생명의 창조를 보았다는 즐거움인데 그러나 그는 실상 돌이켜, 자류(自流)의 비판을 가질 겨를은 미처 나지 않았었다.

"생명의 창조! 생명의 창조!"

경호는 불현듯이 누이와 누이의 품에 거기 있을 그 어린것이 보고 싶어 꿈으로부터 깨어난 사람처럼 중얼중얼 중얼거리면서 경순이 앉았는 곳으로 휘적휘적 발걸음을 옮겨 놓는다. 미상불 거기에는 예기했던 바보다도 그 이상으로 훨씬 더 황홀한 정경이 벌어져 있었다.

가느다란 미소를 드리우고, 품에 안긴 어린것을 들여다보느라 약간 소곳한 머리의 하이얀 가르마 밑으로 곱게 빗어진 누이의 얼굴, 그녀는 개개의 모습이며 전체의 선이며 윤곽이며, 분명코 누이의 얼굴임에는 다름이 없으나 이토록 아름다운 표정은 일찍이 한 번도 본 적이 없는 것이었다.

경호는 그것이 대단히 아름다운 줄은 알았으나 달리 생각을 해 볼 사이는 없고, 단지 한 여인으로서의 아름다운 것으로만 여겨, 내심에 저 애가 아무래도 시집을 가야 할까보다고, 이런 실없는 걱정을 하면서 무심코 한 발자국만 더 떼어 놓다가, 그제서야 활연히 그 아름다움의 소이를 깨닫고 한꺼번에 숨을 들여쉰 채 주춤 그 자리에 멈춰 선다.

경순은 그때 마침, 어린놈이(배가 불러 해찰을 하느라고 그랬는지) 빨간 젖꼭지를 입술 밖으로 물리고서 말끄러미 어머니를 올려다보다가 그대로 벙싯 웃는 그 입…… 그 입으로 어머니는 마악 입술을 가지고 가려는 바로 그 순간이었다.

"야아하!……."

경호가 커다랗게 감탄을 할 때는 경순은 쪼옥 입맞추는 소리를 내면서 도로 고개를 쳐들고 웃는다.

"왜요?……."

경순은 어린놈을 추실러 올려 볼비빔을 하면서,

"……자아 뭐라구 또 험구를 하실려구. 그렇지만 큰아버지 자아, 암만 나를 험구를 해 보시우? 내가 뭐 꼼짝이나 하나, 자아."

"하하하, 그건 명담이렷다. 헴 헴, 그런데…… 그런 게 아니구 내 오늘 소득이 많구나."

"소득은 웬……."

"일왈 헴 헴, 조곰 아까 느이 모자가 허구 있던 포즈를 말이다. 헴 헴, 그대로 살려만 놓으면 뭐 아주 '모나리자'가 왔다가 울구 가겠더라! 내 인제 그릴 테니 보렴."

"'모나리자' 따위는 미술 축에두 못 든다더니!"

"허허허허. 그렇지만 헴 헴, 이놈 지구가 눈에 뵈는 사실대루만 사는 세상이니, 개체두 그럴밖에 더 있느냐! 춘향이두 시방 세상에 났었다면 카페나 빠에 가서 헴 헴!"

경순은 어린놈을 안고 일어서서 무덤께로 천천히 걸어간다. 경호는 나란히 단장을 휘젓고 걸으면서,

"그리구 헴 헴, 거 이제 보니 생명의 창조라는 게 재미가 그럴 듯헌 것 같더라!…… 네 재미를 비로소 짐작한 배로다!"

"아이구, 주정허시우! 아, 요거 말이지요?"

경순은 어린놈을 오래비께로 보여 주면서 볼을 대고 비비면서,

"……요거, 요게 재미만? 천하를 다아 주어두 안 바꿀 텐데……. 그렇지이? 내 새끼, 내 강아지."

"강아지?"

경호는 괜한 음성을 지르면서 주춤 멈춰설 듯, 누이의 어린놈에게로 고개를 돌린다.

"그러믄요! 내 강아지, 내 새끼……. 요게 내 강아지 아니우?"

"흐음, 강아지라!"

경호는 즐겁던 얼굴이 삽시간에 불쾌한 주름살이 좌악 퍼진다. 퍼뜩, 강아지라는 말 그것에서 명색 없는 생명, 쓰잘데 없는 생명이라는 것을 연상했던 것이다. 그는 제 감격이라는 것이 생각하고 보니 쑥스러울만치 허망했다. 환상은 순간도 더 머무를 필요가 없었다.

"흥!"

경호는 연해 코방귀를 뀌면서 입을 삐쭉한다. 명색 없는 생명을, 쓰잘데 없는 생명을, 그따위 생명의 창조가 뭐느니 기쁠 것이 무엇이야. 기뻐한다는 것은 결국 삐뚤어진 주관의 착각! 애당초 창조부터가 무의미하지 않느냐.

발 밑에 짓밟히기나 할 명색 없는 풀, 도야지나 개나 마소같이 만만한 생명이 지구 위에서 하루에도 몇만 명씩이나 새로이 창조되는 인간들이 그 중에 단 몇몇이 과연 쓰잘데 없는 생명일 것이냐. 악당의 창조를 어째서 축하해야 하느냐.

창기를, 노예를, 불의한 실상의 도구를, 결핵균이나 퍼뜨리는 폐병쟁이를 그것들의 무수한 탄생이 어째서 생명의 창조의 기쁨값이 나갈 것이냐.

강아지라는 말에서 암시를 받지 않았다고 하더라도 경호로서는 오래지 않아 스스로 그러한 부정이 우러나고야 말기는 할 것이었으나 그것이 너무 급했던 만큼 환멸의 반동이 가외로 컸던 것이다.

"허허, 허허허허……"

경호는 이번에는 갈려들었던 불쾌한 주름살도 마저 없어지고 오히려 유쾌하게 웃어 대며,

"……내가 착각이로다……. 여보 진리의 자당님?"

"네에, 또 무어라구 시방……."

"허허허허, 뭣이냐 헴 헴, 시방 내가 생명의 창조가 기쁘다고 한 건 내 취소로다."

"자량해서 허시우. 언제래야 뭐……."
"그러구 너두 뭣이냐 헴 헴, 차라리 시집이나 일찌감치 한 번 더 가구, 응? 이건 내 유언이다."
"내가 또 귀 아플 일이 또 한 가지 생겼군!"
"나는 그리구 뭣이냐, 폐병들기 전이라두 결혼 않기 잘 했어……. 헴 헴, 그깐 놈의 명색 없는 생명, 그걸……."
"네에, 네?"
경순은 가벼운 반발을 느끼면서 얼른 걷질러,
"……그렇지만 아무 염려두 마시우. 마시시구 인제 다아……."
하다가, 남편의 유서에 쐬어 있던, 맹목적인 모성애로 쓰잘데 없는 육괴…… 운운한 구절도(이번에는 다른 의미로) 생각이 나고 해서,
"……두구 보시우들, 인제…… 요놈, 요 쪼고만 놈을 가져다 버젓한 대장부를, 진리에 사는 버젓한 대장부를 만들어 내세울 테니, 보기만 허시우……."
어린놈은 어머니의 옴죽거리는 입술을 만지고 놀기에 재미가 쏟아진다. 경순은 앞니 앞에서 꼬물거리는 연한 손가락을 야긋야긋 물어 주면서,
"……정말 그렇지이? 응? 저 외갓집 큰아버지처럼 몸두 비트을비틀, 사상두 비틀비틀 그런 이두 마알구……. 또오…… 괴롭다구우 괴롭다구 몸부림을 치다가 애꿎인 기관차나 들이받구 그 야단을 낸 느이 아버지처럼 그렇게 사상에 잠쳐서 죽구마는 이두 마알구……. 응? 아주 버저엇 허게 진리에 사는 대장부…… 응, 그렇지?"
반발끝에 공박삼아 말을 하는 동안 그러나 회포는 도리어 반대로 그와 같이 돌아간 남편에게 새로워지는 측은한 정에 뭐가 흔히 구할 수 없는 절망에, 빠진 동기간에게 대한 연민(憐憫)의 정에, 어느덧 고요한 애수가 가슴으로 서리어 들고 있었다.
그뿐만 아니라(때와 자리가 마침 그럼직한 소치도 있겠지만) 남편은 그

리하여 가고서 오지 못하고 그런 대로 믿음이요, 위안이요, 해야 할 오래비는 저렇듯 건강과 기개가 부실하여 저무는 해와 같이 한심하고 한 것을 생각하면 나의 외로움이 새삼스럽게 몸에 사무치는 것 같았다.

경순은 그리하여 마음이(평정을 놓칠 것까지야 없지만) 적이 산란한 대로 오는 줄 모르게 무덤 옆을 당도하자 인해 어린놈을 훨씬 추슬려 올려,

"자아 좀 보소!"

하면서 얼굴을 나란히 무덤을 향해 머물러 선다.

"⋯⋯예가 아버지 산소라네. 그 알뜰헌 아버지! 아빠 소리두 한 번두 못 허게 도망을 해 버린, 밉디미운 아버지! 글쎄 요걸 요롷게두 이쁘구 재롱스런 걸 가져다 보지두 못 허구서 쯧쯧! 그대로 가셨으면 오죽이나, 오죽이나 이걸⋯⋯"

경순은 어느덧 목이 잠기고 눈에는 눈물이 글썽거린다. 울려니야 심외(心外)이었으나 비희가 서리던 차에 막상 새사리고 있는 내 말이 더럭 더 슬픔을 자아내고 말았던 것이다.

경순은 두 볼에 눈물이 한 줄기 흐르는 대로 구태여 억제할 것도 없이 마음가는 데 맡겨 슬픔에 잠기느라 어린놈을 안은 채 조용히 몸을 흔들고 섰다.

어린놈은 손에 만져지는 대로 어머니의 입술이며 젖은 뺨을 가지고 놀기에 세계가 새롭다.

경호는 누이의 거동을 보았는지 혼자서 저편으로 돌아가더니 묘비의 각자를 들여다보면서 인제 해 세울 제 비명(碑銘)을 생각하고 있다.

조용하고 다양한 오후의 햇빛은 아직도 늙을 날이 먼 듯 무덤 위에 한가로이 드리워 있다.

〈1939년〉

순공(巡公) 있는 일요일

 일요일이래서 그찜만 믿고 열 시가 가깝도록 늦잠을 자다가 어린놈과 아내의 성화에 견디다 못해 필경 그뜰려 일어나다시피 일어나서는 소쇄[1]를 마친 후 막 조반상을 물린 참이었다.
 다섯 살박이 어린놈은 새로 장만한 모자야 구두야 양복 등속을 죄다 벌써 떨쳐 입고는 물병까지 둘러메고, 문간으로 마당으로 우쭐우쭐 뛰어다니면서 날더러도 어서 얼른 차비를 차리고 나서라고 재촉을 하는 것이었다.
 아내는 또 아내대로 부엌에서 마지막 내가 물린 밥상을 대강 치우느라고 재빠르게 서두르는 모양이더니, 이윽고 행주치마에 손을 씻으면서 나오는데 입은 연방 다물어지지를 않았다.
 어쩐지, 그리고 아까부터 신수가 화안하더니, 자세히 보니 모처럼 화장을 얄풋이 다스린 얼굴이요, 머리엔 아이론 자국까지 곧잘 했다.
 명색이 주부에 식모·보모를 겸해, 일신 삼역을 맡아 하자매 문 앞 반찬가게와 목간 출입이 고작이요, 게다가 또 나라는 사람이 무던히는

---

1) 소쇄(掃灑) — 비로 쓸고 물을 뿌리는 것.

범연하여 유진장 술이나 먹고 놀러다니기에 음악회하며 영화구경 한 번 인들 데리고 가 주는 법 없고 하는 터이라, 저로서는 오늘 같은 일가 단란의 향락이 십 년 득인 양 즐거움직도 한 노릇이었고, 해서 아무려나 근경이 일요일을 당한 샐러리맨의 단가살림 가정답게 명랑한 아침인 법하기도 했다.

 그러나 나만은 실상인즉 그와 정히 반대이어서, 요새로 바싹 더 연일 밤늦게까지 술을 먹고 돌아다니던 끝이라 사족이 무겁고 머리가 텁텁한 게 인제 목욕이나 푸근히 한탕 하고서, 얼큰한 국물에다가 서너 잔 속이나 푼 뒤에 그대로 다시 자리에 누워 푹신 한잠 자고 났으면 거뜬 피로가 다 씻겨 내려갈 것 같고, 꼭 그랬으면 세상 좋겠었다.

 그런데 그 연일 밤늦게까지 술을 먹고 돌아다닌 것이 일면의 결과로는 가정에 등한하고 가족에게 불안을 끼쳐 주고 하여, 그들은 정당한 소득을 소득하는 대신 억울한 부담을 부담하지 않지 못하게 했다는 것이었고, 그러므로 그들은 거기에 대한 약간의 보상을 받아야 하겠다는 것이었다. 그래 간밤엔 아내란 자가 어린놈까지 꼬사를 시켜 필경 나로 하여금, 오늘 일찌감치 창경원에를 데리고 갔다가 점심을 화신에서 내고, 다시 오후엘랑은 영화를 보여 주고 하마는 언질[2]을 두게 했었던 것이다.

 아내는 안방에서 의걸이를 한참 여닫고 하더니, 미닫이를 지치는 소리가 들리는 게 마침내 옷을 갈아입는 모양이었다.

 이왕 면하기는 그른 노릇이니 고이 차리고 나서는 것이 옳겠다고 생각을 하면서도, 가을이라 어느 새 햇살이 제법 기어오른 마룻전에 가 쪼글뜨리고 앉은 채 손끝하나 꼼지락하기조차 싫었다.

---

2) 언질(言質) — 어떤 일을 약속하는 말의 꼬투리. 남이 한 말을 이용하여 나중에 자기가 할 말의 증거로 삼음.

"옷 안 입으시우?"
아내의 재촉이었다.
"입지이!"
이 다뿍 늘어진 대답이 듣기에도 딱했던지 아내는 혀를 끌끌 차다가…….
"그렇게도 쓴 약 먹기같이 싫으시우?"
"여보?"
"창식이 게 있어요?"
"저어 밖에서 소리나는구먼……. 그런데 여보?"
"네에?"
"큰 딜레마가 생겼구려!"
"으응!"
"여러 날 밤늦게까지 술을 먹구 돌아다닌 그 사실 한 가지가……."
"이런, 죄다짐이라?"
"아아니, 가만 있어……. 그래, 내 생리가 많이 피로하질 않았소?"
"그러니 나가기가 싫다……."
"아 그런데 결과엔 아주 상극된 두 가지의 행동을 요구한단 말이지?"
"그만하면 알았어요!"
"피로를 나누어야 할 행동, 그러니깐 휴식 그놈 하나 하구……. 그러구 또 하나는 피로를 되려 더하게 할 행동, 즉 시종 무관이렷다!"
"시종 무관이면 나꺼정 영광이게요?"
"내 생리는 개인 문제구. 가정두 집안이란 의미루다가 사회래서 조직 세포를 소모시켜 가면서라두 사회 봉살해야 한단 말이었다?
"그만큼 각올 하셨거들랑 진작 일어서실 게지!"
"그런데 말이지……. 내가 이렇게 자꾸만 피로를 회복 못 한 채 생리를 소모만 시키다가는 얼른 휘딱 늙어 버릴 테니 당신은 손실 아니오?"

"내가 늙은 푼수하면 당신은 더얼 늙은 편이니깐 어서 좀더 늙으시우!"

"저 여편네, 입 참 고약해 가네!"

"하하하하하!"

"저런 게 다아 시어머니 밑에서 톡톡히 시집살이 못 한, 요새 여편네들의 무엄이야!"

"늙기가 그렇게 원통하시우!"

"그런데 늙긴 정녕 늙었나 봐?"

"으응!"

"연애가 안 되지!"

"저를 어찌우!"

"꼬옥 연앨 갖다가 그놈 멋들어지게 한 번만 더 했으면 꼬옥 좋겠는데, 허어! 도무지 안 돼진단 말야! 으응?…… 정녕 늙은 표적이지?"

"아따, 저 뭐시냐…… 있잖우?…… 에미꼬라더냐? 에비꼬라더냐……."

"에미꼬, 에비꼬, 머어 수두룩한데, 글쎄 연애가 돼지질 않는다니깐!"

"여급은 여급이래두, 아마 날보다두 다아들 영리한 모양이지요?"

열 시를 치는 소리가 들려 게으른 기지개를 뻗치면서 겨우 마룻전에서 일어서는데, 마침 철그럭철그럭 순사 하나가 환히 열린 일각대문 밖으로 언뜻 지나가다가 일단 지나쳐 놓고는 그제서야(생각이 났던지) 고개만 끼웃하더니,

"안녕합시오?"

하고 아는 체를 한다. 보니 그 순사다. 호구 조사도 오고, 청결 검사도 오고, 또 무엇무엇 분별도 시키러 오고 하여 낯은 잘 알아도, 성명은 알 기회가 없었기 때문에 단지 '그 순사'일 뿐이었다.

"안녕합시오……. 좀 들르십시오그려?"

내가 마룻전에 일어섰던 채 인사말로 절을 하는 대로,

"오늘 참, 일요일이라 한가하시군요?"
하면서 마당으로 걸어 들어온다.

나이 지긋해 서른댓이나 되었음직하고, 얼굴도 끔찍이 순량하게 생겼고, 그런 값을 하느라고 거들먹거린다든지 딱딱거리거나 까다롭게 굴지도 않고 하는 데에 자연 호감이 가고 무관한 생각이 드는 호인 타입의 인물이었다.

"좀, 걸터 앉으십시오!"

"네, 좋습니다……. 순을 돌던 길이라……."

"담배래두 한 대……."

옆에 놓았던 미도리갑을 집어 내미니까,

"고맙습니다! 있습니다……."

하고 사양하면서 같은 미도리를 꺼내더니 성냥만 받아 한 개 피워 문다.

막 그러자 잠깐 보이지 않던 어린놈이 대문 안으로 뛰어들면서,

"엄마, 가아!"

하고 부르다가 순사가 있는 걸 보고는 주춤한다.

순사는 웃음이 가득 흩어지는 얼굴로 비실비실 낯가림을 하는 어린놈한테 몸 구부리고 들여다보면서,

"어허허, 그놈 자알 생겼어!"

하는 양이 제 부모더러 들으라는 인사성이라기보다도 진정 아이가 귀여워 그러는 태도였다.

"그래, 어딜 가나?"

"도옹물원……."

"도옹물원! 으응……."

순사는 마당 가운데서 그대로 쪼그리고 앉으면서 커다란 손을 까분다.

"……일루 온!"

어린놈은 낯가림하던 것은 어디로 가고 안심을 하고서 척 순사한테로 가 안긴다.

이런 게 다 아내의 설명에 의하면 아비 낯을 닮아 아이가 숫기가 좋고 번잡스러워서 아무하고도 잘 친하고 몸을 붙여 주고 하던 것이었다.

"그래 어머니하구 아버지하구 널 데리고 동물원 가신다?"

"응."

"아, 저 자식…… 응이 뭐야?…… 네에 않구서……."

내가 한 마디 탄하는 소리에 순사는 껄걸 웃으면서,

"거 아버지가 괘앤히 꾸지람을 하시는구나! 아직은 그래야 하는 법인데, 허허허허허…… 그런데 참, 승이 뭐라?"

"김가."

"으음…… 그리구우, 이름은?"

"창식이……."

"으음 창식이!…… 그리구우 본관은?"

"김해……."

"어이꾸! 본관을 벌써 다아 알구……. 양반이로구나, 아주! 허허허허허…… 그리구 나인?"

"다섯 살……."

"으음, 다섯 살!…… 숙성한데!"

순사는 어린놈을 내려놓고도 못 잊어운 듯 머리를 다시금 쓸어 주면서 내게로 돌아선다.

"자제 아주 자알 두셨습니다!"

"웬걸요! 놈이 장난이 어찌도 심한지……."

"아 어려서는 장난두 해야지요! 아아주 실팍하구, 머어 대장감인데요? 허허허허허!"

순사는 한 번 더 안아 주고 싶은지 그 동안 토방으로 와서 있는 어린놈을 바라다보고 한다.

그래 내가,

"댁에선 자녀간에 몇이나 두셨습니까?"

하고 물었더니 쓸쓸히 웃으며 고개를 흔들면서,

"없답니다! 한 개두……."

"네에!…… 건 참 적적하시겠군!"

"그래, 남의 댁 애길 보면 죄다 귀엽구 그래요! 허허…… 자아, 그럼……."

순사는 두 발을 모으고 거수 경례로 내 작별 인사를 받고는 돌아서서 철그럭철그럭 대문 밖으로 나간다.

나는 차차로 멀어가는 그 순사의 발소리에 귀를 기울이면서 그를 두구서 다시(아직은 모를) 어떤 판단엘 도달하느라고 잠깐 기둥에 기대어 있는 채 우두커니 잠심[3]해서 있었던가 본데, 그 동안 아내는 준비를 다 마치고 나오는 참이던지 미닫이 여는 소리가 들리면서 연달아,

"옷두 여태 안 갈아 입으시구!…… 아마 당신은 사람 하나 잘 친하기룬 둘째 가라문 설워하겠습니다!"

하고 오금을 박는다.

그때 나는 나대로 마침 그 어떤 판단에로 진행되고 있던 생각이 비로소 도달점엘 도달했다.

문오 선생…….

이 문오 선생이 생각나느라고 방금까지 나는 그랬던 것이고, 과연 그 순사와 문오 선생은 많이 비슷한 데가 있었다.

하기야 순사 그의 걸걸하니 일변 무주꾼으로 생긴 것 같은 것은 차라리 색시처럼 수가 좁고 얌전하기만 하던 문오 선생에다 대면 오히려 정

---

3) 잠심(潛心) — (어떤 일에) 마음을 두어 깊이 생각하는 것.

반대랄 수도 있기는 했었다.

그러나 한편으로는 어딘지 그 촌학장 샌님같이 괴타분해 보이는 수석이라든지, 좀 만만할만큼 사람이 순해 보이는 것이라든지, 또 점잔하기는 점잔한데 그 점잔이 신체의 '신사적'인 점잔인 게 아니라, 석양 무렵에 크막한 삼각관을 쓰고서 낡은 비각(碑閣) 앞이라도 오락가락 하염직하게 하향 양반째의 고취를 풍기는 점잔인 것이라든지, 이러한 점들은 엔간히 문오 선생인 듯 역력스러움이 있었다.

문오 선생과 그 순사……

역시 불방했다.

허나 그렇지만 만약에 순사 그가 순사가 아니요, 항용 여느 사람이라고 한다면, 그의 풍모하며 성명하며가 비록 문오 선생과 근사함이 있다손치더라도 나는 거저 무심히 보고 말았기가 십상이지 궁벽스럽게 옛 글방 선생님이었던 한 촌샌님이라 구태여 생각까지 나진 않았을는지도 몰랐을 것이다.

그러므로 매양 결정적인 동기는 그 사람(즉 그 순사)의 단지 비슷한 풍모 때문이었던 것이 아니라, 우선 무엇보다도 순사요, 순사인데 그러자 또 생김새까지 방자한 데가 있고 하여, 그래 마침내,

'옳아! 참……'

하고 문오 선생의 생각이 생각나기까지에 이르렀음일 것이다.

그러고 그렇듯이 순사라고 하는 특징한 조건이 따랐을 경우라야만 용이히 그를 생각하게 될만큼 문오 선생에게는 순사 그것에 관련하여 조련치 않은 한 도막의 에피소드가 있었던 것이다.

시방으로부터 삼십 년 전, 즉 내가 낳던 해라니까 경술년이겠다.

그 해에 처음 우리 할아버지의 청을 받아 동촌에서 읍내(邑內) 우리 집 독서당(獨書堂)의 글방 선생님으로 들어온 문오 선생은 나이 그때가 갓 스물다섯이었더란다.

새파란 청년이었고, 그 한참 좋았을 청춘이던 무렵을 고대로, 오십까지의 반생 동안인 이십오 년 간을(하니, 온꽂 사 반세기를) 두고서 그는, 시방은 남지도 않은 우리 고향 집 사랑의 저편 옆채에 딸린 서당방 아랫목에 가 자리를 잡고 앉아, 우리 할아버지의 나를 맨끝으로 한 여섯 손자와 그보다 많은 십여 명의 동네 아이들에게, 그리고 그 다음 대(代)인 그보다 많은 여러 수십 명의 동네 아이들에게 하늘천 따지의 천자를 비롯하여 사자 소학이며, 동몽 선습·통감·맹자·논어·시전·서전에 이르기까지, 뿐만 아니라 미구에는 보통학교의 교과서 복습까지, 그 밖에도 글씨 쓰기와 풍월 짓기까지, 이런 것들을 맡아 그 춘풍 추우 이십오 년을 하루같이 밤이면 밤으로, 낮이면 낮으로 정성껏 가르쳐 왔었다.

하노라니 첫째 왈 먼지와 욕과 방귀와 이석섬도 착실히 많이 먹었고, 속은 썩을 대로 썩었고, 치질은 평생 고질이 되었고, 그러나 백 명 가까운 제자를 길러 내었으며 공로야 물론 큼이 있다 하겠고, 일변 월량(月糧) 외의 도지[4] 물지 않은 우리 집 논을 가족들이 손으로 짓게 하여 한 오십 석 추수를 할 전장[5]도 장만을 했고, 또 그리고 자녀도 과히 섭섭치는 않게 셋을 두어 다 장성을 해서 남혼여가를 시켰고…… 하는 동안에 나이 어언간 오십을 맞아, 세계는 하나도 변함 없는 우리 집 서당방인, 여덟 자에 열두 자의 장방형으로 된 그 방인데 인생은 놀랍게 변하여 머리엔 백발이 하얗게 세었고…….

한편 그러자 우리 집이 몰락에 몰락의 한길을 밟아오다가 지금으로부터 다섯 해 전까지엔 마침내 완전히 치패를 하여 글방 하나의 차지탱을 할 여력이 없을 지경에 이르렀었고(사실 또 초등교육이 이미 그 내용이며 제도가 서당의 필요를 십중팔구까지 해소시킨 지 오래이어서 한낱

---

4) 도지(賭地) — 일정한 도조를 주고 빌려 쓰는 논밭이나 집 터.
5) 전장(田莊·田庄) — 자기가 소유하는 논밭.

복습소에 지나지 못하기도 했던 터이라) 그래저래 글방은 문을 닫고 말았었고…….

한 것을 기회삼아 문오 선생은 영년의 훈장업을 하직하고 이내 본집으로 물러가 촌살림으로 조금도 군색함이 없는 가계(家計)에 농사를 전업하는 맏아들과 면서긴지를 부업으로 다니는 작은 아들의 봉양을 받으면서, 손자들의 재롱이나 보면서 한가한 여생을 보내는 팔자 편한 영감님이 되었었고, 그러고 시방 오늘날까지도 그렇게 지내되 아직 건재할 것이고…….

이와 같이 무섭게 단순하고 일종 자랑스럽기에 족할만큼 평탄한 문오 선생의 후반생이었는데, 그런데 그 중에 꼭 한 번 자못 엉뚱하고 폭탄적인 사건이 한 가지 있었으니, 가령 입 험한 우리 할아버지의 형용을 빌면,

"선비가 머리를 깎고(혹시 홧김에 중 노릇을 갔다면 용혹 무괴[6]이어니와) 도무지 어디 당한 것이라고, 망칙하게스리 순검, 도둑놈 잡는 포리(捕吏)를 다닌……."

즉, 순사를 다닌(보다도 다니다가 못 다닌) 그 사건이었다.

물론 그것을 일률로 순사라는 그 자체가 무슨 나쁜 것이라거나 족히 다닐 게 못 된다거나 해서가 아니라, 근본이 처지하며 인물하며 성격하며가 무릇 순사와는 인연이 먼 문오 선생이었기 때문에 그 거조가 놀라웠던 것이고, 따라서 그의 그렇듯이 평범한 생애 가운데 단 하나의 요란스런 탈선으로서 형적이 영구히 뚜렷하게 남아 있지를 못했던 것이다.

내 나이 아홉 살 되던 그 해 가을, 추석 명절이 갓지나고 난 초가을부터서야 우리는 오랜만에 문오 선생을 도로 맞아 여러 날 동안 폐했던

---

[6] 용혹 무괴(容或無怪) ― 혹시 그럴 수가 있더라도 괴이할 것이 없음.

글방 공부를 다시 시작했었다.

　문오 선생은 그 해 섣달, 대목 임시에 항례대로 정월 파접이 되자 설 흥정을 한 것이며, 세찬받은 것이며, 이것저것 한짐을 꽁꽁 우리 집 머슴에게 지워 가지고 동촌의 자기 본집으로 나가더니 그러고는 감감 소식이 없고 말았다.

　정초가 지나도록 우리한테 세배를 받으러(실상은 우리 할아버지한테 세배를 하러) 들어오지도 않고, 보름 명절에도 역시 들어오지 않고 하다가 필경 스무 날이 넘어 그믐이 지나 글방을 다시 차릴 때가 많이 늦었어도 종시 그는 싹을 보이지 않았다.

　우리 집에서는 두루 궁금히 여기다 못 해 하루는 할아버지가 기별을 주어 사람을 내보내 보았다.

　했더니, 문오 선생은 바로 정초에 볼일이 있노라면서 타관엘, 어느 타관인지는 모르나 아무튼 타관엘 나가고 집에는 있지 않더라는 것이었다.

　그 뒤에 며칠 안 있다가, 재차 또 사람을 내보냈으나 역시 같은 소리요, 아직도 돌아오지를 않아서 집안에서들도 근심으로 지낸다는 전달이었다.

　우리 할아버지는 대체 그 숙맥이 타관에 볼일이 있다니, 또 그렇기로 손 한 달이 넘도록 나가서 소식이 없다니, 필시 이것은 병이 났든지 호식이 되었든지, 좌우간 무슨 탈이 단단히 붙은 거라고 걱정이 이만저만 찮았다.

　그러나 우리 글방축들은 걱정은새레 그 싫은 글 읽기를 면하고 맘대로 노는 게 다행스러워서 문오 선생이 제발 더 더디 돌아옵시사고 은근히들 축수[7]를 했었다.

　사실, 어렸을 적 일로 글방 공부같이 세상 싫고 귀찮을 노릇이라고는

---

7) 축수(祝手) — 두 손바닥을 마주 대고 비는 것.

없었을 것이다.

내가 처음 비로소 글방 도령이 되기는 그 전전해, 즉 일곱 살 적이요, 정월인데 하루는 아침에 할아버지가 나를 데리고(―― 가 아니라 붙들어 가지고) 글방으로 나가시더니, 문오 선생 앞에다 앉히더니,

"너, 영섭이 이놈, 인제는 한 살 더 먹었으니, 오늘부팀 글 배워!"
하시면서, 다시 문오 선생더러,

"접장, 이놈이 천하 별종이요, 고집 불통이요, 장난 괴순 줄 알지?…… 그렇지만 인제부터는 말을 잘 안 듣든지 공부를 잘 못하든지 하거들랑, 응!…… 그저 걷어 세워 놓고서 피가 족족 나도록 종아리를 때려 줘……."
하고 일껏 엄포를 한 번 하신다는 게, 마지막 가서는 그만 허허허 웃으시면서 내 머리를 쓸어 주시는 것이었다.

별명이(많은 중에도) 호랑이 영감님이요, 집안 사람에게나 나에게나 정말 호랑이같이 사납고 무섭게 굴곤 하기는 했지만, 한갓 재롱스런 막내손자 나한테만은 둘도 없이 순하고 착한 할아버지시었다.

나도 첫째 왈 할아버지가 누가 큰소리 한 번이라도 할세라 위하고 떠받아 주시어, 할머니 역시 그러하시어, 아버지 또한 만득의 막내둥이라고 귀여워하시어, 이래놓니 시방은 다 일찍 세파에 찌들려 속도 있는 대루 썩고 해서 어렸을 적의 소갈머리는 죄다 없어지고 거진 농판이 되다시피 했지만, 그때쯤이야 집안에 무서운 사람이 없고, 밖에 나가면 망나니에 후레자식이요, 할아버지의 이른바 천하 별종이니, 고집 불통이니, 장난 괴수니 하던 소리는 오히려 칭찬으로 들어야 했었다.

그러한 애망나니였으며, 글방의 명색 없는 문오 선생 따위가 하나도 무섭거나 어려울 리가 없던 것이고, 그래 그날부터 소위 글 공부라고 하늘천 따지를 읽기 시작은 했으나 애초에 그게 장난인 요량이어서 아무 때고 싫증이 나면 뛰어나와 내멋대로 딴장난을 하고 놀고, 선생이 무어

좀 수틀리는[8] 소리를 하면 냅다 욕을 내깔기고는 안으로 달려 들어가서 할머니한테 역성이나 청하고…….

이렇게 공부하라느니보다는 흉내내기요, 놀기삼아 첫해 일 년은 그럭저럭 넘겼고, 그러나 그러면서도 천자와 동몽 선습과 또 한 가지 무엇이던가를 떼기는 떼었다.

그러고는 이듬해 봄이자, 통감을 시작하면서 일변 보통학교에 입학을 했는데, 이 그때부터서 비로소 공부의 압력과 선생 및 어른들의 단속이 차차로 무겁고 엄하여 곧잘 나의 응석으로는 배겨 내기가 어려워 갔었다.

또다시 일 년이 지나자, 그때엔 정말 글공부가 싫어서 견딜 수가 없었다.

새벽 어둑어둑해 일어나서는 학교에 갈 조반 시간이 될 때까지 글을 읽어야 하고, 학교엘 갔다가 돌아오면 잠시도 놀 겨를이 없이 이내 글방에 들어박혀 앉아 글을 읽는다, 글씨를 쓴다 하기를 해가 질 때까지 해야 하고, 겨우 저녁을 먹고 나서는 밤이 이슥해, 어느 때는 닭이 울 때까지 역시 그 짓을 해야 하고……. 그 졸려서, 졸려서 눈이 슬슬 감기고 하는 깐으로는 꼭 그대로 쓰러져 잤으면 사뭇 꿀맛 같겠는 것을 감히 못 하는 안타까움이더라고야!

날마다 날마다 끝없는 날을 끝없이 그 짓을 되풀이하되 일요일이나 축제일도 없고, 없는 게 아니라 있기는 있는데 학교엘 안 가기 때문에 온종일 글을 읽어야 하니 차라리 더 우울하고, 추석과 정월 두 때의 과정 이외는 방학도 없고, 일 년 열두 달을 다달이 보름과 그믐이면 강[9]을 해야 하고, 하다가 잘못 하는 날이면 종아리를 맞아야 하고…….

---

8) 수틀리다 — 마음에 맞갖잖다.
9) 강(講) — 배운 글을 스승이나 사관 또는 웃어른 앞에서 외는 것.

해서, 도무지 기운을 펴지 못할 만큼 중압을 느껴 줄곧 기분이 뜨악한 게 괜히 걱정스럽고 하던 그 글방 공부이고 본즉, 선생이 더디와 주어서 단 하루라도 더 마음놓고 놀게 되는 것이 기뻤을 거야 지극히 당연한 노릇이었을 것이다.

그래 아무튼지 정월은 즐거운 채 무사히(진실로 무사히) 넘겼고, 그러고는 바로 이월 초승이자 어디서 우러난 소리인지,

"문오 선생이 전주(全州)로 순검 시험을 보러 갔다더라."
하는 소문이 좌악 퍼졌다.

우리는 모두들 놀랐고, 한편으로는 곧이들리지를 않았다.

원, 하고 많은 사람에 하필 그 문오 선생이 순검을 다니러 가며, 대체 그이가 어떻게 순검을 다니냐는 것이었다.

그러나 좌우간 그랬다면 우리는 앞으로 다른 선생이 올 때까지는 마음을 놓고 놀 터이어서 다행이요, 제발 그게 사실이기를 바랐다.

했더니, 뒤미처 연해 새소식이 들리는데…….

"문오 선생이 순검 시험을 쳐서 합격이 됐다더라."

"문오 선생이 교습소에서 순검 복장을 입고 환도를 차고 총을 메고 게를 하고 있다더라."

"누구는 전주엘 갔다가 문오 선생이 순검 복장을 입고 환도를 차고 길로 지나가는 것을 보았더라."

드디어 사실은 사실인 듯싶었다.

그리고 그제서야 생각을 하니 문오 선생이 얼마 전부터 '무선생 일어자통'이라는 책을 구해다 놓고서 'アイウエオ'를 비롯하여 'コンニチワ' 'コンバンワ'를 열심히 공부하던 것도 다아 딴속이 있었거니 하는 짐작이 갔다.

그것을 우리 할아버지 이하 우리들이며 또 다른 사람들은 다같이 문오 선생이 글방 아이들 가운데 학교엘 다니는 아이들의 학교 과정을 보

살펴 주자면 자기가 깜깜속이어서는 안 되겠으므로 그러한 필요를 느껴 국어의 만학을 시작했거니 했을 뿐이지, 설마 그와 같은 의뭉스런 궁량이 있었던 줄이야 눈치인들 채었을 턱이 없었던 것이다.

물론 거의 한 일 년 동안 자습을 한, 국어의 학력이란 자못 민망한 바 있을 만큼 빈약한 것이었었다.

가령, 할아버지의 서사로 있는 김 서방이 더러,

"아, 여보 접장?[10]…… 밥 먹었냐구, 그 인사를 일어루는 무어라구 허녕구라이우?"

하고, 지성으로 물을라치면 문오 선생은 소처럼 씨익 웃으면서,

"メシタベマシタカ, 그럴 테지……."

하고, 대답을 하고…….

또 어느 때는,

"잘 잤느냐는 인사는 일어루 무어라구 허넝구라이우?"

한다치면,

"ヨクネマシタカ, 그럴 테지……."

하고, 대답을 하고…….

이렇게 시방 생각하면 매우 딱한 국어의 학력은 학력이었으나, 그러나 그때 당시만 해도 속에 한문장이나 들고 한 사람으로 그만 정도의 국어면 순사로 뽑히기에 또 다니기에 그다지 부족은 없을 시절이었다.

그 후 다시 얼마나 지나 이월 보름 그 무렵인데, 하루는 우리 할아버지가 드디어 적실한 사실을 아시었던지,

"허! 그런 변괴라니!…… 원 제가 순검이 다아 어디 당한 것이라고……. 선비란 자이 포리가 어디 당한 것이어! 미쳤어?…… 미쳐……. 안 미치고서야 그럴 리가 있나?…… 미쳤어! 아까운 사람 버렸어!"

---

10) 접장(接長) — 접(接)의 우두머리.

하고, 미운 소리 고운 소리 험구에 걱정해 싸시는 걸 듣고서야 우리도 마침내 그를 사실인 줄로 믿게 되었었다.

삼월에는 바로 초정에 문오 선생의 대거리로 역시 동촌에서 새 선생이 들어와 우리는 다시 글을 읽어야 했다.

그러나 선생이라는 그 영감이 어떤고 하니 나인 칠십에 귀는 절벽이요, 정기라고는 다 빠지고 없고, 게다가 우리가 학교의 과정을 복습할라 치면, 그런 글은 아예 들여다보지도 마라고 꾸중꾸중이고, 모든 것이 문오 선생에게다 대면 이건 아무것도 아니었다.

그러한 몰골이니, 가뜩이나 성미 유난스런 우리 할아버지의 눈에 괴었을 리가 없는 노릇이어서, 필경 한 달이 다 못하여 도로 쫓겨가고야 말았다.

그 며칠 동안을 우리는 글방 부엌 아궁이에다가 헌 빗자루 몽당이를 거꾸로 세워 놓고 절을 하면서,

"늙은 백여수, 어서 나갑시사! 늙은 백여수, 어서 나갑시사! 늙은 백여수, 어서 나갑시사!"
하고 세 번씩 부작을 외어 선생 쫓는 '뱅에'를 하루라도 몇 차례씩 서로 번갈아가면서 하곤 했는데, 마침 일이 그렇게 되니까 이건 정녕 '뱅에'의 영감이 난 것이라고 좋아들 했었다.

할아버지는 또다시 선생을 물색하기는 하는가 본데 선뜻 마땅한 재비가 없었던지 우리는 사월부터 눌러 오월 유월 칠월 팔월 추석까지 넉 달 넘겨 다섯 달 가까이를 선생이 또 생기나, 매일같이 마음은 조마조마하였어도 성가신 글을 읽지 않고 그날그날을 놀며 지낼 수가 있었다.

그리고 어쩌면 이럭저럭해서 글방 공부의 고역을 영 아주 면하게 되지나 않나 싶어 후련한 안심이 들기도 했었다.

하는 동안에 추석을 당했고, 추석이매 한결 더 즐겁게 놀았고, 하다가 송편도 엔간히 동이 날 무렵인 스무닷새 그 어림이었는데…… 누가 꿈

에라도 그 생각인들 했을세 말이지!

천만 뜻밖에 문오 선생이 돌아오지를 않았느냐 말이었다.

이웃골 곰개라는 포구에서 척 흰 테 두른 모자에 복장을 떨쳐 입고, 환도 차고, 구두 신고 철그럭투드럭 뽐내고 돌아다니면서 도둑놈이 있으면 예끼놈! 붙잡아 포승으로 꽁꽁 묶어 가막소로 보내고, 이렇게 한참 거드럭거리고 순검을 다니며 있을, 그 문오 선생이 아니더냐 말이었다.

그런데 글쎄, 깎은 머리에다가 탕건 받쳐 갓만 썼을 뿐, 전과 다름없는 문오 선생인 채로 별안간 아무 소리도 없이, 하물며 다시 우리들의 글방 선생님으로다가 땅에서 솟은 듯이 불쑥 나타나지를 않았더냐 말이었다.

깜짝 놀랐고, 이마에 가서 하얀 망건 자국만 남고는 박박 깎은 머리 위에 상투가 없어져 버린 그의 풍모는 보기에 자못 기물스럽이 있었고, 선뜻은 죄꼼 반가웠으나 글 읽을 일이 아득하여 정이 떨어지는 것 같았고, 일변 어째 순사를 그만두었는지, 그 속이 수월찮이 궁금했고……. 우리는 누구 할 것 없이 죄다 이러한 마음자리였다.

그 중에도 특별히 글방의 문제 인물이었던, 내 끝에 삼촌 태규(씨) 같은 군은, 그만 낙담 실망이 되어 퉁퉁 부어 가지고는,

"대체 무슨 일이여!……. 왜 고이 댕기던 순검이나 댕겨 먹덜랑 않고서 어쩌자구 으실렁으실렁 도루 와? 오기를……. 내 참, 폭폭할 노릇 다 보겠당게!"

하고, 혼자 두런거려 쌓기를 마지 않았다.

이 폭폭할 노릇이란 소리가 우리 다른 축들도 축들이려니와 당자인 그에게는 진실로 적절한 심경의 표백이 아닐 수 없었다.

서당꾼은 나이 알량한 끝엣삼촌 태규, 그가 오직 하나의 대가리 굵은 군이요, 그 다음이 내 바로 손위의 다섯째 형에, 마침 고또래의 열너덧 살박이 동네 아이가 둘, 그리고 나…… 이렇게 도합 다섯인데, 그 중에

서도 글 읽기가 제일 고역인 것이 —— 특히 밤 깊도록 글 읽기가 큰 고통인 것이 누구냐 하면 태규 삼촌이었던 것이다.

본디 학문이라는 것에 뜻이 없고, 재주는 소 이상으로 둔하여 여덟 살부터 열아홉 살까지 보통학교도 다니지 않은 온꼿 열두 해를 전혀 한문만 읽었다는 양이, 인제 빠듯이 맹자 양해 왕장을 들여놀 만큼 더딘 진보이었고 보매, 제발 다시는 모면을 했으면 싶었던 그 지긋지긋한 글방 공부를, 웬걸! 도로 또 시작하는가 할진대, 작히 가슴을 쾅쾅 찧고 싶도록 폭폭하기는 폭폭할 근경이었다.

그는 그렇다고, 한편 가만히 생각을 하면 문오 선생이 돌아옴이 우리들한테나 돌연이요, 의외이지 적어도 우리 할아버지하고는 단 이삼 일 만이라도 앞당겨 사전(事前)에 서로 연락과 타협이 있었던 게 분명하고 사실 또 그러했어야 당연한 순서일 것이다.

한 것을, 짐짓 암말도 않고 있다가 느닷없이 변(진실로 변)을 만나게 하여 선생이 없더라도 그새 배운 것이나 잊어버리지 않도록 하루 한 차례씩 글들을 좀 읽어라 읽어라 해 싸시는 걸 막무가내로 편편 놀아먹기만 했던 그 버력[11]인 듯이 한바탕 착실히 우리를 갖다가 골탕을 먹인 할아버지 영감님의 심술도 꽤 어지간한 것이었다.

하여튼 아무리 싫고 불평이어도 절대로 피하는 도리는 없는 것……. 하릴없이 우리는 당장 그날로 문오 선생 앞에서 그 동안 여러 날 중단을 했던 글방 공부를 다시금 시작했다.

시작한 지 그리고 한 사오 일 가량 지난 어느 날 밤인데, 계제가 우연하여 우리는 우리들의 궁금거리이었던 것으로 문오 선생이 어째 무엇 때문에 순사를 그만둔 그 내력을 비로소 이야기들을 기회를 가질 수가 있었다.

---

11) 버력 — 하늘이나 신령이 사람의 죄악을 경계하느라고 내린다는 벌.

초가을이라지만 아직은 늦은 여름이요, 길지 못한 밤이라 저녁 후의 마지막 참으로 읽는 셋째 번의 참이 거의 거의 끝나갈 무렵엔 벌써 오래잖아 첫닭이 울게 밤은 으슥하니 깊었다.

그러노라니 모두들 졸음이 쏟아져 눈은 슬슬 감기고 안개 속 같이 몽롱한 정신에 끄덕거리는 몸은 맥 하나도 없이 시들부들, 이 모양들을 하고 앉아서 마지못해 다뿍 갈린 음성으로 히잉히잉 읽는 시늉만 하는 글소리 하며……. 남이 본다면 작히 민망스런 꼴이 아닐 수 없었다. 단 한마디,

"고만들 읽어라!"

하는 영이 뚝 떨어졌으면 단박 퍼뜩퍼뜩들 살아날 것 같은데, 보아야 문오 선생은 말마다 정신차리란 소리만 지르곤 하는 것이었다.

그러다가 문뜩 청을 돋우어,

"孟子對曰何必曰利니꼬, 只有仁義矣己耳이다."

하고, 태규 삼촌의 얼림글을 읽어 주는 것이었다.

문오 선생은 청이 맑고 보드라워 글소리 좋고 잘 읽기로 이름난 선생이었고, 해서 그이가 얼림글을 내면 우리는(제 글이 아니라도) 저절로 흥이 나서 운 김에 글이 잘 읽어지곤 했었다.

그래, 그때도(요새말로 하자면) 소위 '라스트 헤비'랄까, 우리는 새로 기운을 내어 얼마 동안 보암직하게 한바탕 글을 읽었고, 그러자 이윽고 문오 선생은 자기가 먼저 읽기를 그치더니,

"그마안들 읽어라!"

하는 영이 내렸다.

영이 떨어지자마자들 한꺼번에 글 소리를 뚝 그치고는 없던 정신이 번쩍 들어 책을 덮어다가 치운다, 물러갈 차비를 차린다 한참 부산했다.

하는데, 그때 마침 밖에서 인기척이 나더니 할아버지가 앞 마루에서 빙그레하니 방 안을 들여다보고 서 있었다.

노인이라 초저녁에 슬풋 한잠을 들르고 나서는 잠이 안 올라치면 더러 글방으로 내려와 글 읽는 것도 보고, 우리들과 얼려 풍월도 짓고, 문오 선생과 이야기도 하고, 하던 끝엔 밤참도 나오게 하고, 하는 걸로 적잖이 심심파적을 삼아오던 터이었다.

  해서, 그날 밤에도 진작부터 내려와 문오 선생의 글 읽는 소리를 듣고 계셨던지 천천히 방으로 걸어 들어오면서,

  "아 접장, 거 글을 너머 멋지게 읽어서 못 쓰겠네⋯⋯. 동네 어디 과부가 있으까 무서!"

하고 실없는 소리를 하며 그를 구슬려 주는 것이었었다.

  문오 선생은 부끄럼을 타 외면을 하고 빙긋빙긋 웃으면서 아랫목 자리를 피해 이편짝 뒤곬으로 비껴 앉고⋯⋯. 할아버지는 아랫목으로 가 앉더니,

  "⋯⋯응⋯⋯ 그렇게 글두 잘 읽구 다아 저렇게 얌전한 선비가⋯⋯."

하시다가, 마침 동네 아이 둘이 문오 선생과 할아버지한테,

  "선생님 알랑이 주무세요!"

  "알랑이 주무세요!"

하고, 돌아갈 인사를 하는 것을,

  "느덜, 게 있거라, 게 있어⋯⋯."

하면서 불러 앉히고는 태규 삼촌더러 안에 들어가서 무어나 밤참을 좀 하고 마른 안주에 술을 몇 잔 내오게 하라고 시키는 것이었다.

  우리는 도로들 무릎을 꿇고 주욱 앉았다.

  할아버지는 빙긋이 한참이나 문오 선생의 그 망건 자국만 하얀 중대가리를 건너다보다가,

  "저게 무슨 망신이람! 으응? 저 중대가리 좀 보아⋯⋯."

  문오 선생은 자꾸만 더 고개를 돌리고 우리는 웃음이 나오지 못하게 입술을 다물어야 했다.

"……선비가, 선비허구두 점잖구, 다아 저렇게 얌전한 선비가 으응?…… 머리 깎구…… 깊숙한 산중으로 중 노릇이나 갔다면 혹시 몰라두…… 생판 순검을 댕겨?…… 포리?…… 그걸 댕겨? 으응?…… 허허허허허. 여보게, 접장!"

"…………."

"사서삼경 어디 가서 그런 대문이 있지? 선비는 머리를 깎구 포리를 댕겨야 허느니라……. 이런 대문이 어디 가서 있지?"

"……….."

"허허허허허…… 그런디 참…… 여보게, 접장?"

"…………."

"아아니 날 좀 보아?"

"예에!"

문오 선생은 외면을 한 채 겨우 대답이었다.

"내가 꼬옥 한 가지 궁금헌 일이 있는데 날 속 좀 시원하라구 그 대답 좀 하여 보소 응?"

"……."

"대체 기왕 한 번 댕겨 보자구 시작한 노릇을 그만두기는 어찌서 그만두었넝고?…… 어찌서 제에우 보름인가 스무 날인가 댕기구는 그만두었넝고?"

"……….."

"뭣이야 거 자네가 내게 헌 관찰 사연대루, 거 원, 젊은 놈이 평생 고리타분하게 훈장질이나 하여 먹을 일을 생각허닝게 답답허구 한심하여서, 그래서 한때 미친 맘에 그걸 다 댕겼다구……. 그러면 말이지 응…… 여섯 달이나 그렇게 고생을 하여 가면서 순검 공부를 하여 갖구서니, 옳게 순검이 되었거던 아 왜 좀 한 일 년이구 몇 해구 눌러 댕기는 것이 아니라…… 응? 어찌서 이만 그만두었어?"

"………."
"응? 어찌서 그리 쉽게 작파를 하였어?"
"당하여 보닝게 못 댕기것더만이오!"
졸리다 못해 문오 선생은 겨우 입이 떨어져 한 마디 대답이었다.
"허허허허허!……."
할아버지는 한바탕 유쾌하게 웃고 나서…….
"……그래, 못 댕기것덩가?"
"예에!"
"도둑놈 못 잡아 보았넝가?"
"예에!"
"못 잡았어! 그럼…… 누구 빰사대기(따귀)라구 더러 때려 보았넝가?"
"어떻게 때려요!"
"아, 저런 놈의 알량헌 순검 좀 보소! 순검허구는 참 데데허네만……. 빰사대기두 못 때렸어!"
"………."
"도둑놈두 못 잡아 보구, 어떤 놈 빰사대기두 한 번 못 때려 보구……. 그러구서 무얼루 순검 댕겼다구 허넝고? 응…… 단 보름이라두 명색이 순검은 순검인디……. 복장 입고 환도 차고 말이지……. 그런디 통히 아무것두 못 히여? 참말인가?…… 빰사대기 한 번두 못 때려 보구……. 도둑놈두 못 잡구……. 응?"
"………."
"나는 자네 믿구서 밤인다치면 대문 단속두 잘 않구 그랬더니 인제 보닝게 큰일날 뻔히였구만그리여! 으응…… 그런 놈의 알량헌 순검이 어디가 있어……. 아아니…… 허다못해 눈먼 노름꾼이라도 한 놈 잡아 보았어야지?…… 참 순검허구넌!"

노름꾼이란 소리에 문오 선생은 웬일인지 혼자서 자꾸만 피씩 웃어 쌓는 게 눈치가 좀 달라 보였다.
　할아버지는 그 낌새를 채고서,
　"그럼, 노름꾼은 잡았던가?"
하고 딱지를 떼듯 묻는 것이었었다.
　문오 선생은 그러나 더 웃기만 하지 대답을 못 하는 것을 할아버지는 바싹,
　"노름꾼은 그러두 잡아 보았지?"
　"………."
　"응?"
　"………."
　"잡아 보았넝가?"
　"………."
　"잡아 보았지? 응?"
　질지이심스럽게 캐고 드는 것을 문오 선생은 드디어 나가 드러눕듯이,
　"잡다가 말았답니다!"
　"뭣이! 잡다가 말다니……."
　할아버지의 그 놀라면서 허겁을 떠는 엄살이라니,
　"그럼, 꽁지만 잡았던가?"
　우리는 고만 참을 수가 없어서 손으로 입을 가리고들 킥킥 웃어야 했다.
　"……대체 원 어떻게 하였길래 그놈을 꽁지만 잡구 말았단 말인가? 응?"
　"………."
　"허어허허허 어허허허…… 그래, 여엉 못하여 본 것보다는 그리두 더 얼 잡아 보았으닝게……. 허어허허?"

할아버지는 여태까지 참고만 있던 웃음을 한꺼번에 실컷 다아 웃고 나서는 다시 또,

"그래 그런디이…… 원 어떻게 허다가 잡을 뻔은 하였으며, 어떻게 하다가 놓치기는 하였던가?"

"………"

"응?…… 그 이얘기나 좀 하여 보소?"

"………"

"그 이얘기를 좀 히여 보라닝게? 어찌다가 그렀어?"

"아실 것 없어요……. 괘앤히 그저……."

"아아니 자네가 암만 히여두 눈치가 노름꾼을 잡다가 놓치구서 그얼루 순검을 못 댕기구 쫓겨 왔넝개비네……. 그렇지? 매양[12]……."

"쫓겨오던 안 하였어두……."

"그럼?"

"지가 내놓구 왔어요."

"노름꾼 잡다가 놓친 것이 무렴[12]이어서?"

"그런 게 아니라……."

"그럼?"

"한 놈을 잡아서 묶어 놓았더니……."

"잡았어? 묶었어?"

"그놈이……."

"도망을 갔어?"

"도망을 간 게 아니라……."

문오 선생은 마침내 할아버지의 유도(誘導)에 넘어가 부처님 같이 어

---

12) 매양 — 번번이.
13) 무렴(無廉) — 염치가 없음을 느껴 마음에 거북한 것.

렵던 입이 겨우 조끔 떨어져 가지고는 뜨뭇뜨뭇 이야기 대답을 하고 있었다.

우리는 잠은 죄다 달아나고 모두들 글로루 귀가 바싹 기울어져 있었다.

그러나 마침 밤참이 나와 막 재미있으려는 대목에서 잠깐 이야기는 중단이 있었다.

속이 한참 출출했던 판이라 찐 송편이며 밤·풋대추·감 등속의 과실이며가 수북수북 쟁반에 담겨 두 쟁반이나 앞에 와 놓였을 때는 얼른 손을 내밀고 싶게 구미가 당기었다. 할아버지 앞에는 조그마한 술반에다가 차린 조촐한 술상이 따로 놓이고…….

"어서들 먹어라!"

할아버지는 우리를 건너다보면서 그러시고는 또,

"……잘 자리니 과식을랑 허지를 말구……."

하고 신칙[13]까지 하신 뒤에,

"……접장은 일러루 오소……. 나허구 두어 잔씩만……."

하면서 태규 삼촌이 붓는 잔을 당신이 먼저 주욱 마시더니 손수 한 잔을 쳐 문오 선생을 권하던 말씀이,

"이게 무슨 술인고 허니, 점잖은 선비사 머리 깎구서 순검 댕긴 벌주닝게 그리 알구서 먹소오!"

술상 모으로 나앉은 문오 선생은 싱그레 웃으면서 잔을 받아 훨씬 외면을 하고는 쓴 약 먹듯 가까스로 술을 마시는 것이었다.

우리는 떡이야 과실이야 직닥직닥 째금째금 맛있게들 먹으면서도 아랫목의 동정을 살피기에 정신은 한가닥 가서 깔려 있었다.

할아버지는 문오 선생이 되부어 드리는 잔을 받아 드시면서 환갑에 아직도 정정한 이로 일변 문어발을 기운좋게 씹으면서,

---

14) 신칙(申飭) — 단단히 타일러 경계하는 것.

"게 그리서…… 묶어 놓았더니 도망을 간 게 아니라…… 어쨌다? 그 이애기 좀 마자 듣세?"

"건 머얼 들으실 것이 있다구……."

"자아…… 아까 그 잔은 벌주요, 시방 이 잔은 상주네! 꽁지만 잡았어두 아무튼지 노름꾼 하나 잡을 뻔헌 그 상주네!"

"저는 인제 더 못 허겠습니다!"

"잘 자리닝게 두어 잔 히여두 괜찮네……. 어서 마시구……. 그래, 그래서 어쨌다?"

문오 선생은 쓴 술맛에 오만상을 찡그렸다가 도로 펴고는 잔에 술을 또 부으면서,

"아 하루는 밤이 늦어서 비가 치얼철 오는데……."

"으응 그리서?"

"순을 둘러 나갔더니?"

"순행을!…… 그리서?"

"외딴 주막집에서 불이 반짜악 반짝 허길래……."

"안 무섭던가?"

"가까이 가보닝게 돈 소리가 나구 우세두세……."

"노름들을 하더라아?"

"쫓아 들어갔더니……."

"그리서?"

"죄다 풍겨 버리구는……."

"한 놈만 잡혔단 말이지이?"

문오 선생은 싱긋이 웃고 대답을 못 하는 것을 할아버지는 재촉하듯,

"그리서?"

"묶어 잡았더니……."

"도망 갈라구 안 부수대구 가만이 있던가?"

"묶어 놓고 보닝게루……."

"그놈 참 못난 놈이던개비네! 눈먼 쇠경(장님)이든지……."

"앉은뱅이어요!"

"뭣이! 앉은뱅이?"

문오 선생은 대답 대신 뒤통수로 손이 올라가고, 할아버지는 몸을 커다랗게 흔들면서,

"허어 허허허! 허허허허허! 게 그리서? 학장님 순검이 앉은뱅이 노름꾼을 묶어 놓던디이…… 그리구는?"

"살려 달라구 빌어 쌓는데……."

"빌더라?…… 그리서?"

"가만히 서서 제 몰골허며 신세를 생각하닝게……."

"앉은뱅이 노름꾼을 붙잡아서 처억 묶어 놓구 섰던 순검 자네 몰골허며 신세를 한 번 생각하여 보았단 말이지? 거 그럴 듯한 말이구만! 그래 생각을 허닝게?"

"기가 맥히구……."

"그렇기두 히였을 티지!…… 그리서?"

"허허허 웃어 버리구서……."

"허허허 웃었다?…… 허어허…… 어허허허허! 게, 그리구서?"

"풀어 놓아 주구서 그 질루 바루……."

"작파[15]를 허구 말았다?…… 허어허허허! 어허허허!"

나는 마루의 기둥에 가 기대 선 채 그때 그날 밤 할아버지의 술상머리에 앉아서 단 두 잔 술로 홍당무같이 빠알간 얼굴에 웃지도 못하고 빙그레 하니, 말이래야 뜨뭇뜨뭇,

"풀어 놓아 주구서 그질루 바루……."

---

15) 작파(作破) — (하던 일이나 계획을) 그만두어 버리는 것.

순사를 작파했노란 대답을 하고 있던 문오 선생의 그 모습과 더불어 한편 어떤 봉놋방[16]에서 앉은뱅이 노름꾼 하나를 꽁꽁 포승으로 묶어 놓고는 놈이 제발 살려 달라고 비는 것을 정복 정모에 칼을 차고 순사로 차린 문오 선생이 물끄러미 내려다보고 섰다가 그만 기가 막혀 ── '허허허!' 하고(울지 못해) 웃으면서 놈을 도로 풀어 놓아 주는 그 장면이 마치 필름의 이중 노출처럼 눈에 어리어 입가로 절로 미소가 드러남을 깨닫지 못했다.

　토방에서 구두를 제해 내해 늘어놓고 손질을 하느라 분주하던 아내가 재촉삼아 고개를 쳐들다가 문득 내가 혼자서 웃고 있는 것을 보았던 모양으로,

　"순사 친구 하나 또 사귄 게 퍽이나 재미는 나시나보군요?…… 워낙이 그 사람두 술을 좋아허게 생겼습디다!"
하면서 끈이 오금을 박는다.

　하는 소리에 나는 방금 문오 선생에게 대한 그 이중 노출 위에 가서 또다시 아까 그 순사의 영상이 한 개 더 곁들여 삼중 노출로 얼씬거리면서, 그러면서 한 재미스러운 한 개의 구상이…… 그 순사도 저어 시골(가령 충청도) 어디 촌학장 샌님네 집안 태생으로 삼십이 가깝도록 상투나 탄탄 짜고 지내다 요행 국어 마디나 아는 덕에 하루 아침 뛰쳐나와 순사를 다니는 참이고, 맨 처음 누구를 포박했을 때는 역시(그만두던 안 했어도) 기가 막혀서 허허허 한바탕 웃었을 것이고……. 이렇게 영락없이 문오 선생과 죄다 꼭 같은 경력이요, 인물이거니 하는 사상을 고의로다가 구상하기가 웬일인지 무척 재미스럽다.

　그래 나는 한 번 더 빙긋이 웃으면서,

　"그 순사가 꼭 우리 문오 선생님 같다……."

---

16) 봉놋방 ─ 여러 나그네가 한데 모여 자는, 주막집의 가장 큰 방.

하고 혼잣말을 하다가 겨우 기둥으로부터 물러났다.
　하는 것을 아내가 별안간,
　"아이 참! 내 정신머리 좀 봐……."
하면서 문간으로 부산히 나가더니 그러다가 잠깐 들여다보면서,
　"그…… 문오 선생님이라는 글방 선생이 정씨우? 정문오라구?"
하고 묻는다.
　"그래서? 왜?"
　"아아니 그이가 돌아갔다구 부고가 온 걸 고만……."
　"머어?"
　내 스스로도 의외일만큼 나의 놀람은 호들갑스럽다. 결코 여느 다른 날 문오 선생의 부음을 들었다면 나는 그저,
　"아, 돌아가셨나!"
　"그렇지만 육십도 아직 못 됐을 텐데?"
　"오랜 훈장길로 모진 치질이 생겨 늘 고생을 하더니……."
　"아무려나 몇 해 더 편안히 사시다가 환갑이나 지난 뒤에 천천히 돌아가시들랑 않구서……."
　이런 태연한 가운데 좀 섭섭해 하기나 했을 따름일 것이다. 그러므로 놀란 것은 항상 문오 선생이라는 옛 글방 선생이 궂김에 무슨 나에게 아플 무엇이 있었던 때문이 아니요, 계제에 우연히 나의 정신이 시공을 떠나 그의 생애의 회상에 가서 마침 집중이 되어 있었던 차이라, 별안간 들리는 현실의 음향, 즉 부고란 소리가 방심한 신경을 그렇듯 푼수 이상으로 놀라게끔 확대되어 들린 것이었다.
　그러나 경위가 그런 줄은 알았으면서도 그래도 한편으로는, 자아 때마침 공교로이 문오 선생 그와 비슷한 어떤 안면 있는 순사 하나가 집 문 앞을 지나다가 잠깐 들어와서 그 순사를 두고서 문오 선생이 '순사 있는 에피소드'를 생각해 하던 참인데 그러자 또 그의 부고가 와서 있

다고 해! 했으니 암만해도 이건 무엇이 씌어 댄 노릇인 성만 싶어 도무지 어떻다고 형용할 수가 없이 마음이 섬뜩하지 않을 수가 없었다.

아내는 대문 밖으로 나갔다가 이내 검은 테가 둘렸어 보이는 엽서 한 장을 들고 왔다.

그는 명색이 신교육을 적당히 받노라고 받았으면서 자라기를 내내 낡은 집안에서 자란 탓인지 부고라면 기어이 집안에다가 들여다 두지 않는 미신이랄까, 결벽이랄까 대단했었다.

"아 어제 오후에 온걸 그만……. 허긴 당신이 너무 늦어서 들어오시기두 했지만……"

이런 발명을 하면서 주는 엽서를 받아들고 보니…….

'學生丁公文五以宿患於今月×日別世玆而計告'

갈 데 없는 문오 선생의 부고요, 어제로 벌써 장례는 지나갔었다.

"거 참 별일두 가다간 있는 걸다!"

결국 한 개의 우연한 일치일 따름인 것을 끝끝내 거기에 신경을 쓰잘 머리가 없는 것이어서 웬만큼 불과심에로 처리를 하느라 혼자 한 마디 뇌고는 돌아서는데,

"왜애? 무엇이 어쨌수?"

하고 아내가 등 뒤에서 딸 듯이 묻는다.

"아아니 글쎄, 그이 비슷헌 순사가 마침 오구……. 와이셔츠 빤 거 하나 주구려!…… 아, 그래서 방금 그이 생각을 허구 있는데, 돌아갔다는 부고가 와서 있었으니……"

"제자라구 혼백이 부고에 묻어 왔던 게지요?"

"글쎄에…… 그렇지만 이 제자가 머어 그대지 알뜰헌 제자라구!"

"와이셔츠가 모두 칼라가 헤지구 헌걸 미처 손을 못 댔는데에……"

아내는 방 안에서 장롱을 여닫다가 맨손으로 나온다.

"……오늘이나 그거 그대루 입으시우!"

"새까맸는데?"

"여엉 더러워요?…… 어디……"

아내는 들여다보면서,

"……아직 괜찮구먼 그러시우?"

"내야 괜찮지만 아씨가……"

"내가 어때서요?"

"드런 와이셔츨 입구서 양주같이 나가면 남들이 보구서 저 여편네 저는 말쑥허게 빼때리구서두 사낸 저 꼴을 시켰단 말이냐구 욕헐 게 아니오?"

"것두, 당신 밤낮 떠받구 나오는 춘추 필법이라더냐 그 논법이시우?"

"방불허지!"

돌아서서 넥타이를 매느라니까 문지방을 짚고 섰는 아내의 얼굴이 거울 속의 어깨 너머로 내다보인다.

"노파가 이뻐졌네……"

빈말이 아니고 나는 그것을 오랫동안 잊어버렸던 모양이다.

"……새루 연앨 해야 헐까 봐……"

"당신허구?"

"그럴 수밖에 없을 테지!"

"또 결혼해야 허게? 당신허구……"

"걱정스러?"

"하마, 오정 불어요!"

"훠얼씬 자정이랬으면 더 좋겠다!"

이런 아무 쓰잘데 없는 소리를 지껄이는 동안에 나는 어느덧 문오 선생과 그에 대한 일은 다아 잊어버리고 말았다.

〈1940년〉

논 이야기

일인들이 토지와 그 밖에 온갖 재산을 죄다 그대로 내어놓고 보따리 하나에 몸만 쫓기어 가게 되었다는 이야기를 들은 한 생원은 어깨가 우쭐하였다.

"그 보슈, 송 생원. 인전들, 내 생각나시지?"

한 생원은 허연 탑삭부리[1]에 묻힌 쪼글쪼글한 얼굴이 위아래 다섯 개밖에 안 남은 누런 이빨과 함께 흐물흐물 웃는다.

"그러면 그렇지. 글쎄 놈들이 제아무리 영악하기로소니 논에다 네 귀탱이 말뚝 박구선 인도깨비처럼 여어여차어여차 땅을 떠 가지구 갈 재주야 있을 이치가 있나요?"

한 생원은 참으로 일본이 항복을 하였고, 조선은 독립이 되었다는 그날 —— 8월 15일 적보다도 신이 나는 소식이었다. 자기가 한 말[豫言]이 꿈결같이도 이렇게 와 들어맞다니……. 그리고 자기가 한 말대로 자기가 일인에게 팔아 넘긴 땅이 꿈결같이도 도로 자기의 것이 되게 되었다니……. 이런 세상에 신기하고 희한할 도리라고는 없었다.

---

1) 탑삭부리 — 탑삭나룻이 난 사람. 텁석부리.

조선이 독립이 되었다는 8월 15일, 그때는 한 생원은 섬뻑 만세를 부르고 싶은 생각이 나지 않았어도, 이번에는 저절로 만세 소리가 나와지려고 하였다.

8월 15일 적에 마을에서는 젊은 사람들이 설도를 하여 태극기를 만들고, 닭을 추렴하고, 술을 사고 하여 놓고, 조촐히 만세를 불렀다.

한 생원은 그 자리에서 참예2)를 하지 아니하였다. 남들이 가서 같이 만세를 부르자고 하였으나 한 생원은 조선이 독립되었다는 것이 별로 반가운 줄을 모르겠었다. 그저 덤덤할 뿐이었다.

물론 일본이 항복을 하였으니 전쟁은 끝이 난 것이요, 전쟁이 끝이 났으니 벼 공출3)을 비롯하여 솔뿌리 공출이야, 마초 공출이야, 채소 공출이야, 가지가지의 그 억울하고 성가신 공출이 없어지고 말 것이다.

또 열여덟 살박이 손자놈 용길이가 징용에 뽑혀 나갈 염려가 없을 터이었다. 얼마나 한 생원은, 일찍이 아비를 여의고 늙은 손으로 여태껏 길러 온 외톨 손자놈 용길이가 징용에 뽑히지 말게 하려고, 구장과 면의 노무계 직원과 부락 담당 직원에게 굽은 허리를 굽실거리며 건사를 물고 하였던고. 굶는 끼니를 더 굶어가면서 그들에게 쌀을 보내어 주기, 그들이 마을에 얼씬하면 부랴부랴 청해다 씨암탉을 잡고 술 대접하기, 한참 농사일이 물릴 때라도, 내 농사는 손이 늦어도, 용길이를 시켜 그들의 논에 모심고 김매어 주고 하기. 이 노릇에 흰 머리가 도로 검어질 지경이요, 빚은 고패가 넘도록 지고 하였다.

하던 것이 인제는 전쟁이 끝이 났으니, 징용 이자는 싹 씻은 듯 없어질 것. 마음 턱 놓고 두 발 쭉 뻗고 잠을 자도 좋았다.

이런 일을 생각하면 한 생원도 미상불 다행스럽지 아니한 것은 아니

---

2) 참예(參預) — =참여(參與).
3) 공출(供出) — 국가의 수요에 따라 국민이 곡식이나 기물을 의무적으로 정부에 내놓는 것.

었다. 그러나 오직 그뿐이었다.

독립?

신통할 것이 없었다.

독립이 되기로소니, 가난뱅이 농투성이[4]가 별안간 나으리 주사될 리 만무하였다. 가난뱅이 농투성이가 남의 세토(貰土;小作) 얻어 비지땀 흘려 가면서 일 년 농사지어, 절반도 넘는 도지(小作料) 물고, 나머지로 굶으며 먹으며 연명이나 하여 가기는 독립이 되거나 말거나 매양 일반일 터이었다.

공출이야 징용이야 하여서 살기가 더럭 어려워지기는 전쟁이 나면서부터였다. 전쟁이 나기 전에는 일 년 농사지어 작정한 도지 실수 않고 물면, 모자라나따나 아무 시비와 성가심 없이 내것삼아 놓고 먹을 수가 있었다.

징용도 전쟁이 나기 전에는 없던 풍토였었다. 마음놓고 일을 하였고, 그것으로써 그만이었지, 달리는 근심 걱정될 것이 없었다.

전쟁 사품에 생겨난 공출이니 징용이니 하는 것이 전쟁이 끝이 남으로써 없어진 다음에야, 독립이 되기 전 일본 정치 밑에서도 남의 세토 얻어 도지 물고 나머지나 차지하는 가난뱅이 농투성이에서 벗어날 것이 없을진대, 한갓 전쟁이 끝이 나서 공출과 징용이 없어진 것이 다행일 따름이지, 독립이 되었다고 만세를 부르며 날뛰고 할 흥이 한 생원으로는 나는 것이 없었다.

일인에게 빼앗겼던 나라를 도로 찾고, 그래서 우리도 다시 나라가 있게 되었다는 이 잔주[5]도, 역시 한 생원에게는 시쁘듬한 것이었다. 한 생원은 나라를 도로 찾는다는 것은, 구한국 시절로 다시 돌아가는 것으로

---

4) 농투성이 — '농부'의 낮춤말.
5) 잔주 — 술에 취하여 늘어놓는 잔소리.

밖에는 달리는 생각할 수가 없었다.

한 생원네는 한 생원의 아버지의 부지런으로 장만한, 열서너 마지기와 일곱 마지기의 두 자리 논이 있었다. 선대의 유업도 아니요, 공문서(公文書=無登記) 땅을 거저 주운 것도 아니요, 버젓이 값을 내고 산 것이었다. 하되 그 돈은 체계나 돈놀이(高利貸金業)하여 모은 돈도 아니요, 품삯 받아 푼푼이 모으고 악의 악식하면서 모은 돈이었다. 피와 땀이 어린 땅이다.

그 피땀어린 논 두 자리에서 열세 마지기를 한 생원네는 산 지 겨우 오 년 만에 고을 원(郡守)에게 빼앗겨 버렸다.

지금으로부터 오십 년 전, 갑오 을미 병신하는, 병신년(丙申年) 한 생원의 나이 스물한 살 적이었다.

그 안해 을미년 늦은 가을에 김아무(金某)라는 원이 동학란에 도망친 원 대신으로 새로이 도임을 해 와서 동학의 잔당을 비질하듯 잡아 죽였다.

피비린내 나는 살육이 이듬해 병신년 봄까지 계속되었고, 그리고 여름…… 인제는 다 지났거니 하여 겨우 안도를 한 참인데 한태수(한 생원의 아버지)가 원두막에서 동헌으로 붙잡혀 가 옥에 갇히었다. 혐의는 동학에 가담하였다는 것이었다.

한태수는 전혀 동학에 가담한 일이 없었다. 그의 말대로 하면, 동학 근처에도 가 보지 아니한 사람이었다.

옥에 가두어 놓고는 매일 끌어내다 실토를 하라고, 동류의 성명을 불라고, 주리를 틀면서 문초를 하였다. 육십이 넘은 늙은 정강이가 살이 으깨어지고 뼈가 아스러졌다.

나중 가서야 어찌 될망정 당장의 아픔을 견디다 못 하여, 동학에 가담하였노라고 자복을 하였다. 입에서 나오는 대로 아는 사람의 이름을 불렀다.

불린 일곱 사람이 잡혀 들어와 같은 문초를 받았다. 처음에는 내뻗었으나 원체 아픔을 이기지 못하여 자복을 하였다.

남은 것은 처형을 하는 것뿐이었다.

하루는 이방이 한태수의 아내와 아들(한 생원)을 조용히 불렀다.

이방은 모자더러 좌우간 살려 낼 도리를 하여야 않느냐고 하였다. 모자는 엎드려 빌면서 제발 이방님 덕택에 목숨만 살려지이다고 하였다.

"꼭 한 가지 묘책이 있기는 하는데……. 그럼 내가 시키는 대로 할 테냐?"

"불 속에라도 뛰어 들어가겠습니다."

"논 문서를 가져오너라. 사또께다 바쳐라."

"논 문서를요?"

"아까우냐?"

"………"

"가장이나 애비의 목숨보다 논이 더 소중하냐?"

"그 땅이 다른 땅과도 달라서……."

"정히 그렇게 아깝거든 그만두는 것이고."

"논 문서만 가져다 바치면 정녕 모면을 할까요?"

"아니 될 노릇을 시킬까?"

"그럼 이 길로 나가서 가지고 오겠습니다."

"밤에 조용히 내아(內衙=官舍)로 오도록 하여라. 나도 와서 있을 테니. 그리고 네 논이 두 자리가 있것다?"

"네."

"열서너 마지기와 일곱 마지기."

"네."

"그 열서 마지기를 가져오너라."

"열서 마지기를요?"

"아까우냐?"

"………."

"아깝거들랑 그만두려무나."

"그걸 바치고 나면 소인네는 논 겨우 일곱 마지기를 가지고 수다한 권솔6)에 살아갈 방도가……."

"당장 가장이나 애비의 목숨은 어데로 갔던지?"

"………."

"땅이야 다시 장만도 할 수가 있는 것이 아니냐?"

모자는 서로 돌아보면서 말하였다.

"바칩시다."

"바치자."

사흘 만에 한태수는 놓여 나왔다. 다른 일곱 명도 이방이 각기 사이에 들어, 각기 얼마씩의 땅을 바치고 놓여 나왔다.

그 뒤 경술년(庚戌年)에 일본이 조선을 합방하여 나라는 망하였다.

사람들이 나라 망한 것을 원통히 여길 때 한 생원은,

"그깐놈의 나라, 시언히 잘 망했지."

하였다. 한 생원 같은 사람으로는 나라란 백성에게 고통이지, 하나도 고마운 것이 아니었다. 또 꼭 있어야 할 요긴한 것도 아니었다.

그런 나라라는 것을 도로 찾았다고 하여, 섬뻑 감격이 일지 아니한 것도 일변 의당한 노릇이라 할 것이었다.

논 스무 마지기에서 열서 마지기를 빼앗기고 나니, 원통한 것도 원통한 것이지만, 앞으로 일이 딱하였다. 논이나 겨우 일곱 마지기를 가지고는 어림도 없었다.

하릴없이 남의 세토를 얻어, 그 보충을 하여야 하였다. 그러나 남의

---

6) 권솔(眷率) — 한집에서 거느리고 사는 식구.

세토는 도지를 물어야 하는 것이라 힘은 내 논을 지을 때와 마찬가지로 들면서도, 가을에 가서 차지를 하기는 절반이 못 되는 것이었다. 그렇지만 그렇다고 남의 세토를 소작 아니할 수는 없었다.
　이리하여 한 생원네는 나라 명색이 망하지 않고 내 나라가 있을 적부터 가난한 소작농이었다.
　경술년 나라가 망하고, 삼십육 년 동안 일본의 다스림 밑에서도 같은 가난한 소작농이었다. 그리고 속담에, 남의 불에 게잡기로, 남의 덕에 나라를 도로 찾기는 하였다지만 한국 말년의 나라만을 여겨, 그 나라가 오죽할 리 없고, 여전히 남의 세토나 지어 먹는 가난한 소작농이기는 일반일 것이라고 한 생원은 생각하던 것이었다.
　일본이 항복을 하던 바로 전의 삼사 년에 공출이야 징용이야 하면서 별안간 궁색함과 불안이 생겼던 것이지, 그 밖에는 나라가 망하여 없어지고서 일본의 속국 백성으로 사는 것이 경술년 이전 나라가 있어 가지고 조선 백성으로 살 적보다 별로 못한 것이 한 생원에게는 없었다. 여전히 남의 세토를 지어 절반 이상이나 도지를 물고 그 나머지를 차지하는 가난한 소작인이요, 순사나 일인이나 면서기들의 교만과 압박보다 못할 것도 없거니와 더할 것도 없었다.
　독립이 된 이 앞으로도 그것이 천지 개벽이 아닌 이상 가난한 농투성이가 느닷없이 부자장자 될 이치가 없는 것이요, 원, 아전,[7] 토반[8]이나 일본놈 대신에 만만하고 가난한 농투성이를 핍박하는 '권세 있는 양반들'이 생겨나고 할 것이매, 빼앗겼던 나라를 도로 찾아 다시금 조선 백성이 되었다는 것이 조금도 신통하거나 반가운 것이 없었다.
　원과 토반과 아전이 있어, 토색질이나 하고 붙잡아다 때리기나 하고,

---

7) 아전(衙前) — 조선 시대의 '서리(胥吏)'의 딴이름.
8) 토반(土班) — 여러 대(代)를 그 지방에서 붙박이로 사는 양반.

교만이나 피우고, 하되 세미(稅米＝納稅)는 국가의 이름으로 꼬박꼬박 받아가면서 백성은 죽어야 모른 체를 하고 하는 나라의 백성으로도 살아 보았다.

천하 오랑캐, 아비와 자식이 맞담배질을 하고, 남매간에 혼인을 하고, 뱀을 먹고 하는 왜인들이 저희가 주인이랍시고서 교만을 부리고 순사와 헌병은 칼바람에 조선 사람을 개돼지 대접을 하고, 공출을 내어라, 징용을 나가거라, 야미(闇)를 하지 마라 하면서 볶아 대고, 또 일본이 우리나라다, 나는 일본 백성이다, 이런 도무지 그럴 마음이 우러나지를 않는 억지 춘향이 노릇을 시키고 하는 나라의 백성으로도 살아 보았다.

결국 그러고 보니 나라라고 하는 것은 내 나라였건 남의 나라였건, 있었댔자 백성에게 고통이나 주자는 것이지, 유익하고 고마울 것은 조금도 없는 물건이었다.

따라서 앞으로도 내 나라는 말고 더한 것이라도, 있어서 요긴할 것도, 없어서 아쉬울 일도 없을 것이었다.

신해년(辛亥年)…… 경술 합방 바로 이듬해였다. 한 생원은 —— 젊은 때의 한덕문은 —— 빼앗기고 남은 논 일곱 마지기를 불가불 팔아야 할 형편에 이르렀다.

칠팔 명이나 되는 권솔인데 내 논 일곱 마지기에다 남의 논이나 몇 마지기를 소작하여 가지고는 여간한 규모와 악의 악식이 아니고서는 도저히 현상 유지를 하기가 어려웠다.

한덕문은 그 부친과는 달라 살림 규모가 없었다. 사람이 좀 허황하고 헤픈 편이었다.

부친 한태수가 죽고, 대신 당가[9]산(當家産)을 한 지 불과 오륙 년에 한덕문은 힘에 넘치는 빚을 졌다.

---

9) 당가(當家) — 집안을 맡는 일.

이 빚은 단순히 살림에 보태노라고만 진 빚은 아니었다.

한덕문은 허황하고 헤픈 값을 하느라고 술과 노름을 쑬쑬히 좋아하였다.

일 년 농사를 지어야 일 년 가계가 번히 모자라는데 거기다 술을 먹고 노름을 하니, 늘어가느니 빚밖에는 있을 것이 없었다.

빚은 갚아야 되었다.

팔 것이라고는 논 일곱 마지기, 그것뿐이었다.

한덕문이 빚을 이리 틀어막고, 저리 틀어막고, 오늘로 밀고, 내일로 밀고 하여 오던 끝에, 마침내는 더 꼼짝을 할 도리가 없어, 논을 팔기로 작정을 했을 무렵에, 그러자 용말 사는 일인 요시카와(吉川)가 웃세로 바짝 땅을 많이 사들인다는 소문이 들리었다. 그리고 값으로 말하여도, 썩 좋은 상답이면 한 마지기(二百坪)에 스무 냥으로 스물닷 냥(四圓乃至五圓)까지 내고, 아주 박토[10]라도 열 냥(二圓) 안짝은 없다고 하였다.

땅마지기나 가진 인근의 다른 농민들도 다들 그러하였지만 한덕문은 그 중에서도 귀가 반짝 띄었다.

시세의 갑절이었다.

고래실[11] 논으로, 개똥배미 상지상답이라야 한 마지기에 열 냥으로 열두어 냥이요, 땅 나쁜 것은 기지개켜야 닷(一圓)이었다.

'팔자!'

한덕문은 작정을 하였다.

일곱 마지기 논이 상지상답은 못 되어도, 상답은 되니, 잘하면 열 냥은 받을 것, 열 냥이면 이칠 십사 일백마흔 냥(二十八圓).

빚이 이럭저럭 한 오십 냥(十圓)이나 그것을 갚고 나면 아흔 냥(十八

---

10) 박토(薄土) — 매우 메마른 땅. 박지.
11) 고래실 — 바닥이 깊고 물길이 좋은 기름진 논.

圓)이 남아. 아흔 냥을 가지고 도로 논을 장만해. 판 일곱 마지기만한 토지의 논을 사더라도 아홉 마지기를 살 수가 있어.

결국 논 한 번 팔고 사고 하는 노름에 빚 오십 냥 거저 갚고도, 논은 두 마지기가 늘어 아홉 마지기가 생기는 판이 아니냐. 이런 어수룩한 노름을 아니 하잘 며리가 없는 것이 없었다.

양친은 이미 다 없은 때요, 한덕문 그가 대주(大主=戶主)였으므로, 혼자서 일을 결단하여도 간섭을 받을 일은 없었다.

곡우(穀雨) 머리의 어느 날 한덕문은 맨발 짚신, 풀상투에 삿갓 쓰고, 곰방대 물고, 마을에서 십 리 상거의 용말 출입을 나갔다. 일인 요시카와가 적절히 그렇게 후한 값으로 논을 사는지, 진가를 알아보고자 함이었다.

금강(錦江) 어귀의 항구 군산(群山)에서 시작되어 동북간방(東北間方)으로 임파읍(臨陂邑)을 지나 용말로 나온 한길이 용말 동쪽 변두리에서 솜리(裡里)로 가는 길과 황등 장터(黃登市)로 가는 길의 두 갈랫길로 갈리는 그 샅[12]에 가, 전주집이라는 주모가 업을 하고 있는 주막이 오도카니[13] 홀로 놓여 있었다.

한덕문은 전주집과는 생소치 아니한 사이였다.

마당이자 바로 한길인, 그 마당 앞에 섰는 한 그루의 실버들이 한창 푸르른 전주집네 주막, 살진 봄볕이 드리운 마루에 나란히 걸터앉아 세상 물정 이야기, 피차간 살아가는 이야기, 훨씬 한담을 하던 끝에 한덕문이 지나는 말처럼 넌지시 물었다.

"참 저, 일인 요시카와가 요새 땅을 많이 산다구?"

"많일께 아니라, 그 녀석이 아마 이 근처 일판을, 땅이라구 생긴 건

---

12) 샅 — 두 다리가 갈라지는 곳.
13) 오도카니 — 맥없이 멀거니 서 있거나 앉아 있는 모양.

깡그리 쓸어 사자는 베폰가봅디다!"

"헷소문은 아니로구먼?"

"달리 큰 배포가 있던지, 그렇잖으면 그 녀석이 실상〔發狂〕을 했던지."

"………."

"한 서방 으런두 속내 아는배. 이 근처 논이 물 걱정, 가뭄 걱정 없구, 한 마지기에 넉 섬은 먹는 논이라야 열 냥〔二圓〕 이상 값 아니우? 그런 걸 글쎄, 녀석은 스무 냥 스물댓 냥을 퍼 주구 사는구랴. 제마석〔一斗落에 一石〕두 못 먹는 자갈 바탕의 박토라두, 논 명색이면 열 냥 안짝 잽히는 건 없구."

"허긴, 값이나 그렇게 월등히 많이 내야 일인한테 논을 팔지, 그렇잖구서야 누가."

"제엔장, 나두 진작에 논이나 시늉만 생긴 거라두 몇 섬지기 장만해 두었더라면 이런 판에 큰 횡잴했지."

"그래, 많이들 와 파나?"

"대가릴 싸구 덤벼든답디다. 한 서방 으런두 논 좀 파시구랴? 이런 때 안 팔구 언제 팔우?"

"팔 논이 있나!"

이유와 조건의 어떠함을 물론하고, 농민이 논을 판다는 것은 남의 앞에 심히 떳떳스럽지 못한 일이었다. 번히 내일 모레면 다 알게 될 값이라도, 되도록 그런 기색을 숨기려고 드는 것이 통정이었다.

뚜벅뚜벅 말굽 소리가 나더니 말탄 요시카와가 주막 앞을 지난다. 언제나 그러하듯이 깜장 됫박모자〔中山帽子〕에 깜장 복장〔洋服=스메에리〕을 입고, 깜장 목 깊은 구두를 신고 허리에는 육혈포를 차고 하였다.

한덕문은 길에서 몇 차례 본 적이 있어 그가 요시카와인 줄을 안다.

"어디 갔다 와요?"

전주집이 웃으면서 알은 체를 하는 것을, 요시카와는 웃지도 않으면

서,

"응, 조오기. 우리, 나쁜 사라미 자바리 갔다 왔소."

요시카와와 차인꾼이요, 통역꾼이기도 한 백남술이가 밧줄로 결박을 지은 촌 젊은 사람 하나를 앞장 세우고 뒤미처 나타났다.

죄수(?)는 상투가 풀어지고, 발기발기 찢긴 옷과 면상으로 피가 묻고 한 것으로 보아, 한바탕 늘씬 두들겨 맞은 것이 역력했다.

"어디 갔다 오시우?"

전주집이 이번에는 백남술더러 인사로 묻는다.

백남술은 분명히,

"남의 돈 집어 먹구 도망댕기는 놈은 죽어 싸지."

하면서 죄수에게 잔뜩 눈을 흘긴다.

그리고 나서 전주집더러,

"댕겨 오께시니, 닭이나 한 마리 잡구 해놓게나. 놈을 붙잡느라구 한 승강했더니 목이 컬컬하이."

그느라고 잠깐 한눈을 파는 순간이었다. 죄수가 밧줄 한끝 붙잡힌 것을 휙 뿌리치면서 몸을 날려 쏜살같이 오던 길로 내뺀다.

"엇!"

백남술이 병신처럼 놀라다 이내 죄수의 뒤를 쫓는다.

요시카와가 탄 말이 두 앞발을 번쩍 들어 머리를 돌리면서 땅을 차고 달린다. 그러면서 요시카와의 손에서 육혈포가 땅…… 풀썩 연기가 나면서 재우쳐 땅…….

죄수는 그러나 첫 한 방에 그대로 길바닥에 가 동그라진다.

같은 순간 버선발로 뛰어 내려간 전주집이 에구머니 비명을 지른다.

죄수는 백남술에게 박승한 끝을 다시 붙잡히어 일어난다. 요시카와는 피스톨 사격의 명인(名人)은 아니었다.

일인에게 빚을 쓰는 것을 왜채(倭債)라고 하고, 이 젊은 친구는 왜채를 쓰고서 갚지 아니하고, 몸을 피해 다니다가 붙잡힌 사람이었다.
　요시카와는 백남술이가,
　"이 사람은 논이 몇 마지기가 있소."
하고 조사 보고를 하면, 서슴지 아니하고 왜채를 주곤 한다.
　이자도 항용 체계나 장변보다 헐하였다.
　빚을 주는 데는 무른 것 같아도 받는 데는 무서웠다.
　기한이 지나기를 기다려 채무자를 제 집으로 데려다 감금을 하고, 사형(私刑)14)으로써 빚 채근을 하였다.
　부형이나 처자가 돈을 가지고 와서 빚을 갚는 날까지 감금과 사형을 늦추지 아니하였다.
　논 문서를 가지고 오는 자리는 우대를 하였다. 이자를 탕감하고 본전만 쳐서 논으로 받는 것이었다. 논이 있는 사람은 돈을 두어 두고도, 즐기어 논으로 갚고 하였다.
　한덕문은 다시 끌려가고 있는 죄수의 뒷모양을 우두커니 바라다보면서,
　"제엔장, 양반호랭이도 지질한데, 우환중에 왜놈호랭이까지 들어와서 이 등쌀이니 갈수록 죽어나는 건 만만한 백성뿐이로구나."
　"쯧, 번연히 알면서 왜채를 쓰는 사람이 잘못이지, 누구를 원망하나."
　"참새가 방앗간을 거저 지날까. 이왕 외상술이라도 한 잔 먹고 일어설까, 어떡헐까?"
　이런 생각을 하고 앉았는 차에 생각찮이 외가편으로 아저씨뻘 되는 윤 첨지가 퍼뜩 거기에 당도하였다. 윤 첨지는 황등 장터에서 제 논 석 지기나 지니고 탁신히 사는 농민이었다.

---

14) 사형(私刑) — 법률에 의하지 않고 사인(私人)이나 사적 단체가 사사로이 범죄자 등에 가하는 제재.

논 이야기 ▪ 187

아저씨 웬일이시냐고, 조카 잘 있었더냐고, 항용 하는 인사가 끝난 후에 이 동네 사는 요시카와라는 일인이 값을 후히 내고 땅을 사들인다는 소문이 있으니 적실하냐고 아까 한덕문이 전주집더러 묻던 말을 윤 첨지가 한덕문더러 물었다.

그렇단다는 한덕문의 대답에 윤 첨지는 이윽히 생각을 하고 있더니 혼잣말같이,

"그럼 나두 이왕 궐(厥)한테나 팔아야 하겠군."

하다가 한덕문더러,

"황등이까지 가서두 살까? 예서 이십 리나 되는데."

하고 묻는다.

"글쎄요⋯⋯. 건데 논은 어째 파실 영으루?"

"허. 그거 온 참⋯⋯ 저어 공주 한밭(大田)서 무안 목포(木浦)루 철로(鐵路)가 새루 나는데 그것이 계룡산(鷄龍山) 앞을 지나 연산, 팥거리(連山豆溪)루 해서 논메 강경(論山—江景)으루 나와 가지구, 황등 장터를 지나게 된다네그려."

"그런데요?"

"그런데 철로가 난다치면 그 십 리 안짝은 논을 죄 버리게 된다는 거야."

"어째서요?"

"차가 댕기는 바람에 땅이 울려 가지구 모를 심어두 뿌릴 제대루 잡지 못하구 해서, 벼가 자라질 못한다네그려!"

"무슨 그럴 리가⋯⋯."

"건 조카가 속을 몰라 하는 소리지. 속을 몰라 하는 소린 것이, 나두 작년 정월에 공주 한밭엘 갔다 그놈 차가 철로 위루 달리는 걸 구경했지만, 아 그 쇳덩이루 만든 집채더미 같은 시꺼먼 수레가 찻길 위루 벼락치듯 달리는데, 땅바닥이 사뭇 움죽움죽하더라니깐! 여승 지동(地震)

이야……. 그러니 땅이 그렇게 지동하듯 사철 들이 울리니, 근처 논이 모두 뿌리를 잡을 것이며 자라기를 할 것인가?"

"………."

듣고 보니 미상불 근리한 말이었다.

"몰랐으면이어니와, 알구두 그대루 있겠던가? 그래 좀 덜 받더래두 팔아 넘길 영으루 하구 있는데, 소문을 들으니 요시카와라는 손이 요새 값을 시세보다 갑절씩이나 내구 논을 산다데나그려. 정녕 그렇다면 철로 조간이 아니라두 팔아 가지구 딴데루 가서 판 논 갑절되는 논을 장만함직두 한 노릇인데, 황차……."

"철로가 그렇게 난다는 건 아주 적실한가요?"

"말끔 다 측량을 하구, 말뚝을 박아놓구 한걸……. 황등 장터의 그 일판은 그래, 논들을 못 팔아 난리가 났다니까."

일인 요시카와에게 일곱 마지기 논을, 일백마흔 냥〔二十八圓〕에 판 것과 그 중 쉰 냥〔十圓〕은 빚을 갚은 것, 이것까지는 한덕문의 예산대로 되었다.

그러나 나머지 아흔 냥〔十八圓〕으로 판 논 일곱 마지기보다 토리가 못 하지 아니한 논으로 두 마지기가 더한 아홉 마지기를 삼으로써 빚 쉰 냥은 공으로 갚고, 그러고도 논이 두 마지기가 붙게 된다던 것은 완전히 허사가 되고 말았다.

아무도 한덕문에게 상답 한 마지기를 열 냥씩에 팔려는 사람은 없었다.

이왕 일인 요시카와에게 팔면 그 갑절 스무 냥씩을 받는고로 말이었다.

필경 돈 아흔 냥은 한덕문의 수중에서 한 반년 동안 구르는 동안, 스실사실 다 없어지고 말았다.

이리하여 한덕문은 논 일곱 마지기로 겨우 빚 쉰 냥을 갚고는, 아무것도 남은 것이 없어 손 싹싹 털고 나선 셈이었다.

친구가 있어 한덕문을 책하면서 물었다.
"어떡허자구 논을 판단 말인가?"
"인제 두구 보게나."
"무얼 두구 보아?"
"일인들이 다 쫓겨가면 그 땅 도로 내것 되지, 갈 데 있던가?"
"쫓겨날 놈이 논을 사겠나?"
"저희놈들이 천지 운수를 안다든가?"
"자네는 아나?"
"두구 보래두 그래."

한덕문은 혼자 속으로 어뿔사, 논이래야 단지 그것뿐인 것을 팔고서 이제는 송곳 꽂을 땅도 없으니 이 노릇을 어찌한단 말이냐고, 심히 후회하여 마지아니하였다.

그러면서도 남더러는 그렇게 배포 있는 장담을 탕탕 하였다.

한덕문은 장차에 일인들이 쫓기어 가리라는 것을 확언할 아무런 근거도 가진 것이 없었다. 따라서 자신도 없었다.

오직 그는 논을 판 명예롭지 못함과 어리석음을 싸기 위하여 그런 희떠운[15] 소리를 한 것일 따름이었다.

한덕문은 일인들이 다 쫓기어가면, 그 논이 도로 제것이 될 터이래서 논을 팔았다고 한다더라, 이 소문이 한 입 두 입 퍼지자 듣는 사람마다 그의 희떠움을 혹은 실없음을 웃었다.
하는 양을 보느라고 우정,
"자네 논 팔았다면서?"
한다치면,
"팔았지."

---

15) 희떱다 — 실속은 없어도 손이 크며 마음이 넓다. 하는 말이나 짓이 거드럭거리며 배때벗다.

"어째서?"
"돈이 좀 아쉬워서."
"돈이 아쉽다구 논을 팔아서 어떡허자구?"
"일인들이 다 쫓겨가면 그 논 도루 내것 되지 갈 데 있나."
"일인들이 쫓겨간다든가?"
"그럼 백 년 살까?"
또 누구는 수작을 바꾸어,
"일인들이 쫓겨간다지?"
한다치면,
"그럼!"
"언제쯤 쫓겨가는구?"
"건 쫓겨가는 때 보아야 알지."
"애구 요 맹추야. 요 허풍선이야. 우리 나라 상감님을 쫓어 내구 저희가 왕 노릇을 하는데 쫓겨가?"
"자넨 그럼 일인들이 안 쫓겨가구 영영 그대루 있으면 좋을 건 무언가?"
"좋기루 할 말이야 일러 무얼 하겠나만 우리 좋구푼 대루 세상 일이 돼 준다던가?"
"그래두 인제 내 말을 이를 때가 오느니."
"괜히 논 팔구선 할 말 없거들랑, 구구루 잠자코 가만히나 있어요."
"체에, 내 논 내가 팔아먹는데, 죄 될 일 있나?"
"걸 누가 죄라나?"
"요시카와한테 논 팔아먹은 놈이 한덕문이 하나뿐인감?"
"누가 논 판 걸 나무래? 희떤 장담을 하니깐 그러는 것이지."
"희떤 장담인지 아닌지 두구 보잔 말야."
이로부터 한덕문은 그 말로 인하여 마을과 인근에서 아주 호가 났고,

어느 겨를인지 그것이 한 속담(俗談)까지 되었다.
  가령 어떤 엉뚱한 계획을 세운다든지 허랑한 일을 시작하여 놓구서는 천연스럽게 성공을 자신한다든지, 결과를 기다린다든지 하는 사람이 있을라치면,
  "흥, 한덕문이 요시카와에게다 논 팔아먹던 대 났구나."
하고 비웃곤 하는 것이었다.
  그 후, 그 속담은 삼십오 년을 두고 전하여 내려왔다. 전하여 내려올 뿐만이 아니었다. 일본 제국주의의 조선에 있어서의 지반이 해가 갈수록 완구한 것이 되어감을 따라, 더욱이 만주 사변 때부터 시작하여 중일 전쟁을 거쳐 태평양 전쟁으로 일이 거창하게 벌어진 결과 전쟁 수단으로서, 조선의 가치는 안으로, 밖으로, 적극적으로, 소극적으로, 나날이 더 커감을 쫓아 일본이 조선에다 박은 뿌리는 깊이 더욱 뻗어 들어가고, 가지와 잎은 더욱 무성하여서 일본이 조선으로부터 물러간다는 것은, 독립과 한가지로 나날이 더 잠꼬대 같은 생각이던 것처럼 되어 버려감을 따라, 그래서 한덕문이 장담하던 '일인들이 다 쫓겨가면……' 이 말이 해가 가고 날이 갈수록 속절없이 무색하여 감을 따라 그와 반비례하여 그 말을 속담으로서의 가치와 효과만이 멸하지 않고 찬란히 빛을 내었다.
  바로 팔월 십사 일까지도 그러하였다. 팔월 십사 일까지도 '흥, 한덕문이 요시카와한테 논 팔아먹던 대 났구나'는 당당히 행세를 하였었다.
  그랬던 것이 팔월 십오 일에 일본이 항복을 하고 조선은 독립(실상 우선 독립)이 되고 하였다.
  그리고 며칠 아니하여 '일인들이 토지와 그 밖의 온갖 재산을 죄다 그대로 내어놓고 보따리 하나에 몸만 쫓기어 가게 되었다'는 데까지 이르렀다.
  한 생원(한덕문)의,

'일인들이 다 쫓겨가면······.'
은 이리하여 부득불 빛이 환하여지고 반대로,
'한덕문이 요시카와한테 논 팔아먹던 대 났구나'는 그만 얼굴이 벌개서 납작하고 말 수밖에 없었다.
"여보슈, 송 생원?"
한 생원이 허연 답삭부리에 묻힌 쪼글쪼글한 얼굴이 위아래 다섯 대밖에 안 남은 누런 이빨과 함께 흐물흐물 자꾸만 웃어지는 웃음을, 언제까지고 거두지 못하면서, 그러나 별안간 송 생원의 팔을 잡아 흔들면서 아주 긴하게,
"우리 독립 만세 한 번 부르실까?"
"남 다아 부르구 난 댐에, 건 불러 무얼 허우?"
송 생원은 한 생원과 달라 요시카와한테 팔아먹은 논도 없으려니와, 따라서 일인들이 쫓기어가더라도 도로 찾을 논도 없었다.
"송 생원, 접대 마을에서 만세를 부를 제 나가 부르셨던가?"
"난 그날 허리가 아파 꼼짝 못 하구 누웠었는걸."
"나두 그날 고만 못 불렀어."
"아따 못 불렀으면 못 불렀지, 늙은것들이 만세 좀 아니 불렀기루 귀양살이 보내겠수?"
"난 그래두 좀 섭섭해 그랬지요······. 그럼 송 생원, 우리 술 한잔 자실까?"
"술이나 한잔 사 주신다면."
"주막으루 나갑시다."
두 늙은이가 지팡이를 짚고 마을에 단 한 집밖에 없는 주막으로 나갔다.
"에구머니, 독립두 되구 볼 거야. 영감님들이 술을 다 자시러 오시구."
이십 년이나 여기서 주막을 하노라고, 인제는 중늙은이가 된 주모 판

쇠네가 손님을 환영하기보다 다뿍 걱정스러 한다.
"미리서 외상인 줄이나 알구, 술 좀 주게나."
한 생원이 그러면서 술청으로 들어가 앉는 것을, 송 생원도 따라 들어가 앉으면서 주모더러,
"외상 두둑이 드리게, 수가 나셨다네."
"독립되는 운덤에 어느 고을 원님이나 한 자리 해가시는감?"
"원님을 걸 누가 성가시게, 흐흐……."
한 생원은 그러자 다시,
"거, 안주가 무어 좀 있나?"
"안주도 벤벤챦구 술두 막걸린 없구 소주뿐인걸, 노인네들이 소주 잡숫구 어떡허시게."
"아따 오줌은 우리가 아니 싸리."
젊었을 적 때에는 동이술을 사양치 아니하던 영감들이었다. 그러나 둘이가 다 내일 모레가 칠십. 더구나 자주자주는 술을 입에 대지 않던 차에 싱겁다고는 하지만 소주를 칠팔 잔씩이나 하였으니. 과음일 수밖에 없었다.
송 생원은 그대로 술청에 쓰러져 과연 소변을 지리기까지 하였다.
한 생원은 송 생원보다 아직 기운이 조금은 좋은 덕에 정신을 놓거나 몸을 가누지 못할 지경은 아니었다.
"우리 논을 좀 보러 가야지, 우리 논을. 서른다섯 해만에 우리 논을 보러 간단 말야, 흐흐흐."
비틀거리면서 한 생원은 술청으로부터 나온다.
주모 판쇠네가 성화가 나서,
"방으로 들어가 누셨다, 술 깨신 댐에 가세요. 노인네들 술 드렸다구, 날 또 욕허게 되구먼."
"논 보러 가, 논. 요시카와에게다 판 우리 논. 흐흐흐, 서른다섯 해만에

도루 찾은, 우리 일곱 마지기 논. 흐흐흐."

"글쎄 논은 이댐에 보러 가시면 되지 어디루 가요?"

"날 희떤 소리 한다구들 웃었지. 미친 놈이라구 웃었지들. 흐흐흐 서른다섯 해만에 내 말이 들어맞을 줄을 누가 알았어? 흐흐흐."

말은 혀 꼬부라진 소리로, 몸은 위태로이 비틀거리면서 한 생원은 지팡이를 휘젓고 밖으로 나간다. 나가다 동네 젊은 사람과 마주쳤다.

"아, 한 생원 웬일이세요?"

"논 보러 간다, 논. 흐흐흐. 너두 이 녀석, 한덕문이 요시카와한테 논 팔아먹던 대 났구나, 그런 소리 더러 했었지? 인제두 그런 소리가 나올까?"

"취하셨군요."

"나, 외상술 먹었지. 논 찾았으니깐 또 팔아서 술값 갚으면 고만이지. 그럼 한 서른다섯 해만에 또 내것 되겠지, 흐흐흐. 그렇지만 인전 안 팔지, 안 팔아. 우리 용길이놈, 물려 줘야지. 우리 용길이놈, 물려 줘야지. 우리 용길이놈."

"참, 용길이 요새 있죠?"

"있지, 요시카와한테 팔아 먹었을까?"

"저어, 읍내 사는 영남이가 산판(山坂)16) 하날 사서, 벌목(伐木)을 하는데, 이 동리 사람들더러 와 남구 비어 주구 그 대신 우죽〔林葉〕 가져가라구 하니, 용길이두 며칠 보내서 땔나무나 좀 장만하시죠."

"걸 누가…… 논을 도루 찾았는데."

"논만 찾으면 땔나문 없어두 사시나요?"

"논두 없어두 서른다섯 해나 살지 않았느냐."

"허허 참, 그러지 마시구 며칠 보내세요. 어서 다 비어 버려야 할 텐

---

16) 산판(山坂) — =멧간(산에 있는 말림갓).

데, 도무지 사람을 못 구해 그러니, 절더러 부디 그럭허두룩 서둘러 달라구, 영남이가 여간만 부탁을 해싸야죠. 아, 바루 동네서 가찹겠다, 겨나르기 수월하구……. 요 위 가잿골 있는 길천 농장 멧갓이래요."

"무어?"

한 생원은 별안간 정신이 번쩍 나면서 대어든다.

"가잿골 있는 길천 농장 멧갓이라구?"

"네."

"네라니? 그 멧갓이……. 가만있자, 아아니, 그 멧갓이 뉘 멧갓이길래?"

"길천 농장 멧갓 아녜요? 걸, 영남이가 일인들이 이번에 거덜이 나는 바람에 농장 산림 감독하던 강 서방한테 샀대요."

"하, 이런 도적놈들. 이런 천하 불한당놈들. 그래, 지끔두 벌목을 하구 있더냐?"

"오늘버틈 시작했다나 봐요."

"하, 이런 천하 날불한당 놈들이."

한 생원은 천방지축으로 가잿골을 향하여 비틀걸음을 친다.

솔은 잘 자라지 않고, 개간하여 밭을 만들자 하니 힘이 부치고 하여, 이름만 멧갓이지 있으나마나한 멧갓 한 자리가 있었다.

한 삼천 평 될까말까, 그다지 크지도 못한 것이었다.

이 멧갓을 한 생원은 요시카와에게다 논을 팔던 이듬핸지 그 이듬핸지, 돈이 아쉽고 한판에 또한 어수룩이 비싼 값으로 팔아 넘겼었다.

요시카와는 그 멧갓에다 낙엽송을 심어, 삼십여 년이 지난 지금와서는 아주 한다는 산림이 되었었다.

늙은이의 총기요, 논을 도로 찾게 되었다는 것에만 정신이 팔려, 깜빡 멧갓 생각은 미처 아직 못 하였던 모양이었다.

마침 전신주같이 쪽쪽 곧은 낙엽송이 총총 들어섰다.

베기에 아까워 보이는 나무였다.

한 서넛이 나가 한편에서부터 깡그리 베어 눕히고, 일변 우죽을 치고 한다.

"이놈, 이 불한당 놈들. 이 멧갓 벌목한다는 놈이 어떤 놈이냐?"

비틀거리면서 고함을 치고 쫓아오는 한 생원을, 사람들은 영문을 몰라 일하던 손을 멈추고 뻔히 바라다보고 섰다.

"이놈, 너로구나?"

한 생원은 영감이라는 읍내 사람 벌목 주인 앞으로 달려들면서 한 대 갈길 듯 지팡이를 둘러맨다.

명색이 읍사람이래서, 촌 농투성이에게 무단히 해거[17]를 당하면서 공수하거나 늙은이 대접을 하려고는 하지 않는다.

"아아니, 이 늙은이가 환장을 했나? 왜 그러는 거야, 왜?"

"이놈, 네가 왜 이 멧갓을 손을 대느냐?"

"무슨 상관여?"

"어째 이놈아 상관이 없느냐?"

"뉘 멧갓이길래?"

"내 멧갓이다. 한덕문이 멧갓이다. 이놈아."

"허허, 내 별꼴을 다보네. 괜시리 술잔 든질렸거들랑 고이 삭히진 아녀구서, 나이깨나 먹은 것이 왜 남 일하는 데 와서 행악[18]야 행악이. 늙은이 다리 뼉다구 부러지지 말란 법 있나?"

"오오냐 이놈, 날 죽여라. 너구 나구 죽자."

"대체 내력을 말을 해요. 무엇 때문에 이 야론[19]지, 내력을 말을 해

---

17) 해거(駭擧) — 해괴한 짓.
18) 행악(行惡) — 모질고 나쁜 짓을 행하는 것.
19) 야로 — 남에게 드러내지 않고 우물쭈물하는 셈속이나 수작을 속되게 이르는 말.

요."

"이 멧갓이 그새까진 요시카와 것이라두, 조선이 독립됐은깐 인전 내 것이단 말야, 이놈아."

"조선이 독립됐는데, 어째 요시카와 멧갓이 한덕문이 것이 되는구?"

"요시카와, 일인들은 땅을 죄다 내놓구 간깐, 그전 임자가 도루 차지하는 게 옳지, 무슨 말이야?"

"오오, 이녁이 이 멧갓을 전에 요시카와한테서 팔았다?"

"그래서."

"그랬으니깐, 일인들이 땅을 다 내놓구 가니깐, 이녁은 팔았던 땅을 공짜루 도루 차지하겠다?"

"그래서."

"그 개 뭣 같은 소리 인전 엔간치 해 두구, 어서 없어져 버려요. 난 뼈 젓이 요시카와 농장산림 관리인 강태식한테 시퍼런 돈 이천 원 주구서 계약서 받구 샀어요. 강태식인 요시카와가 해 준 위임장 가지구 팔구. 돈 내구 산 사람이 임자지 저어 옛날돈 받구 팔아 먹은 사람이 임잘까?"

8·15직후, 낡은 법이 없어지고 새로운 영이 서기 전 혼란한 틈을 타서, 잇속에 눈이 밝은 무리들이 일본인 농장이나 회사의 관리자들과 부동이 되어 가지고 일인의 재산을 부당 처분하여 배를 불린 일이 허다하였다. 이 산판 사건도 그런 것의 하나였다.

그 뒤 훨씬 지나서.

일인이 재산을 조선 사람에게 판다, 이런 소문이 들렸다.

사실이라고 한다면 한 생원은 그 논 일곱 마지기를 돈을 내지 않고서는 도로 차지할 수가 없을 판이었다.

물론 한 생원에게는 그런 재력이 없거니와 도대체 전의 임자가 있는데, 그것을 아무에게나 판다는 것이 한 생원으로 보기에는 불합리한 처사였다.

한 생원은 분이 나서 두 주먹을 쥐고 구장에게로 쫓아갔다.

"그래 일인들이 죄다 내놓구 가는 것을, 백성더러 돈을 내구 사라구 마련을 했다면서?"

"아직 자세힌 모르겠어두, 아마 그렇게 되기가 쉬우리라고들 하더군요."

해방 후에 새로 난 구장의 대답이었다.

"그런 놈의 법이 어딨단 말인가? 그래, 누가 그렇게 마련을 했는가?"

"나라."

"나라?"

"우리 조선 나라요."

"나라가 다 무어 말라 비틀어진 거야? 나라 명색이 내게 무얼 해 준 게 있길래, 이번엔 일인이 내놓구 가는 내 땅을 저희가 팔아 먹으려구 들어? 그게 나라야?"

"일인의 재산이 우리 조선 나라 재산이 되는 거야 당연한 일이죠."

"당연?"

"그렇죠."

"흥, 가만둬 두면 저절로 백성의 것이 될걸, 나라 명색은 가만히 앉았다 어디서 툭 튀어 나와 가지구 걸 뺏어서 팔아 먹어? 그 따위 행사가 어딨다든가?"

"한 생원은 그 논이랑 멧갓이랑 요시카와한테 돈을 받구 파셨으니깐 임자로 말하면 요시카와지 한 생원인가요?"

"암만 팔았어두, 요시카와가 내놓구 쫓겨났으깐, 도루 내것이 돼야 옳지, 무슨 말야. 걸, 무슨 탁에 나라가 뺏을 영으루 들어?"

"한 생원한테 뺏은 게 아니라, 요시카와한테 뺏는 거랍니다."

"흥, 둘러다대긴 잘들 허이. 공동묘지 가 보게나, 핑계 없는 무덤이 있던가? 저어, 병신년에 원놈〔郡守〕 김가가 우리 논 열두 마지기 뺏을 제 두 핑겐 다 있었더라네."

"좌우간, 아직 그렇게 지레 염렬 하실 게 아니라, 기대리구 있노라면 나라에서 억울치 않도록 처단을 하겠죠."

"일 없네. 난 오늘버틈 도루 나라 없는 백성이네. 제에길, 삼십육 년두 나라 없이 살아왔을려드냐. 아아니 글쎄, 나라가 있으면 백성한테 무얼 좀 고마운 노릇을 해 주어야 백성두 나라를 믿구 나라에다 마음을 붙이구 살지. 독립이 됐다면서 고작 그래, 백성이 차지할 땅 뺏어서 팔아 먹는 게 나라 명색야?"

그러고는 털고 일어서면서 혼잣말로,

"독립됐다구 했을제 내, 만세 안 부르기 잘했지."

〈1946년〉

해후(邂逅)

1

 마지막으로 라디오의 지하선을 비끄러매 놓고 나니 그럭저럭 대강 다 정돈은 된 것 같았다.
 책장과 책상과 이불 봇짐에 트렁크니 행담[1] 등속을 말고도, 양복장이야 사진틀이야 족자야 라디오 세트야 하숙 홀아비의 세간치고는 꽤 부푼 세간이었다. 그것을 주게주게 뒤범벅으로 떠싣고 와서는 전대로 다시 챙긴다. 적당히 벌여 놓는다 하느라니, 언제나 이사를 할 적이면 그러하듯이 한동안 매달려서 골몰해야 했다.
 잠착하여 시간과 더불어 오래도록 잊었던 담배를 비로소 푸욱신 붙여 물고 맛있어 내뿜으면서, 방 한가운데에 가 우뚝선 채 휘휘 한 바퀴 돌아보았다. 칸반이라지만 집 칸살이 커서 웬만한 두 칸보다도 낫다. 윗목으로 책장과 양복장을 들여 세우고, 머리맡으로는 책상을 놓고, 뒷벽 중간쯤에다가 행담과 트렁크를 포개서 이부자리를 올려놓고 했어도, 홀

---

1) 행담(行擔) — 길 가는 데 가지고 다니는 작은 상자. 흔히 싸리나 버들 따위를 결어 만듦.

몸 거처엔 별반 옹색치 않을 만큼 방은 넓었다.

　반자 도배 장판 일습2)이 집주름3) 영감과 주인집 마나님 말따나 파리똥 한 점 앉지 않고 정갈했다. 여름을 치른 벽이라도 빈대피는 물론, 곰팡이 슨 자국도 없었다.

　십상 잘되었다고 다시금 혼자서 고개를 끄덕거리는데, 그러자 방 안이 별안간 화안히 밝아졌다. 돌려다보니 서향인 듯싶은 앞 쌍창으로 마침 끄무리던 구름이 벗어진 모양, 햇볕이 가득 들이쬐었다. 장차 명년이나 가면 더울는지는 몰라도, 당장 이 가을과 겨울 동안 해가 잘 들겠어서 또한 신통하고 반가웠다. 해는 잘 들고, 방은 넓고 깨끗하고, 보매 집 안도 안팎이 정사하고, 겸해서 조용하고, 아무러나 모처럼(그도 우연한 기회에) 좋은 하숙을 얻은 것이 새삼 만족했다.

　그새까지 유하고 있던 원동의 하숙을 불시로 옮아야 할 사정이 생겨서 두루 물색을 했으나, 우환중에 방이 귀한 이 당철이라 조만하여 마차운 자리가 눈에 뜨이질 않았었다. 그러다가 이제는 저 앞 큰 거리를 지나던 길에 허심삼아 복덕방 영감더러 문의를 했더니 선뜻 데리고 와서 보여 준 것이 이 집, 이 방이었다. 마침 한동네 이웃간이요 해서 내정을 익히 아는데, 서른두엇은 된 젊은 여인과 육십 넘은 친정 어머니와 모녀 단둘이 살고, 영감은 그 여자를 첩으로 얻어 두고서 며칠만큼씩 밤이면 다녀가군 하여, 참 절간같이 조용하니라고. 또 방 널찍하고 사람들 쌍패스럽지 않고, 음식 솜씨 좋고, 무어 점잖은 하숙으로는 깎아 줬느니라고. 한갓 흠이, 싯가를 오십 원씩이나 내라고 해서 좀 안 되었지만, 그 대신 그 값이 거기 있으니라고.

　앞을 서서 어기죽거리고 걸어가면서 집주름 영감이 연해 이렇게 주

---

2) 일습(一襲) — 옷·그릇·기구 따위의 한 벌.
3) 집주름 — 집 흥정을 붙이는 일을 업으로 삼는 사람.

위섬기며 하던 것이었었다.

　아직 송진 냄새 가시지 않는 새 집이었다.

　대문 기둥에는 김영애라고, 거기 어디 아무데서도 흔히 볼 수 있는 여자 이름으로 여자의 문패가 붙었고, 그 밖에로 번지 패를 비롯하여 애국부인증이며, 라디오·전기·전용수로 따위의 금속 패쪽이 좌우 기둥으로 군데군데 불규칙하게 박혀 있고 했다. 외등도 있고.

　대문을 지나 유리창으로 한 안대문을 들어서자 좁다란 마당 그늘막하게 차지한 장독대가, 바른편으로 이웃집과 사이를 막은 벽돌담 밑에 가서 건넌방 바로 놓여 있고, 건넌방 다음이(왼편으로) 마루, 고패 저편서 안방과 부엌과 아랫방, 그리고는 다시 바른편으로 고패가 져서 광과 대문간이고, 이런 ㄷ자 집이었다. 앞은 건넌방 퇴까지 싸잡아서 분합을 둘렀고, 마루에는 뒤주와 찬장이 크고, 마루 밑으로는 지하실 찬광이 보이고, 장독대는 벽돌과 시멘트로 쌓였고, 기둥에는 주련,[4] 문 머리맡에는 사슴이 불로초를 먹는 채색 그림이 붙고, 역시 거기 어디서 흔히 볼 수 있는 종류 그 어림의 집 차림새였다.

　집 안은 우선 그만하면 무던했다.

　며느리를 여럿째 얻은 시어머니 같아서, 근 이십 년 하숙 생활만 하고 다닌 버릇이라 새로 방을 구하게 되면 부지중 그렇게 집을 비롯하여 방이며 주인집 사람 등 범백[5]에 세심한 관찰을 가지고 하던 것이다.

　집주릅 영감이 찾는 소리에 응하여, 주인 여자의 친정 어머니라는 노인인 듯싶은 마나님이 건넌방에서 툇마루로 나섰다. 수수하니 시골 태가 벗지 않고 선량해 보이는 노인이었다.

　집주릅 영감이 온 뜻을 말하자, 노인은 흔연히 그러냐면서 혼잣말같이

---

4) 주련(柱聯) — 기둥이나 벽 따위에 장식으로 써서 붙이는 한시(漢詩) 따위.
5) 범백(凡百) — 여러 가지의 모든 것.

"우리 아인 시굴을 다니러가구 없는데……."
하고 잠깐 망설일 듯하다가,
"쯧! 그애야 있으나 없으나……."
그러고는 토방으로 내려오더니, 이 방이라면서 아랫방 쌍창을 좌악 열어 보여 주었다.
훤하니 넓고 정하게 수리를 해 논 방이 첫눈에 마음에 들었다.
'그럼, 저어…….'
나는 방문을 도로 닫고 돌아서면서 노인더러 말을 했다.
"……절 좀, 와서 있두룩 해 주시지요?"
"그렇게 허시유. 우리야 누가 됐든, 손님을 두잔 노릇이니……."
"그럼…… 으음…… 낼 점심때쯤 해서 짐을 가지구 오겠습니다. 그리구 저어……."
"좋두룩 허시유만…… 계, 출입은 어디 출입을 허시우?"
"별루 다니는 덴 없습니다. 없구, 거저 집에 조용히 들앉어서……."
호구 조사를 나온 순사도 더러 본다치면, 저술업이니 소설쓰는 사람이니 하는 것을 외국어처럼 이상히 여기거든 항차 이런 노인이 그런 어휘를 알아들으며, 더욱이 직업으로 인정을 해 줄 이치가 없는 것이었다. 또 가난한 것이 제일가는 특색인 조선 문단이었지만, 다행인지 불행인지 다른 문우들과는 달리 여지껏 원고료 하나로 생활을 도모하지는 않아도 무방할 호강스런 팔자가 되어, 그러므로 수입을 의미하는 직업을 구태라 저술업이나 작가 등속으로 내세울 필요는 없었다. 그리하기 때문에 항용 나는 순사 앞에서 지주(地主)로 버티고, 하숙집에다는 무직으로 행세를 한다.
하숙집에서는 그러나 무직이라면 아주 찔끔이다. 그래서 이 집 노인만 하더라도 내가 별로 다니는 데가 없노란 대답에 벌써,
"네에, 그래요!"

하고 약간의 난색을 보이는 것이었다.

한두 번 당하는 일이 아닌지라, 나는 거기 대한 충분한 대책이 항상 준비되어 있었다.

"무어, 글랑은 아무 염려 마셔두 좋습니다. 월급으루 생화가 없다구, 사관6) 시가7) 낼 돈두 없으란 법은 없으니깐요. 허허……."

"그야 무슨……"

"그러니깐 정히 뭣하시면 석 달치든 넉 달치든, 싯갈 미리서 넉넉히 받으시구?"

"걸 어디, 박절하게사리 그런 법이야 있수? 하루를 같이 지나두 주객은 주객이요, 피차에 점잖은 이면에…… 거저 남하는 일례루, 날 한 달 치나 미리 좀 주시우, 쯧!"

"점잖으신 말씀입니다……"

치하를 하면서, 십 원짜리 다섯 장을 노인에게 내 주었다.

노인은 손끝에 침을 묻혀 가면서, 눈을 지그리고 두 번이나 돈을 세어보더니,

"이천오백 냥, 맞소……"

그리고는 치마를 걷고 귀주머니를 더듬으면서,

"이천오백 냥이면 좀 과한 듯해두, 요새 백사가 모두 비싸서……. 그렇다구 손님을 치믄서 찬을 어설프게 대접할 순 없구."

"괜찮습니다! 독방이면 요새 항용 그 가량은 내야 하니깐요."

"우리 아인 것두 즈이 영감이 마땅찮어 할까 봐서 못 하게 하는걸, 그 양반이 날 담뱃값이래두 뜯어 쓰라구, 기왕 비어 두는 방이구 허니…… 첨엔 사글셀 내 줄까 했지만서두, 그래놓으면 집 안이 구질구질하구 번

---

6) 사관(舍館) — 하숙.
7) 시가(時價) — 현재의 물건 값. 시세(時勢).

잡해서…… 쯧, 손님 치기야 전에 시굴서두 내 손으로 해 보던 노릇이것다……"

이렇게 해서 작정이 되어, 오늘 아까 오정만 하여 짐을 옮겨 온 참이었다.

원주인이라는 젊은 여인과는 아직도 대면을 못 했다. 며칠 만큼씩 밤이면 다녀가곤 한다는 주인 영감도 물론 만났을 턱이 없었다. 한갓 노인만은 살뜰스런 것 같았고 첫인상이 좋았으나, 그 한 가지로 이 집의 전체 인심을 판단할 자료는 되지 못했다. 또, 음식 범절도 미처 한 번도 식사를 하기 전이니, 역시 어떻다고 할 말이 없고, 그뿐더러 오십 원이라는 시가가 노상 태과하지[8] 않음도 아니었다.

그러나 그런 것은 오히려 둘째 문제고, 제일 안 된 것이 '늙은 영감의 젊은 첩과 독신의 하숙 손님……' 이라는 사실이었다.

처음부터 이 컨디션이 나의 결백을 불쾌하게 했다. 번연히 사람이 정갈스럽지가 못한 것 같은, 산뜻하지가 못한 것 같은, 향그럽지가 못한 것 같은, 그래서 애여 마음에 떳떳하지가 못한 것 같은 컨디션이었다.

이것이 가장 흠이었다.

그렇지만 그러면서도 방 그것만은 역시 좋았다. 이만치 마차운 방을 얻어 만나기란 그리 쉬운 일이 아니고, 근년에 드문 행운이었다.

따라서 한편 생각하면 그만한 흠은 옥에 티로 여겨도 상관이 없었다. 사실 또 괘념할 나름이지 대범히 보기로 든다면 막상 흠이 아닐 수도 없는 게 아니었다.

그리고 그밖에 주인집 사람들의 인심이랄지, 음식 솜씨랄지, 또는 시가가 좀 과한 것이랄지 이런 것은 어느 한도까지는 참고 견딜 수 있는 불편이었다.

---

8) 태과하다 — 너무 지나치다.

2

팔목의 시계를 들여다보니 마침 네 시.
정돈은 다아 되었것다, 이제는 나가서 목간이나 우선 포근히 한 탕 하고. 그리고 들어와서 오늘 저녁부터는 오래간만에 조용히 앉아 그 동안 방 때문에 여러 날 번졌던 집필을 다시 계속하고 하느니라고, 그래 마악 목간 주머니를 챙기다가, 마침 밖에서 대문 소리에 연달아 젊은 여자의 음성이 들려서 무심코 귀를 기울였다.
"어머니."
이렇게 부르고, 건넌방에서는 노인이,
"오오냐, 인제 오느냐."
하면서 문을 열고 나서는 기척이고. 시골 다니러갔다던 이 집의 안주인 일시 분명했고, 그녀가 지금 돌아오는 길인 듯싶었다.
"계, 혼산 어떻거나 지내드냐?"
"네에, 그럭저럭, 다아……."
"신랑은 어떻게 생기구?"
"무어, 시골 농사꾼이 그렇죠……."
그러다가 비로소 토방에 놓인 내 신발을 보았는지,
"저 방에 손님 들었어요?"
"응…… 그러잖어두 시방……."
"언제?"
"아까, 방금……."
그 다음부터서는 이야기 소리가 소곤소곤 적어졌다.
나는 처음, 주인 여자의 음성이 어덴지 귀에 익은 것 같았으나, 깊이

유념은 않고 방문을 열고 나섰다.

호릿한 몸매에 하얀 옥양목 두루마기를 입고, 은비녀 등으로 쪽을 짓고, 이런 뒷맵시를 하고 토방에 가 섰다가 해끗 돌려다보는 얼굴과 마주쳤다. 그 얼굴이 그런데 방 안에서 듣던 음성과 한 가지로 퍽도 낯이 익었다. 갸름하니 하관이 밭고, 코허리가 높고도 크고, 눈썹이 짙고, 어데선가 보던 얼굴이었다. 보아도 범연히[9] 본 것이 아니고, 어느 기회엔지 심상치 않은 사건적인 관련이 있었던 듯싶은 인상이었다.

저편에서는 그녀도 역시 나를 아리송하여 하는 얼굴이더니 순간 후,

"난 누구시라구우!"

하고 반겨 웃으면서 조루루 가까이 오는 것이었다.

종시 나는 깨우치지 못하고, 서서 뚜렛뚜렛했고,

"절 모르시겠어요?"

재끄르르 웃으려는 것을 잠깐 참고, 방긋방긋하면서, 조금도 낯설어 하지 않는 표정이었으나, 볼수록 그녀의 약간 아래로 눈초리가 처지는 눈웃음이 더욱 알 듯 알 듯하기는 하는 것이나, 그래도 생각은 나지 않았다.

"박상근 씨 아니세요? 그러시죠?"

"네에, 지가……"

"저, 김영애예요."

"글쎄올시다, 문패서두 보긴 했는데……"

말을 해 놓고 생각하니, 내가 생각해도 싱거운 수작이어서 뒤통수가 절로 만져졌다.

"호호호호……"

여자는 필경 이렇게 자지러지게 웃고 나서는,

---

[9] 범연하다 — 차근차근한 맛이 없이 데면데면하다.

"……허긴 여자 이름이니깐, 이름으룬 더 모르실 테지만……. 저어, 송필훈……."

"아아……."

송필훈의 필자 훈자까지 다아 듣기 전에, 송자 하나로 선뜻 나는 깨달을 수가 있었다.

나는 너풋 절이라도 해야 할 것같아 그만 당황했다.

송필훈 씨…… 그는 나의 고향 선배였었다. 선배로되 정분이 자별한 사이였다. 이 여인은 그의 미망인이었다.

그러나 지금 이 자리에서는 사이가 자별하던 고향 선배의 미망인을 못 알아보았다든가, 그녀를 만나서 반갑다든가, 또는 어떤 돈냥이나 있는 영감쟁이의 첩데기가 된 그녀를 대하기가 점직하다든가, 그런 데다가 우연히 그녀의 집에 하숙을 하게 된 인연이 기이하다든가, 이런 것 말고도 달리 한 가지 얼굴이 화틋함을 느끼지 않을 수 없는 기억이 솟아 올랐고, 내가 당황해함도 일변 그 때문이었다.

정녕코 내 얼굴은 화틋했었다.

저편은 그러나 천연스럽다.

"인제 아시겠어요! 호호호호!"

"이거 원, 너무 참…… 그렇게 몰라 뵈었담!"

"무얼요! 어떡허다 그러시기두 예사지. 그러나저러나 이렇게 우리 집 손님으루 뵙게 될 줄은……."

"글쎄올시다, 저두 참……."

당연히는 내가 먼점, 그리고 다른 말보다도 먼저, 송필훈 씨에 대한 인사를 먼점 했어야 할 것이었다. 그러나 나는 이미 이 여인의 현재의 처지를 알고 있는 터라 혹시 어찌 여길까 싶어 불쑥 열기가 주저스러웠다.

잠깐 그리하여 어색한 침묵이 있은 뒤에 요행 여자가 먼점,

"그인 참 돌아가셨죠!"
하고 개두를 해서, 나도 그제서야,
 "그때 참 부곤 받구서두, 내려가서 문상두 못 들이구, 이내……."
 "생전에 가끔 말씀을 하시구 했어요. 만나구 싶다구……."
 "병환은 그래 무슨 병환으루?"
 "골병이죠……. 그때두 왜 참 보시잖었어요?"
 이 그때도…… 소리에 나는 다시금 얼굴이 화끈 달았다.
 "사람이 그 지경으루 골병이 들어 가지구서야 어디 오래 지탱을 하나요? 밤낮 거저 고올골 하다가 그예 그만……."
 "………."
 나는 여러 장면에서 여러 가지로 머리 속에 두서없이 떠오르는 송필훈 씨의 가지가지 면모를 푸뜩푸뜩 회상하면서 무연히 한눈을 팔았다.
 괄괄스런 얼굴, 장대한 기골로 단상에 올라서서는 주먹을 부르쥐고 탁자를 땅 땅, 그 큰 눈망울을 끊일 새 없이 구울리며, 불을 뿜는 듯 열변을 토하던 양은 하옇거나 일면 거물다운 늠름함이 없지 않았다.
 한낱 자유주의자로서, 순전한 학문적인 욕망으로 좌익 서적을 보고 있었을 뿐인 나는 그러므로 그의 사상에 공명을 하거나, 거기에 따르는 존경은 아니었다.
 또 그의 그 사상에 대한 학문적 역량이랄지 이론적 근거란 심히 빈약한 것이었었다. 더러 강연이나 좌담을 들을라치면 참으로 분발할 무지와 탈선이 많았다. 그러한 부족을 그는 정열과 뱃심과 타고난 웅변의 힘으로 곧잘 덮어 나가고 버티며 지나고 했었다.
 나를 만나기만 하면, 그 빈약한 이론을 가지고서 토론을 하자고 대들었다. 나는 사양치 않고 대응을 했다. 일껏 그렇게 싸우고 나서 볼라치면 나는 그의 억지와 웅변을 당해 내지 못하고, 그는 나의 학문을 당해 내지 못하고, 결국 싸움은 피장파장이 되고 말곤 했었다.

또 어떤 때는 지성으로 나더러,

"상근아, 그 잉여가치 학설, 걸 썩 요령 있구 알어듣기 쉽게 날 좀 가르쳐 줘, 응?"

하고 청을 한 적도 있었다.

그럴라치면 나는,

"××주의자가 ××주의 학설을 반 ××주의자한테 물으세요?"

"허어허허허…… 아, 넌 알구 난 모르니, 널더러 묻는 거 아니냐?"

"모르는 ××주윌 뭣허러 하세요? 생 엉터리 아녜요? 그런 걸 무어라고 하는지 아세요? 사상 브로커……"

"너 인석, 이럴 테냐?"

"그런다구 저 큰 눈에다가 절 잡아 넣으시겠어요?"

"허어허허허…… 자아, 그리지 말구, 좀 가르쳐 주렴? 학불염이 교불권 아니냐? 학문을 가지구 인색한 건 돈에 인색한 거보다두 더 못 쓰는 법야!"

적절히 나에게는 아픈 한 마디였다.

"자아 것보다두 어떠세요, 한잔?"

"좋지! 하, 내 언제 술을 마대드냐? 술 먹자! 술 먹으면서, 또 욱여보자꾸나!"

그는 젊어서부터도 입 걸고, 번죽 좋고, 상하와 귀천 구별없이 아무허구나 섭슬려10) 놀고 술타령 하고, 이렇게 사람 털털하기로 고향에서도 아주 호가 난 특수한 인물이었다. 일부에서는 그래서 천하 잡놈이라고 그를 돌려 놓기11)까지 했다. 말하자면 그는 사람됨이 그만침 소탈하고 야성적이었다. 그리고 그러한 송필훈 씨를 나는 좋아했다. 김삿갓을 상

---

10) 섭슬리다 — 함께 섞여 휩쓸리다.
11) 돌려 놓다 — 방향을 다른 쪽으로 바꿔 놓다.

상케 하는 파격적인 인간미.

 그 송필훈 씨를 마지막 대한 것이 지금으로부터 십 년 전 ××온천의 어떤 여관이었다. 그때에 나는 심히 거북하고도 마음 꺼림칙한 기억을 남긴 채, 작별도 없이 갈려 버린 것이 그와의 영결이었다.

3

 시방이나 그때나 쓸쓸히 즐기기는 온천과 여행이었다. 또 시방이나 그때나 가정적인 계루[12]가 없이 객지에서(서울서) 독신으로 지나던 터.
 적적한 설을 이왕이니 온천에서라도 쇠는 게 차라리 적적함을 더하는 한 흥일까 싶어, 불시로 간단한 행구를 차려 가지고 ××온천엘 내려간 것이 바로 섣달 그믐날이었다.
 오정이 조금 지나서 단골 여관인 B관에 당도하여, 우선 단젱(丹前)을 갈아 입고는 탕엘 다녀 나오다가, 복도에서 주쩍 송필훈 씨를 만났다.
 깜박 서로 반가웠다. 그 해 봄, 그가 만 일 년 만에 사파에 나오던 날, 서대문 형무소 앞에서 잠깐 만나고는 처음이었다. 그는 그 뒤로 고향으로 내려갔었고, 그 뒤부터 건강이 더럭 좋지 못하다는 것이며, 그러면서도 무슨 망령에 새파란 젊은 여자와 결혼을 했다는 것이며, 풍편에 소식은 종종 들었으나 만나기는 처음이었다.
 "아, 상근이가 이게 웬일인고?"
 방긋이 웃으면서 마주 악수를 하는 나더러 건네는 인사였다.
 "저야 부르주아니깐 온천 여행쯤 당연하지만, 장씨야 말루 웬일이세요!"

---

12) 계루(係累) — 얽매여 관련되는 것. 딸린 식구.

"허어허허허! 여전하구나, 인석."

전과 다름없이 걸걸히 웃고 쾌활하기는 하던 것이나, 그 훌쭉 깎인 볼과 앙상한 손길이 듣던 바와 일반으로 건강은 지난 봄 그때보다도 말이 아니게 쇠한 것 같았다.

"신관이 많이 못되셨군요?"

"늙어 놓으니, 늙어 놓으니 속절없더구나. 오십이 넘은걸. 게다가 병이 있어. 또오……."

"참! 신혼하신 재민? 축하가 늦었습니다."

"허어허허허! 건 우리 막설[13] 하자꾸나. 허어허허허!"

이렇게 웃는 그의 얼굴에서 나는 숨길 수 없는 일말의 암영이 어른거림을 느끼지 않지 못했다.

"아무려나 반갑다! 며칠 예서 유하렷다?"

"설이나 조용히 쉴까 했더니, 생철통한테 들켜놔서 뜨윽합니다."

"워너니 모초롬 좀 닦이어 봐라."

우리는 앞서거니 뒤서거니, 약속이나 한 것처럼 내 방으로 들어갔다.

장비는 만나면 싸우더라고, 술상을 청해다 놓고는 권커니 잣거니 연방 잔을 기울이면서 이야기도 하고, 서로 공박도 하고 했다.

그러고는 이야기도 욱임질도 한풀이 지나고, 술이 차차로 거나했을 무렵이었다.

"너 인석, 상근아?"

하면서 새 채비로 나를 따집는 것이었다.

"응? 상근아?"

"말씀하세요?"

"너 인석, 날 숭보지?"

---

13) 막설(莫說) — 말을 그만두는 것. 또는 따지지 않기로 하는 것.

그러면서 마시려던 술을 멈추고, 잔 너머로 빙그레 나를 눈흘기듯 건너다보더니 다시,
"날 잔뜩 시방 숭보지? 속으루……"
"속으루……"
"그래."
"무엇이 겁할 게 있다구 속으루 숭을 보아요?"
"아아니, 그럴 일이 있어!"
"비밀한 쬘 지신 게죠?"
"내가 젊은 색시허구 결혼한 거 속으루 웃잖어?"
"대관절 참, 무슨 생각으루다 결혼을 하셨나요? 다아 늙게……. 노망으룬 일르구."
"허어허허허! 노망일는지두 모르지……. 무슨 생각으루다 결혼을 했느냐고?"
"………."
"거야말루, 네 영역(領域)이렷다."
"?"
"인간을 연구하구 인간을 발견한다는 게, 네 전문 아니냐?"
"그런데요?"
"그 잔 마시구, 내 이야기 들어."
내가 비는 잔에다가 술을 쳐 주더니 이윽고 그는 목을 가다듬어 곰곰이,
"일 년 동안 내가 제서 지냈것다."
"………."
"그 일 년 동안의 제일 핍절하게 느낀 것이 무언고오 하면 말이지이."
"………."
"제일 그리운 게 무어더냐 하면 말야 사파의 자유보다두, 응?"

"………."
"또오, 일이나 자식새끼보다두……."
"………."
"술이나 담배나 맛있는 음식이나 그런 것보다두, 응?"
"섹스 그것이더라?"
"응!"
"그래서 나오시던 멀루 결혼을 하셨단 말씀이죠?"
"응! 결심을 했더니라. 나가면 우선 무엇보담두 결혼을 하려니……."
"그래, 결혼을 했것다……."
"………."
"그런데 말이다……. 허어! 진리는 항상 그와 반대되는 걸 낳는다더니 과연 옳은 말이더구나?"
"………."
"내 발견이 진리는 진리것다? 응?"
"예사지요!"
"흐응!"
"새삼스럽게……."
"진리는 행동을 요구하것다?"
"………."
"결혼을 했지! 했더니이 모순과 갈등이 생기더구나."
"………."
"내가 너무 늙었더란 말야! 늙은 영감에 새파랗게 젊은 마누라?"
"………."
"상근아?"
"………."
"내가 무어 그리 팔자가 두드러졌다구 온천으루 휴양을 다닐 사람이

듸? 마누랄 데리구 왔다."

"……….."

"늙은 영감에 젊은 마누라한텐 온천이 약이라더구나."

"장씨!"

"불쌍하더라! 인제 젊으나 젊은 것이 낙이란 걸 모르구!"

"회심이 드셨군요?"

"내가 결혼한 보람은 났지. 그야…… 그렇지만 그 사람은 시집을 온 것이 하나두 의의가 없으니."

진작부터 농은 없어지고 말과 표정은 자못 침통함이 있었다. 그것이 동정스럽기도 했지만, 일변 밉광머리스럽기도 했다.

"그러니깐 말씀예요, 장씨."

"오오냐."

"어서어서, 황천으루 가세요."

"날더러, 어서 죽으라구?"

"왜, 살아 기셔 가지굴랑 그 온갖 주접이세요?"

"아, 너 인석, 이럴 테냐?"

"살아 기셔서 무얼 하시겠어요? 그 소위 투쟁두 못 하시구. 그러군 주접이나 피우시면서……."

"이노음! 인전 날 맞대놓구 죽으라구까지 하는구나. 허어허허허!"

"제에발, 돌아가세요!"

"안 죽지! 내 비록 늙구 병은 들었다마는, 팔십까진 살구래야 죽을걸, 허어허허허…… 자아, 우리 마누랄 소개하지."

송필훈 씨는 그러면서 시중드는 하녀에게 전갈을 주어 보낸 후,

"면추[14]는 했느니라. 방년 이십삼 세에, 응? 쫏! 보통학괸 마쳤

---

14) 면추(免醜) — 얼굴이 추하다고 할 정도는 겨우 면하는 것.

구……."
 "그러나저러나 어디서 그렇게 용히 젊은 부인을."
 "첩경이지! 동지 한 사람더러 불가불 내가 결혼을 해야 하겠노라구 했더니 제 누일 선뜻 주더구나."
 "장하십니다들! 인백정이 달리 있는 게 아냐!"
 "너 그렇게 동정해쌓다가 우리 마누라허구 연애 얼릴라?"
 "어름어름하다가 뺏기십니다, 참."
 "아따 대수냐? 난 얼마든지 또 있자면 있단다!"
 머리를 틀고, 통치마에 긴 양말을 신은 송필훈 씨의 부인이(김영애 여사가) 데릴러 갔던 하녀의 뒤를 따라 문지방에 나타났다.
 "이어, 우리 마누라!"
 송필훈 씨는 너스레를 떨면서 쫓아가더니, 머뭇거리고 섰는 부인의 손목을 끌어다가 옆에 앉히고는,
 "자아, 박 군, 이 사람이 우리 마누랄세. 그리구 저 사람은 내가 늘 이야기하던 우리 박상근 군……. 한 고향 친구에 원수지간이요, 아삼륙[15]이요 한 그 박 군……."
 나는 가볍게 허리를 굽히면서 내 성명을 말했다.
 저편에서도 입안엣소리로 인사를 하는 것이나 들리지는 않았다.
 얼굴은 송필훈 씨가 말하던 면추 정도가 아니라 잘하면 미인축에라고 들 만했다. 그러나 그녀의 기색은 쓸쓸하니 풀기가 없고 한껏 수심겨워 보였다. 혹시 지나친 선입주견의 소치인지는 모르나, 낯선 남자의 앞이래서 젊은 여자답게 항용 수줍어하는 그것 말고도, 정녕 그는 경황과 즐거움을 잃어버린 마음 같아 보였다.
 "술을 좀 권해야 않나?"

---

15) 아삼륙[二三六] ― 골패의 쌍진아·쌍잠삼·쌍준륙의 세 쌍. 서로 꼭 맞는 짝.

송필훈 씨가 술병을 집어 손에 들려 주어서야, 부인은 마지못해 내 잔에다가 서투른 솜씨로 술을 붓는 시늉을 했다.
나는 답례로 잔을 보낼까 하다가 그만두었다.
"자아, 나두 한 잔……"
송필훈 씨는 내미는 잔에 종시 마지못해 붓는 술을 주욱 마시고는, 부인의 등을 뚝뚜욱 치면서,
"나이 늙으면, 젊은 마누라가 다아 이렇게 귀여운 법야. 허어허허허허!"
"………"
"그렇잖으냐, 상근아?"
"걸 제가 어떻게 아나요?"
"그러니깐 너두 어서 장갈 들란 말야. 이쁘구 얌전하구 그런 색시한테루, 응?"
그 말에 부인은 곁눈으로 언뜻 나를 보다가, 마침 나와 시선이 마주쳤다. 그 눈이 어쩐지 이상히 맑고 은근하게 빛남을 나는 보지 아니치 못했다. 얼른 외면을 했으나, 애여 그 순간의 눈매는 머리 속에서 스러지질 않았다.
이윽고 부인이 몸을 일으키려고 하는 것을 송필훈 씨는 붙잡아 앉혔다. 그러면서 연신 재미의 흥을 돋우려고 수선을 피우고 하는 것이나, 세 사람에서 둘이가 조심을 하는 데야 좌석이 용이히[16] 어울릴 수가 없었다.
송필훈 씨는 부인을 술을 먹이려고 갖은 소리를 다아 해도 소용이 없었다. 나는 나대로 그녀를 위하여 과실을 가져오게 했으나, 그것도 잘 손을 대려고 하지 않았다.

---

16) 용이하다 — 퍽 쉽다.

얼마를 그러다가 송필훈 씨가 변소에 가느라고 잠깐 자리를 비었다.

그 동안 이삼차나 일어서려다가 도로 붙잡히고 붙잡히고 했으니 마침 좋은 기회이건만, 부인은 아무런 동정이 없이 곱다시 앉아 있었다.

이내 송필훈 씨는 좌석으로 돌아왔다.

"어어 우리 마누라 착한지구! 그새 만일 뺑소닐 쳤으면 내 당장 불러다가 크게 한바탕 꾸중을 할랬더니, 허어허허허!"

그러면서 부인의 옆에 가 주저앉으려다가 말고, 문득 무엇을,

"아! 가만있자!"

엉거주춤하고 서서 고개를 끼웃, 잠깐 생각을 하더니 부리나케 되짚어 나가고 있었다.

한 오 분은 지나서, 쿵쾅거리고 다시 방으로 들어서는 송필훈 씨는 여태 걸쳤던 단쟁 대신 양복에, 외투에, 모자를, 이렇게 출입할 채비를 차렸다.

나는 앉은 채 부인은 일어서면서 다같이 뻐언히 바라다보는 둘이더러 송필훈 씨는 침착치 못한 말씨로 황망히 이르는 것이었었다.

"내가 그만 깜박 잊구 있었어……. 내 지금, 서울 좀 다녀올게."

"………."

"………."

"가면 아무래두 낼, 으음 모오레, 모오레 낮이나 회정을 할 테니깐."

"아아니, 별안간 무슨 일이세요?"

그제서야 내가 탓하듯이 묻는 것을 송필훈 씨는 어물쩍하면서,

"응! 저 거시기, 긴히 저어, 볼일이."

"그렇더래두 원, 이런 법이 어딨어요?"

"법이라? 허어허허허…… 우리 마누란 자네가 그 동안 잘 좀 보홀하게. 시종무관일세! 허어허허허!"

그리고는 부인의 어깨를 다독다독,

"내 곧 다녀오께, 응?"
"전 그럼, 집으루."
"아암! 예서 기두루구 있어요."
가기는 가려면서도 차마 난감한 눈치 같았다(좀더 내가 유심히 관찰을 했더라면, 그의 얼굴에서 어떤 절대의 암투와 고민의 흔적을 발견했을 것이었다).
"박 군이 있는 이상 금강력사가 보호하는 것보다두 더 드은든하니깐. 허어허허허! 자아, 그럼……"
그러면서 돌아서려다가 말고 다시,
"그리구 참, 혼자서 심심할 테니깐 박 군한테두 와서 같이 놀구. 응?"
"자아 그럼…… 박 군, 내 다녀오믄세. 부탁하네. 모오레 오믄세."
정신 차릴 겨를도 없이 이렇게 설레발이를 떨고는, 마침내 휑하니 밖으로 나가 버리는 것이었다.
배웅을 하려 하고, 부인도 그 뒤를 따라나가고.
하릴없이 나는 우두커니 앉았다가, 이윽고 '영감이 늙어갈수록 느는 거라곤 수선뿐이네' 라고 피식 고소를 하면서 그러나 당장껏은,
"쯧, 자기 말대루 갑재기 잊었던 소관이 생각이 났던 게지!"
이쯤 치지[16]하고서 별로이 괘념을 하지 않았다.
오후 세 시. 저물기 쉬운 겨울날이라 거진 석양이었다. 나는 낭자한 배반을 치우게 한 후, 술이 취해 오르는 대로 자리에 비낀 것이 내처 잠이 들었던 모양, 갈증에 못 이겨 다시 깼을 때는 밤이 벌써 여덟 시가 지났다.
하녀가 길어다 주는 냉수를 몇 컵 거듭 들이켜고는 탕엘 다녀나올 테니 그 동안 준비를 해 달라고 저녁 식사를 분별시켰다. 그 말끝에 하녀

---

16) 치지(置之) — 그냥 내버려두는 것.

가 저도 마침 생각이 나서 걱정삼아 귀띔을 한다는 것이,

 참, 아까 그 부인네 손님은 저녁도 자시지 않고, 혼자서 실심해서 있더라고, 자꾸만 아마 우나보더라고, 민망해 어떡하느냐고, 손님은 그이 사랑어른허구 친구끼리시고 허니 가서 위로라도 좀 해 드려야 않냐고. 그런데 참, 그이네 양주분은 어쩌면 나이 그렇게도 층이 지느냐고. 그래서 그런지는 몰라도 사랑어른은 아씨를 무척 귀여워하시는데, 아씨는 그렇질 않나 보더라고. 밤이나 낮이나 새치름하고 있고 아무 흥도 없어 보이더라고.

 이렇게 객쩍은 소리까지 쌔부랑대는 것이었다.

 나는 새수 빠진 소리를 한다고 하녀더러 지청구[17])는 하였으나, 그들 송필훈 씨네 부부의 너무 늙은 남편에 대한 너무 젊은 아내의 그 소위 모순과 갈등이라는 게 의외로 심각하고도 핍절한 바가 있음을 깨닫지 아니치 못하였다.

 그러나저러나, 이 억지옛 시종무관의 입장이 자못 난처했다. 위로를 한다고서 친숙하지도 안 한 터에 젊은 여자가 혼자 있는 처소엘 불쑥 찾아간다는 것은, 비록 의사가 결백하고 일변 친지를 위한 노릇이라고 할지라도 심히 온당치 못한 일이 아닐 수 없었다.

 차라리 내 처소로 그녀를 청해 온다면 좀은 더얼 혐의스럽다 하겠지만, 그역 일반이었다.

 그러나 그렇다고 모른 척하고 그대로 문두름히 있는 대서야 너무도 능통스럽고 범연한 짓이었다.

 "그럼, 어떡헌다?"

 나는 탕에 들어가자던 것도 잊고 앉아서 두루 궁리와 생각이었다.

 벽창호가 아닌 다음에야 역시 그냥 내버려두고 말 수는 없는 것, 마

---

17) 지청구 — 까닭 없이 남을 탓하고 원망하는 것.

음에 흐린 구석이 없는 것이니 그럼 가 보기루 할까. 하녀를 보내서 이리로 청해 올까.

옳아. 송필훈 씨가 이르기까지 했겠다. 내 방으로 와서 같이 놀고 하라고. 그 말에 좇아 내가 청하지 않아도 제풀에 올는지도 몰라. 그래, 아무튼 그녀가 와서든지 내가 가서든지 저녁도 먹지 않았다니 밥상을 같이 가져오게 해서 함께 먹도록 권을 해. 병이 아니거든 구태여 식사를 궐하려들 며리는 없을 테니.

식사가 끝나거들랑 과실이라도 벗겨가면서 이런 이야기, 저런 이야기 이야기하고 앉아서 놀아. 그녀도 자연 기분이 섭슬려 말문이 터지진 않진 않을 것. 어울려서 담화가 오고가고 해. 그러는 동안에 수심과 번뇌를 잊어버리고 즐거운 시간이 지나가.

밤이 이윽하니 깊어, 밤이 깊어.

깊은 겨울 밤 온천 여관의 단출한 방, 방 하나가 각기 한 세계식인 그 온천 여관의 방. 젊은 두 남녀, 나이 늙은 남편으로 하여 오뇌와 수심에 잦아진 젊은 여인. 밉지 않게 생긴 젊은 여인. 추파에 가깝던 아까의 그 눈. 건드리기가 무섭게 꼭지가 떨어지듯 무르익은 한 덩이의 과실. 그리고 불구자 아닌, 심상한 젊은 사나이.

"아뿔사!"

나는 가슴이 제풀에 연해 두근거려 오다가, 마침내 생각이 거기까지 미치자 별안간 소스라치게 놀래어 벌떡 일어서면서 부지중 소리가 커졌다.

"짐짓 그런 기회가 생기게 해 주라느라고, 늙은 남편은 잠시 피신을 한 것이 아닌가?"

다음 순간 이 생각이 번개같이 머리를 스치면서 등골이 서어늘했다.

나는 일각도 지체함이 없이, 그대로 단쟁을 벗어 던지고는 허둥지둥 양복을 갈아 입기 시작하였다.

그러면서 퍼득퍼득 깨우쳤다. 송필훈 씨가 실상은 지금 와서는 완전한 한인(閒人)이라는 것, 따라서 결코 그와 같이 바삐 날뛸 소관이 있을 내력이 없다는 것. 그러므로 일은 적실코 그 순간에, 이 목적을 위해 고안한 연극이었다는 것.

마지막, 트렁크를 집어 들고서야 나는 약간 침착을 회복해서 스스로에게 반문할 정신이 났다.

"그러기로소니 내가 이다지도 질겁을 하여 날뛸 까닭이야 없지 않은가?"

그러나 뒤미처 손을 대이기가 무섭게 꼭지가 떨어질 듯 무르익은 한 덩이의 과실을 짯짯이 바라보고 섰는 나 자신의 환영이 눈앞에 얼씬하면서 다시금 나는 한축[18]을 느꼈다.

트렁크를 들고 마악 문치로 나가는데 뜻밖에도 그때,

"계세요?"

하고 찾는 여인의 음성이 들렸다.

얼결에 그만,

"네에."

하고 대답이 나와졌고, 몸 둘 곳을 몰라 쩔쩔 매겠는데, 문은 방싯이 열렸다. 송필훈 씨의 부인임은 물론이었다.

생후에, 그렇게도 무렴한 경우를 당해 본 적이라곤 없었다. 참으로 쥐구멍이 있으면 숨든지, 보자기로 얼굴을 덮든지 하고 싶었다.

무심코 수줍어 하는 미소를 드리우고 문을 열다가 깜짝 놀래는 그 얼굴.

대담히 그녀는 내색을 숨기려고도 않고, 정면하여 나를 바라다보는 것이었다.

---

18) 한축(寒縮) — 추워서 몸이 오그라드는 것.

다음 순간 그녀의 눈은 함빡 원망스러워하면서 가볍게 떨리는 목소리로,

"떠나세요?"

기다렸던 것처럼 얼른 받아서,

"네에."

그리고는 부둥부둥 그가 막아 섰는 문을 향해 걸어나갔다.

진땀에 등을 적시면서 복도로 나와서야 고개를 돌려,

"저어, 장씨 오시거든 제가 졸지에 급한 볼일 있어서 이내 바루 떠났습니다구, 그 말씀이나 좀."

하고, 부탁이랄까 변명이랄까, 인사를 남기기를 가까스로 잊어버리지 않았다.

층계를 내려가면서 생각했다. 늙은이는 늙었다고 도망을 빼고, 젊은 놈은 젊었다고 도망을 빼고. 세상엔 싱겁게 서글픈 웃음거리도 있는 거라고.

송필훈 씨의 부고를 받기는 그러고서 그 다음해 가을 '공교로이도' 만주사변이 인 직후였다. 나는 눈물이 한 줄기 흐름을 어찌하지 못하였다.

"무어 찬이 있어예죠!"

"온, 별말씀을……"

오히려 지나친 성찬이었다. 그 지나친 성찬이 나는 불안했다.

"솜씨가 없어 놔서, 음식이 아무 맛도 없답니다."

"이렇게 와서 펠 끼쳐 어떡합니까?"

"괜히 자꾸만 그리셔! 자아, 드세요."

4

 십 년이 지나서 우연히 그녀의 집 하숙 손님으로서의 나를 환대하기 위하여 밥상머리에 앉아서 한 잔의 반주를 권하는 김영애 여사는 십 년 전 송필훈 씨의 젊고 수심겨운 아낙이던 그 김영애 여사와는 많이 같으면서도 일변 많이 다른 바가 있었다.
 목간을 하고 돌아오자 미구[19]하여 노인이 저녁 밥상을 내왔고.
 그 뒤를 따라 김영애 여사가 쟁반에 주전자와 잔을 받쳐 들고 나오고.
 서슴지 않고 방으로 들어오면서 혼잣말같이,
 "시방두 약줄 질겨 하시나?"
 이런 소리를 하고는 밥상머리에 앉아 손수 마악 복개[20]를 벗겨 주는 참이었다.
 며칠만큼씩 밤이면 다녀가곤 한다는 이 집 영감님이, 그 며칠만큼씩 밤이면 와서는 자시곤 하는 비장의 술인 모양, 빛깔이 벌써 이 당철에 얻어 보기 어려운 상품의 일본주였다.
 "이렇게 글쎄, 혼자 객지루만 다니셔서 어떡하세요?"
 두 잔째 술을 부어 주면서, 아까 처음 만나서도 그런 의미의 말이 오고가고 하던 객정을 다시금 내는 것이었다.
 "오죽 불편허구 고생이세요."
 "편해 좋던데요."

---

19) 미구(未久) — 앞으로 오래지 않아.
20) 복개(覆蓋) — 뚜껑. 덮개.

"어쩌나아! 영 그래, 장간 안 드실 작정이세요?"

"꼭이 작정투룩은 없지요만."

"아마 여잘 싫어 하시나보죠."

"그런 것두 아니지만, 난 아내니 가정이니 살림살이니 하는 게 무서워요. 몸이 그런 데다 남이 꼼짝을 못 하구 사는 걸 보면, 그만 무서워요!"

"어찌믄! 그래, 한평생 두구 혼자 사실 테예요?"

"모르죠."

"그러지 마시구, 장갈가세요. 시방 세상에 좋은 색시가 조옴 많아요? 내라두 중맬 서드리겠으니."

"고맙습니다."

"사람 사람이 다아 남녀가 만나서 살구, 자손 낳아서 기르구, 살림살이하구, 그러는 게 한세상 낙인데."

"인전 그런 재밀 볼 때도 늦었답니다. 서른다섯인데……. 낼 모레가 마흔."

"남자 서른다섯이 무어 많은가요? 시방 한참이신데."

이야기를 하는 동안 김영애 여사의 태도는 오랫동안 사귀어 온 친지 이상으로, 정도 이상으로 스스름이 없고 곡진했다. 그리고 거기 섭슬려 나도 천연히 응대를 하기는 하던 것이나 마음은 차차로 불안하고 꺼림해 하지 아니치 못했다.

늙은 영감의 젊은 첩과 독신의 하숙 손님……. 그런데 일찍이 어떤 고패에서 잠깐일망정 그 여자의 마음을 설레어 준 그 남자.

몇 잔을 혼자만 받아 마시고, 마시고 하다가 생각하니 대접이 아닌 것 같아서 한 잔을 부어 여자에게 권했다.

"술을 어디 먹을 줄 아나요?"

그러면서도 잔을 받아서 쪽 다아 마시고는,

"숭보시겠네, 여편네가 술 먹는다구. 호호호."
잔이 내게로 돌아왔다.
"과한데요."
"머얼! 잡수시믄서."
"질견 해두 전처럼 많인 못 한답니다."
"그래두, 고거 몇 잔야……."
나는 두 잔째 그에게 권해 보았다. 그는 사양치 않고 받아 마시면서,
"취하믄 어떡하구! 통이 먹을 줄 몰라요. 먹지두 않구……. 참, 이런 반간 으런이나 만났으니깐 맘이 괜히 질거서……."
먼점의 한 잔에 그새 벌써 얼굴로 불그레니 오르는 것이, 지금 하던 발명이 노상 빈 말은 아닌 것 같았다.
"여자가 나 지경이 되믄, 다아 본 신세예요……."
술을 부어서 주면서 한숨이 흐르르, 푸뜩 나오는 탄식이었다. 그리고는 한참이나 잠잠하고 있다가 다시,
"내 신셴 우리 오라버니허구 송씨허구 둘이 들어서 망쳐 줬지! 쯧! 돌아간 이들을 탓하니 무슨 소용일꼬만."
나는 덤덤히 잔을 마실 뿐, 막상 무어라고 대껄을 할 바를 몰랐다.
"글쎄, 그이가 딱 죽구 나니 어떡허겠습니까? 재산이 있어요, 오? 내게 딸린 장성한 자식이 있어요?"
"………."
"먹군 살아야 하겠구. 또 막말이지, 젊은 것이 혼자 어떻게 늙어요? 남편이나마 무슨 그리 정이 도탑던 남편이라구!"
"………."
"할 수 없이 돈냥 있는 사람의 작은집으루 들어갔죠, 시굴서……. 맘이야 그렇잖지만 헌 여편넬 누가 정실루 모셔 가자구 하나요!"
주는 잔을 아무 소리 없이 연방 마시면서 하소연은 이윽고 짙어갔다.

속절없이 나는 그것을 받고 앉았어야 했다.
　"이태만에 갈렸죠! 큰 여편네 강짜 등쌀에 못 살구서 쫓겨난 셈이지요."
　"………."
　"한 일 년 가량 혼자 다니다가 어떤 영감쟁이 막지기루 들어갔더니, 그전 자식들이 시길하는군요. 재산이나 빼돌리려구 간 줄 알구서……."
　"………."
　"넉 달 만에 털구 나와선, 에이 인전 죽어두 혼자 산다구 맘을 독하게 먹었더니만……. 꼬박 삼 년 동안 혼자 살긴 살았군요. 그러니 고생이 조음 했겠어요? 견디다 견디다 못 해서 마침 누가 권두 하구 하길래, 에에라, 내가 무얼 열녀문을 바라구서 뒤늦게야 홀몸으로 굶주리구 살까 보냐구. 또 한 번 팔잘 곤쳐서, 시방 이 영감을!"
　"………."
　"마음은 끔찍 착해요. 날 위해 줄 줄 알구, 살림 과히 군색잖구. 그것 한 가지가 다행이지 참 남편이래야 어디 남편인가요? 환갑 진갑 다아 지난 송장인데."
　"………."
　"글쎄, 그러니 말예요! 인제 겨우 서른두 살 먹은 계집이 십 년지간에 네 번째 아녜요?"
　"………."
　"그야 네 번은 말구 열 번이래두 남처럼 호강이나 했다면 몰라요. 남편이 넷인데 그 중 셋이 다 늙어빠진 영감쟁이로군요. 그리구서 송씨만 말군, 첩데기 아니면 막지기."
　"………."
　"세상, 팔자 팔자 해두 날 같은 팔자가 어딨어요."
　"………."

"………."

이야기가 엔간치 끝이 난 모양, 길게 한숨을 내쉬고는 깜박 말이 없이 앉아서 상심스런 얼굴로 한눈만 팔고 있는 것이었다.

훨씬 그러다가 얼마만에야 겨우 정신이 들어 가지고는,

"아이, 날 좀 봐. 아무래두 내가 매쳤어! 진지두 못 잡수시게……."

이렇게 반색을 하면서,

"어여 인전 진질 좀 뜨세요. 절 어째! 국물서껀, 찌개서껀 죄다 식었어!"

내가 말리는 것도 듣지 않고 모친을 불러 내어, 덥혀서 들여 오라고, 국과 찌개 그릇을 내보내더니,

"그럼 국물서껀 더울 동안, 한 잔만 더 드시지?"

그리고는 술을 부어 주면서 신신당부가,

"그리구우 우리 집에 오래두우룩, 오래두룩 계세요, 네?"

"………."

나는 속으로 이건 정말 큰일이 나질 않았더냐고, 뜨윽 걱정스러워 술을 마시는 척하면서 짐짓 대답을 하지 않았다. 약간의 취기를 띠운 얼굴로, 깨웃하고 바로 들여다보면서 오래두룩 오래두룩 있으란 말을 하던 그녀의 눈, 그 눈.

은근함이 가득 어리운 그 눈이 아니었더라면, 아무 다른 뜻이 없고 단지 외로움에 겨운 담담한 마음이요, 따라서 영혼의 깨끗한 의탁으로 받아들여도 좋을 것이었다. 미상불 또 한가드락 그러한 무엇이 나타나 보이지 않는 것은 아니었다. 그러나 그보다도 주장은 간곡하기는 젊은 생리다운 애욕인 그것이었다.

그렇다고서 그것이 십 년 전 그때 그 밤엔 눈의 재생이요, 그 발전이더냐 하면 물론 그럴 리가 없었다. 지금 이 여자에게는 하필 박상근이란 인간이 필요한 것이 아니라 오직 젊은 남자가 필요한 것이었다. 늙은 영

감쟁이가 아닌 젊은 사람, 씩씩한 청춘.

  지극히 자연스런(인간이기 때문에) 요구일 것이다. 조금도 나는 그것을 탓하거나 나무랄 이유도 권리도 없었다. 나는 다만 내일부터 또다시 하숙을 구해야 할 일을 생각하고 입맛이 썼다. 하숙은 그러나 정 다급하거든 임시로 당분간 여관이라도 잡아 들면 그만이었다. 또 그렇게라도 해서 아무튼지 한시바삐 이 집을 뜨기는 뜨는 것이었다.

  그렇지만 이 집을 뜨는 그 마당이 차마 박절하겠으니 그게 난관이었다.

  십 년 전 그날 밤, ××온천서 트렁크 하나를 집어들고 도망을 빼던 그때와도 달랐다.

  떳떳이 이유가 있어야 할 것이었다. 그러나 아무리 떳떳한 이유를, 백이나 갖다가 대더라도 이유는 되질 않을 것이었다.

  자청해서 왔어. 피차에 한동안 있으려니 한 것. 오고보니 괄시 못 할 주객잔이어. 대접이 융숭해 오래도록 있어 달란 부탁까지 받아. 한 것을, 무엇 때문에 단 사흘이 못 되어서 짐짝을 도로 꾸려 가지고 나가다니 그런 실없는, 그런 싱거운, 그런 박절한 도리라곤 없었다.

  "어떡헌다!"

  궁리를 해도 묘책이 없고, 망신은 당해 둔 망신이었다. 속도 모르고 여자는 덥혀 온 국물과 찌개를 받아 놓으면서 살뜰히 식사를 권하기에 여념이 없었다. 울고 싶으게, 차차로 죄스러워 못하겠었다.

〈1946년(1941년 탈고)〉

《레디메이드 인생》 바로 읽기

풍자와 비판의 사실주의 작가

채만식은 1924년 「조선문단」에 단편 〈세 길로〉를 발표하여 문단에 등장한 이후 1950년 죽을 때까지 단편·장편 소설을 비롯해 희곡·시나리오·수필·평론 등 문학 전반에 걸쳐 폭넓은 활동을 했던 작가이다. 그리고 그 폭넓은 활동을 하면서 어느 한순간에도 자기 시대의 현실 문제에서 눈을 떼지 않았던 작가이다.

채만식이 주로 활동했던 1930년대 초에서 1940년대 초에 이르는 기간은 일제의 교묘한 문화 정치가 끝나고, 폭압적인 무력 정치가 극에 이르렀던 시기였다. 세계 공황의 혼란 속에서 일제는 1931년 만주사변을 일으켜 대륙 침략을 본격화하기 시작했으며, 1938년에는 '조선육군 특별지원병령'을 발표하여 17세 이상의 남자를 군대로 끌고 갔다. 일제는 한국을 군사 병참기지로 만들어 전쟁에 필요한 식량과 원료, 노동력을 수탈해 갔으며, 토지 또한 조직적으로 수탈해 갔다. 이런 상황 속에서 농민들은 살 땅을 잃고 북간도나 일본으로 유랑의 길을 떠나야 했으며, 지주들의 횡포와 착취에 항거하는 소작쟁의를 일으키기도 했다. 이러한 경제적 수탈과 함께 일제는 '조선 교육령'을 개정, 공포하여 모든 학교에서의 한국어 교육을 폐지시켰으며, '국민정신 총동원운동'을 실시해 조선민족 말살정책을 강화했다. 당연히 문학 작품에서도 민족적인 것은 엄격히 통제되었으며, 문인들의 상상력과 표현은 극도의 검열을 받아야 했다. 하지만 이처럼 문학에서 정치적·사회적 관심을 배제할 것을 강요당하는 위기의 시대에서도 채만식은 식민지 현실을 문학에 담고자 혼신의 노력을 멈추지 않았다.

채만식은 민족적 수난기를 살아가면서 식민지 시대의 모순된 농촌 사회의 구조와 경제적 수탈로 피폐한 농촌의 궁핍상을 폭로했다. 또한 식민지 교육에 의한 나약한 지식인의 문제와 그들의 실직 문제, 그리고 사회 운동의 좌절과 그에 따른 인격적 파탄 등 당대의 여러 현실 문제들을 드러내고 심각하게 비판했던 사회적인 작가였다. 풍자성이 신랄한 그의 작품들은 식민지 치하의 현실을 매우 사실적이고 비판적으로 그려냈으며, 근대적 수준에 머물렀던 한국 소설을 현대 문학의 단계로 끌어올리는 데에 크게 기여했다. 민족의 언어와 문학 정신을 지키며 식민지 체제에 저항했던 채만식은 죽을 때까지 한치의 타협도 없이 꿋꿋하게 자유와 양심의 길을 걸어갔다. 그의 대표적 장편인 《탁류(濁流)》와 《태평천하》, 그리고 단편 〈레디메이드 인생〉, 〈치숙〉 등에는 평생 식을 줄 몰랐던 채만식의 치열한 작가 정신이 배어 있다.

이와 같은 채만식의 작가적 면모를 형성하는 데에는 그의 성장기의 환경과 결혼 및 집안의 경제적 몰락 등이 커다란 영향을 주었다. 그는 한 시대의 붕괴를 체험하면서 낡은 시대적 관습에서 벗어나 새로운 가치관 속에서 살기를 갈구했으며, 동시에 구한말 봉건 지배층의 악정(惡政)과 농민층의 항거 및 일제의 경제적 수탈에 따른 농민층의 몰락을 목도할 수 있었다. 그는 당시 한국 사회에서 신식교육을 받고 신문 및 잡지사의 기자 생활을 한 지식인 계층이면서도 당시의 봉건적 악습에서 비롯되는 고통과 집안의 경제적 몰락에서 오는 궁핍의 고통을 동시에 받음으로써 민족의 고통을 직접 체험했던 작가이다.

시대적 부조리와 삶의 절망

백릉(白菱) 채만식(蔡萬植)은 1902년 6월 17일, 전북 옥구군(沃溝郡) 임피(臨陂)에서 아버지 채규섭(蔡奎燮)과 어머니 조우섭(趙又燮) 사이에서 7남 2녀 중 다섯째 아들로 태어났다. 동생 둘은 어려서 죽었기 때문에 실제로는 막내아들이었다. 그가 태어나고 성장한 임피 일대는 금강 연안의 평야지대로서 비옥한 벼농사 지역이다. 그러한 까닭에 봉건왕조의 사회 기강이 문란해지던 구한말 무렵 관리들의 행패가 극심했고, 또한 일제 침략기에는 어느 곳보다 심하게 수탈에 시달려야 했던 곳이다. 이러한 고향의 특성은 훗날 금강 하류의 풍광을 배경으로 식민지 조선 농민의 몰락과 도시 빈민의 궁핍화를 다룬 대작 《탁류》를 이루는 바탕이 되었다.

원래 채만식의 집안은 그의 아버지가 늦게 결혼을 해야 할 정도로 빈한했으나, 채만식이 태어날 무렵에는 부농(富農)으로 불릴 만큼 상당한 토지를 갖고 있었다. 채만식의 아버지는 봉건적·유교적 전통이 강한 고장의 유지였지만, 새로운 개화 문물에 적극적이고 교육에 대한 열성이 남달랐다. 그는 상당한 재력을 바탕으로 자식들에게 서당에서 한학을 배우게 하였고, 특히 채만식에게는 당시 그 고장에서는 최초로 서울에 있는 고등보통학교 진학과 일본 유학까지 시켜 주었다.

어린 시절 채만식은 유복한 집안에서 어머니의 사랑을 받으며 별다른 어려움 없이 자랐다. 그는 여섯 살 무렵부터 집에서 차린 서당에서 한문을 배우기 시작했으며, 아홉 살인 1910년에 임피보통학교에 입학했다. 소학교를 졸업한 그는 1918년에 서울에 있는 중앙고등보통학교에 입학했다. 당시 그의 서울 유학은 그 고장에서는 처음 있는 일이었기 때문에 커다란 화제가 되었다.

중앙고보에 들어간 이듬해에 3·1 만세 운동이 일어났다. 채만식은 아직 나이가 어려 만세 운동에 주동적으로 가담하지는 않았지만, 이 민족적인 날은 훗날 작가로서의 그에게 큰 영향을 주게 되었다.

1920년 채만식은 자신의 의사와는 상관없이 부모의 강권에 따라 당시 스무 살이던 은선흥(殷善興)과 결혼을 하게 되었는데, 이 조혼(早婚)으로 말미암아 이후 그의 삶은 고뇌와 시련에 부딪히게 된다. 개화 사상을 받아들이고 신식 교육을 받았던 그에게 있어 조혼은 구시대의 잘못된 풍습이었다. 자신의 의지와는 관계없이 이루어진 조혼의 부부 관계는 그에게 행복한 가정의 안정을 가져다 주기는커녕 평생의 업보가 되어 그를 괴롭히게 된다. 그는 이 첫번째 아내와의 사이에 두 명의 아들을 두기는 했으나, 아내를 고향집에 남겨 둔 채 방학 때나 가끔씩 찾아갔을 뿐이고 부부다운 부부 생활을 한 적은 없었다고 한다. 결국 결혼은 오래지 않아 파탄에 이르고 이들 부부는 정식 이혼을 하지 않은 채 평생을 별거하며 지내게 된다. 이러한 이유로 채만식은 그의 작품을 통해 조혼이라는 구시대의 악습과 여성 운명의 문제에 유별난 관심을 드러내게 되는데, 특히 장편 《인형의 집을 나와서》(「조선일보」, 1933년 연재)에 작가의 고뇌가 잘 나타나 있다.

생각지도 않았던 결혼으로 혼란에 빠진 채만식은 문학 공부를 하기 위해 1922년 일본으로 건너가 와세다 대학 부속 제일 와세다 고등학원 문과에 입학했다. 그러나 일본에서의 생활은 그리 만족할 만한 것은 아니었다. 게다가 이 무렵부터 집안의 경제적 사정이 안 좋아져 학비 송금도 여의치 않게 되자, 그는 이듬해 여름방학 때 다시 귀국하고 말았다. 그리고 일본에서의 생활을 바탕으로 1923년 그는 최초의 소설이라 할 수 있는 중편 〈과도기(過渡期)〉를 탈고했다. 이 소설의 주인공들은 나라를 잃은 절망과 환멸 때문에 올바른 삶의 방향을 잃고 방황하는 동경 유학생들로서 1920년대 초의 암울한 사회 상황을 상징하고 있다. 그러나 이 작품은 검열에서 문제가 생겨 결국 발표되지 못하고 말았다. 이 작품은 50년 후인 1973년에야 유고(遺稿)로서 「문학사상」에 발표되어, 그의 처녀작으로 인정받게 된다.

채만식은 1924년, 단편 〈세 길로〉가 이광수(李光洙)의 추천으로 「조선문단(朝鮮文壇)」에 발표됨으로써 정식으로 문단에 등단하게 되었다. 기차칸을 배경으로 한 여학생을 사이에 둔 두 젊은이의 심리적 추이를 묘사한 이 소설은 아직 습작 수준의 작품으로 커다란 주목을 받지는 못했다. 그러나 인간성의 양면성을 드러내는 뛰어난 심리 묘사만큼은 채만식의 작가로서의 재능을 여실히 보여 주고 있다. 그러나 그는 작가로서 곧바로 왕성한 작품 활동에 들어가지 못했다. 아직 자신의 인생 목표로서 작가의 길을 확신하지 못했던 원인도 있지만, 무엇보다도 경제적인 문제 때문이었다.

부유한 농가였던 채만식의 집안은 이 시기에 이르러 점점 농지를 잃고 빈한의 지경에까지 몰락해 있었던 것이다. 이처럼 경제적 몰락을 겪게 된 첫번째 이유는 먼저 일제의 토지조사 사업이나 산민증식계획, 농촌진흥운동 같은 식민 정책 때문이었다. 그리고 채만식의 아버지와 형들이 손해를 만회하기 위해 투기에 손을 대거나 사금광업을 시작했다가 오히려 더 큰 손해를 보았기 때문이었다. 이후 그의 집안은 몰락을 계속했고, 채만식도 가난의 굴레에서 완전한 자유로움을 얻을 수 있었다. 채만식은 죽을 때까지 극도의 궁핍으로 고통받아야 했다. 이제 채만식은 여유롭게 글만을 쓰고는 살아갈 수 없었기 때문에 우선적으로 안정적인 직업을 가져야 할 필요가 있었다.

그는 1924년 경기도 강화(江華)의 어느 사립학교 교원으로 근무했다가 1925년 동아일보 정치부 기자로 들어가게 되었는데, 이후 그는 10여 년 간 중앙일보, 조선일보, 개벽사 등을 전전하며 기자 생활을 하게 되었다. 채만식은 다른 문인들에 비해 기자 생활을 꽤 오래 하였다. 당시 신문사는 경제적으로는 그다지 안정된 직장은 아니었으나 자유롭게 글을 발표할 수 있는 기회를 가질 수 있었고, 많은 지식인들을 접할 수 있었다. 신문 기자로서 매우 유능한 능력을 발휘했던 채만식은 기자로 있으면서 민족의 현실에 대해 비판적인 눈을 가질 수 있었다. 1931년에 발표되었던 단편 〈창백한 얼굴들〉에는 비판적 시선으로 바라본 당시의 지식인의 모습, 즉 시대의 억압 상황에서 무기력하게 배회하는 지식인상이 잘 드러나 있다.

그는 기자로 있는 동안에 소설은 많이 쓰지 못했으나 수필이나 희곡, 콩트, 잡문 등 다양한 글을 계속해서 발표했다. 이때의 글들은 주로 농촌을 배경으로 극빈한 농민들의 참담한 삶을 조명하였다. 그러다가 1934년에는 다시 소설가로서 채만식의 이름을 알리게 되는 〈레디메이드 인생〉을 「신동아」에 발표했다. 식민지 시대 지식인들의 나약한 삶을 기성품 인생으로 풍자하고 있는 이 작품의 성공으로 채만식은 자신의 인생 목표로 소설가로서의 삶을 확고하게 선택하게 된다. 그리고 그는 이 해에 우리 나라 문학사에서 탐정소설의 효시라 할 수 있는 장편 《염마(艶魔)》를 서동산(徐東山)이라는 필명으로 「조선일보」에 연재해 문단의 눈길을 끌기도 하였다.

1936년 초에 채만식은 드디어 본격적으로 소설 창작에만 전념하기로 결심을 하고 조선일보를 그만두었다. 그는 형이 살고 있는 개성으로 거처를 옮기고, 오로지 집필에만 몰두했다. 이때가 바로 작가 채만식의 최고 전성시절로서 특유의 풍자문학을 완성해 내었다. 이곳에서 지내는 5년여 동안 그의 대표적 장편 소설인 《탁류》(1939년), 《태평천하》(1940년), 《금(金)의 정열》(1941년) 등을 비롯해 〈명일(明日)〉(「조광」, 1936년), 〈치숙(痴叔)〉(「동아일보」, 1938년), 〈두 순정(純情)〉(「농업조선」, 1938년), 〈쑥국새〉(「여성」, 1938년), 《소망(少妄)》(「조광」, 1938년), 〈패배자의 무덤〉(「문장」, 1939년), 〈순공(巡公) 있는 일요일〉(「문장」, 1940년) 등 다수의 단편 소설을 집필했다. 그러나 이 시절 무엇보다 작가로서 채만식의 문명(文名)을 널리 알리게 한 작품은 장편 《탁류》와 《태평천하》였다.

《탁류》는 1930년대 사회의 모순을 초봉이라는 순응적인 여인의 기구한 삶을 중심으로 포착해 낸 새태풍자소설의 대표적인 작품이다. 끝내 살인까지 저지르게 되는 초봉이의 비극적인 인생 행로를 다루면서 낡은 인습과 새 풍속의 갈등 속에서 삶을 같이 하는 초봉이의 아버지 정주사, 병원조수 남승재, 은행원 고태주, 약방주인 박제호, 꼽추 형보, 동생 계봉이 등 역사에서 소외된 채 탁류 속에서 허덕이고 있는 인물들의 모습을 실감있게 그려 내고 있다. 진실로 현실다운 현실을 문학적 수준으로 끌어올려 형상화한 작품은 이 소설이 처음이라 해도 과언이 아닐 것이다.

《태평천하》는 1938년 「조광」에 연재, 1940년에 단행본으로 출간되었다. 연재 당시 제목은 《천하태평춘(天下太平春)》이었으나, 단행본으로 나오면서 제목이 바뀌었다. 완숙한 이야기꾼으로서, 또한 풍자 문학의 대가로서 채만식의 능력이 유감없이 발휘된 이 작품은 역사의 격동기 속에서 반민족적이고 반시대적인 길을 가고 있는 지주이자 고리대금업자인 윤직원과 그 가족들을 풍자의 대상으로 삼고 있다.

《탁류》와 《태평천하》의 성공으로 채만식은 문학계에서 가장 중요한 작가로 떠올랐다. 그리고 이 무렵 채만식은 신여성인 김씨영(金氏榮)을 맞아 새로 가정을 꾸미게 되었다. 첫번째 아내와 그 소생들과는 이미 일체의 관계를 단절한 지 오래 된 상태였다. 자신의 의사와는 상관없이 이루어진 결혼으로 그는 이때까지 심한 내적 갈등을 겪고 있었다. 인습과 전통을 거역할 수 없었던 전근대적인 자아와 그것을 극복하려는 근대적 자아가 충돌하는 데서 오는 심적 갈등이었다. 그는 이혼이라는 결단을 내리지도 못하고, 체념한 채 결혼 생활을 계속할 수도 없었기 때문에 한 평생 이 문제로부터 벗어날 수 없었다. 하지만 이 두 번째 결혼으로 그는 어느 정도 마음의 안정을 찾게 되었다. 숙명여고를 나온 신식여성인

두 번째 아내는 매우 현숙하여 가난한 살림을 잘 꾸려 나갔을 뿐 아니라, 채만식의 뒷바라지에도 정성을 아끼지 않았다.

그러나 작가로서의 성공과 가정의 안정으로 인한 행복도 잠시뿐, 일제의 광기가 최악에 이르던 1940년대에 들어서면서 채만식의 작품 활동은 다시 침체기에 들어갔다. 극단적인 검열과 탄압, 그리고 친일적인 글을 쓰라는 협박으로 인해 그는 이전처럼 활발한 작품 활동을 할 수 없게 되었다. 당시의 심경은 해방 후인 1948년에 발표한 〈민족의 죄인〉에 잘 나타나 있다.

1945년 1월에 아버지가 세상을 떠나자, 그는 더욱 마음의 안정을 찾을 수 없었다. 그는 일제의 탄압에서 벗어나기 위해 그해 4월, 고향으로 낙향을 했다. 그리고 그곳에서 해방을 맞이했다. 그는 희망을 품고 다시 서울로 이사를 하였다. 그러나 해방 후의 현실은 그의 희망을 절망으로 바꾸어 놓았다. 여전히 친일파가 득세를 하고 권력을 잡으려는 정치 모리배들로 혼란의 시대가 들끓었다. 낙담을 한 채만식은 무거운 육신을 이끌고 다시 고향으로 내려왔다. 그러나 시대의 불행과 함께 개인적으로도 불행이 끊이질 않았다. 이미 아버지를 여의었던 그는 1947년에는 어머니마저 세상을 떠났고, 그의 첫아들도 병을 앓다가 죽고 말았던 것이다. 헤어날 길 없는 극심한 경제적 궁핍과 사랑하는 가족들의 죽음, 그리고 해방이 되었음에도 여전히 부조리한 시대 현실. 이러한 충격 때문인지 채만식은 어느 새 폐결핵으로 인해 서서히 죽음 가까이 다가가고 있었다.

그러나 이러한 시대적·개인적 어둠 속에서도 그는 문학이라는 촛불을 끄지 않았다. 해방 이후 사회 현실을 바라보는 작가 채만식의 시선은 매우 암담하고 절망스러운 것이어서, 해방 후에 쓴 그의 소설 어디에도 해방의 감격이나 새로운 국가 건설에 대한 희망은 보이지 않는다. 그 대신 혼란과 무질서를 틈타 재빨리 변신을 꾀하는 친일파와 정치 모리배,

그 아수라장 속에서 여전히 고통받는 민중들의 모습이 냉정하게 그려져 있다. 해방 이후 친일파 청산 문제를 다룬 〈맹(孟) 순사〉(「백민」, 1946년)를 비롯해 〈역로(歷路)〉(「신문학」, 1946년), 〈논 이야기〉(「해방문학선집」, 1946년), 〈도야지〉(「문장」, 1948년), 〈민족의 죄인〉(「백민」, 1948년) 등은 해방 후에도 여전히 신랄한 채만식의 문학적 기개를 느낄 수 있는 작품들이다.

하지만 문학에 대한 그의 열정은 점점 사그러들고 있었고, 가난과 병으로 피폐해진 그의 육신은 이제 다시 회복될 수가 없었다. 1950년 6월 11일, 그는 쓸쓸하게 49세의 고단한 삶을 끝냈다. 그가 죽음을 앞두고 가장 원했던 것은 원고지를 많이 가져 보는 것이었다. 평생 가난 때문에 원고지를 마음껏 가져 보지 못했던 한(恨) 때문이었다.

부정(否定)을 통한 긍정(肯定)의 문학

채만식은 끊임없이 식민지 체제의 본질에 관한 의문을 자신의 작품에서 제기한 작가이다. 그는 20여 년이 넘는 작가 생활 동안 자기 시대의 사회 현실에 대해 날카로운 비판을 멈추지 않았으며, 부정적 시선을 유지했다. 그는 부정(否定)을 통하여 긍정(肯定)을 지향한 작가이다. 그는 존재해서는 안 될 것에 대한 부정을 통해서 식민지 사회의 부조리를 신랄하게 비판했으며, 나아가 진실하고 올바른 긍정의 미래를 꿈꾸었던 것이다. 그는 일제의 검열을 피하기 위해 현실 비판으로 가득 찬 그의 소설들을 주로 풍자와 아이러니의 기법으로 표현했다. 그러나 단순히 하나의 기법으로서 풍자를 이용한 것이 아니라, 삶의 풍속과 사회 현실을 다각적으로 투시하는 정신으로서 풍자를 이용했다. 이러한 정신적 풍자와 아이러니를 사용하여 비판의 대상인 일제의 식민지 정책의 부조리함을 고발하고 1930년대의 모순된 현실을 비판했던 것이다.

채만식의 작품은 초기에는 단순한 현실 비판을 담고 있지만, 후기로 갈수록 점점 그러한 부조리한 현실을 극복하고 저항하고자 하는 강한 의지가 엿보인다.

〈레디메이드 인생〉은 1934년 「신동아」에 발표되었다. 이 작품에서 작가는 P라는 등장인물을 내세워 직업 없는 지식인 사회의 어리석음을 비판하고, 그들의 사고와 행동, 농촌 운동을 비판하고, 이러한 현실의 원인이 된 일제 식민체제를 비판하고, 전통적 성 윤리관을 비판한다. 대학 교육을 받고도 취직을 못 해 실업자로 지내는 P. 그는 결혼을 해서 아들까지 두었으나 아내와 이혼하고 아들은 시골의 형 집에 맡겨 둔 채 혼자서 서울에 올라와 무위도식하고 있다. 그는 자신의 지적 능력에 맞는 일자리를 구하려고 애쓰고, 그러기에 신문사에 취직하려 하지만 자리가 없다. 그는 방세도 못 내고 제대로 먹지도 못하면서도 지식으로 할 수 있는 일 외에 육체적인 노동에 뛰어들 결심은 하지 못한다. P와 같은 처지의 친구들인 M과 H, 그들은 능력이 있는데도 그 능력을 쓰지 못하고 고등교육을 받고도 밥벌이조차 못하는 기성품 인생들이다. 결국 그들이 하는 일이란 모여 앉아 신세 한탄을 하거나 법률 서적을 저당잡혀 마련한 돈으로 술을 마시고 유곽을 찾는 일이다. 그들은 스스로를 유곽의 작부보다 더 한심한 인생이라고 자조한다. 이러한 자신의 처지를 인식한 P가 아들을 학교에 보내지 않고 인쇄소의 견습 문선공으로 보낸다는 결말을 맺음으로써 자신을 비롯한 지식인들의 위선을 야유하고 부정하며, 또한 그렇게 만든 사회에 저항한다.

〈치숙(痴叔)〉은 1938년 「동아일보」에 발표되었다. 이 작품은 해설자인 '나'에 의해 15살부터 33살까지 살아온 아저씨의 인생 여정이 제시되고 있다. 일본인 가게에서 일을 하고 있는 조카의 눈에 비치는 아저씨의 삶이란 그야말로 어리석고 철이 들지 않는 삶이다. 아저씨는 일본에서 대학까지 나온 지식인이지만, 현실 생활에는 아무런 쓸모도 없는 사회주의 운동을 하다가 결국에는 감옥살이를 하고, 폐병까지 걸린 인생

낙오자인 것이다. 그러면서도 아저씨는 건강을 되찾으면 다시 사회주의 운동을 하겠다고 한다. 이처럼 가정은 제대로 돌보지도 않으면서 허무맹랑한 이데올로기에 목숨을 거는 아저씨의 삶은 무지하고 친일 군상의 전형인 조카의 눈에는 어리석게 보이지만, 실제로는 조카의 삶이야말로 어리석고 가여운 것이라 할 수 있다. 작가는 마치 해설자인 조카의 입장에서 아저씨의 삶을 단죄하는 것처럼 서술을 하고 있지만, 실제로는 해설자인 조카의 삶을 풍자하고 단죄하고 있는 것이다. 채만식의 반어적이고 풍자적인 특징이 매우 탁월하게 발휘된 작품이다.

〈두 순정(純情)〉은 1938년 6월, 「농업조선」에 발표되었다. 채만식 소설에서는 드물게 남녀간의 순수한 애정을 다룬 작품이다. 어린 신랑과 나이가 많은 신부. 신랑은 어느 날 친정에 다니러 갔던 신부를 만나러 갔다가 돌아오는 도중에 두 사람 모두 그만 폭설에 묻히고 만다. 그리고 신부의 희생으로 신랑은 목숨을 건지게 되지만, 신부는 불행히도 죽고 만다는 전형적인 애정 소설이다. 이 작품은 산골 절간의 어느 노승 이야기를 통해 엮어지는데, 나중에 그 노승이 바로 살아남았던 신랑인 것으로 밝혀진다.

〈쑥국새〉 역시 〈두 순정〉과 같은 계열의 애정 소설이다. 1938년 7월, 「여성」에 발표되었던 이 작품은 시골의 한동네에서 자란 젊은 남녀가 겪게 되는 비극적인 사랑 이야기를 다루고 있다. 끔찍하게 사랑했던 아내가 자살을 한 연후에, 그 무덤을 찾아간 남자 주인공이 쑥국새 울음소리를 들으며 회한에 잠기는 결말은 매우 비통하고 처절한 여운을 남긴다. 주로 지식인 사회에 대한 풍자를 주제로 삼았던 채만식이지만, 애정 소설에서도 상당한 능력을 갖고 있었음을 보여 주는 작품이다.

〈소망(少妄)〉은 1938년 「조광」에 발표되었다. 야유와 독설의 풍자로 가득 찬 이 작품은 남편이 정신병에 걸렸다고 믿는 아내가 어느 날 저녁 의사의 아내인 언니에게 이야기를 늘어놓다가, 언니의 남편이 들어

올 때 이야기를 마치는 형식으로 되어 있다. 일인칭 해설자인 아내의 이야기 속에는 아내 자신과 남편의 배경, 남편이 작년 가을에 아무런 이유도 없이 직장인 신문사를 그만두고, 이후 비정상적인 행동을 하는 과정이 담겨 있다. 그러나 아내의 눈에는 남편의 행동들이 이해할 수 없는 비정상적인 것이지만, 실제 남편의 행동은 자학적인 형태로라도 시대의 모순에 항거하려는 지식인의 모습을 보여 준다.

〈패배자(敗北者)의 무덤〉은 1939년 「문장」에 발표되었다. 이 작품의 주요 인물은 종택과 경순 부부, 종택의 친구이자 처남인 경호 등 세 사람이다. 이 작품은 경순이 유복자를 업고 오빠 경호와 함께 남편인 종택의 무덤을 찾아가는 것을 마치 소풍이라도 가는 것처럼 이야기하는 것으로 시작한다. 그리고 회상을 통해 일 년 전 남편 종택이 잡지사를 그만두고 자살한 사건이 드러난다. 이 소설은 시대의 모순을 감내하지 못하고 자살이라는 극단적인 방법을 선택한 지식인의 모습을 담고 있다. 그러나 그의 죽음은 시대의 모순에 의한 자기 파탄의 결과이며 현실로부터의 도피이기도 하다. 이 작품 역시 일제 치하에서 억압받는 우리 민족의 아픔과 지식인의 절망을 풍자적으로 그리고 있는데, 특기할 점은 주인공의 자살이라는 극단적인 사건이 저항의 상징으로 나타나 있다는 것이다.

〈논 이야기〉는 해방 후 발표된 채만식의 대표적인 작품으로 1946년에 발간된 《해방문학선집》에 실렸다. 이 작품은 한태수와 한덕문 부자(父子)의 삶을 통해 농촌 현실의 문제를 포괄적으로 다루고 있다. 그와 함께 구한말의 부정부패한 사회와 혹독한 식민 지배체제, 그리고 해방 후 사회의 부조리를 풍자하고 있다. 이 소설은 해방 후 어느 날 한덕문이 자기는 왜 나라 없는 백성이며 독립만세 부르지 않기를 잘 했다고 생각하는가를 이야기하는 것으로 시작한다. 해방의 진정한 의미와 국가의 존재 의의가 어디에 있는가를 반어적으로 제시하고 있다. 한덕문의 아버지 한태수는 부지런한 농군으로 어렵게 몇 마지기의 논을 장만했으나, 부패한 마을 관리에게 논을 빼앗기게 된다. 그리고 아들인 한덕문 역시 남아 있던 논을 일본인한테 팔아 버리고 무일푼이 되고 만다. 세월이 흘러 일본이 망하고 해방이 되었어도 한덕문에게는 크게 기쁠 것이 없다. 이전과 크게 달라지리라고는 생각하지 않기 때문이다. 실제로 그는 해방에 따른 어떠한 이득도 보지 못하게 된다. 한순간 해방을 맞아 일본인 소유의 토지를 원주인에게 돌려 준다는 소식을 듣고 기뻐했지만, 결국 해방 후의 혼란 속에서 그의 땅은 다른 사람에게로 넘어가고 말았던 것이다. 모든 사람에게 기쁨이어야 할 조국의 해방이 실제로는 그렇지 못하였음을 이 작품은 역설하고 있는 것이다.

채만식 연보

1902년 6월 17일, 전라북도 옥구군(沃溝郡) 임피(臨陂)에서 아버지 채규섭(蔡奎燮)과 어머니 조우섭(趙又燮) 사이에서 7남 2녀 중 다섯째 아들로 태어남. 동생 둘은 어려서 죽었기 때문에 실제로는 막내아들로 자람. 부농(富農)이었던 집안 덕택에 어린 시절에는 경제적으로 유복하게 성장함. 교육에 대한 열성이 남달랐던 아버지의 영향으로 어려서부터 학업에 열중함. 만식(萬植)은 본명이고, 호는 백릉(白菱) 또는 채옹(采翁)을 사용함.
1907년(6세) 집에서 차린 서당에 다니며 한문을 배우기 시작함.
1910년(9세) 임피보통학교(臨陂普通學校)에 입학함. 보통학교에 다니면서도 한문 공부를 계속함.
1914년(13세) 3월, 임피보통학교를 졸업함. 서당에서 한문을 공부함.
1918년(17세) 서울에 있는 중앙고등보통학교(中央高等普通學校)에 입학함.
1919년(18세) 3·1 만세 운동이 일어남.
1920년(19세) 4월 21일, 3학년 재학중에 부모의 강권에 따라 당시 스무 살이던 은선흥(殷善興)과 결혼을 함. 그러나 이 결혼은 오래지 않아 파탄에 이르고 이들 부부는 정식 이혼을 하지 않은 채 평생을 별거하며 지내게 됨.

1922년(21세) 3월, 중앙고등보통학교를 졸업함. 문학 공부를 하기 위해 일본으로 건너가 와세다 대학 부속 제일 와세다 고등학원 문과에 입학함.

1923년(22세) 여름, 학교를 중도에 포기하고 귀국. 일본 유학 생활을 바탕으로 〈과도기(過渡期)〉를 탈고함. 그러나 검열에서 문제가 생겨 발표되지는 못함. 50년 후인 1973년에야 유고(遺稿)로서 「문학사상」에 발표되어 처녀작으로 인정받게 됨.

1924년(23세) 이 무렵 아버지와 형들이 투기에 손을 댔다가 손해를 입어 경제적으로 어려워지기 시작함. 안정된 직장의 필요성을 느끼고, 경기도 강화(江華)의 어느 사립학교 교원으로 근무함. 12월, 단편 〈세 길로〉가 이광수(李光洙)의 추천으로 「조선문단(朝鮮文壇)」에 발표됨으로써 정식으로 문단에 등단하게 됨. 생활고 때문에 소설 창작에 전력을 기울이지 못함. 장남 무열(武烈)이 태어남.

1925년(24세) 7월, 동아일보 정치부 기자로 입사함. 단편 〈불효자식〉을 「조선문단」에 발표함.

1926년(25세) 10월에 동아일보사를 그만둠.

1927년(26세) 희곡 〈가죽 버선〉을 탈고함.

1928년(27세) 단편 〈생명의 유희(遊戱)〉를 탈고함. 차남 계열(桂烈)이 태어남.

1929년(28세) 12월, 단편 〈산적〉을 「별건곤(別乾坤)」에 발표함.

1930년(29세) 단편 〈그 뒤로〉와 〈병조와 영복이〉, 〈양탈〉, 〈산동(山童)이〉 등을 발표함. 희곡 〈낙일(落日)〉, 〈농촌 스케치〉, 〈밥〉 등을 발표함. 개벽사에 입사함.

1931년(30세) 10월과 11월, 단편 〈창백한 얼굴들〉과 〈화물자동차〉를 「혜성(彗星)」에 발표함.

1932년(31세) 7월, 단편 〈농민의 회계보고(會計報告)〉를 「동방평론」에 발표함. 이 무렵 카프 계열 작가들의 영향으로 사회주의에 관심을 갖게 됨. 그러나 깊게 관여하지는 않음.

1933년(32세) 개벽사를 그만두고 조선일보사에 입사함. 5월부터 11월까지 장편 소설 《인형의 집을 나와서》를 「조선일보」에 연재함. 8월, 단편 〈팔려간 몸〉을 「신가정」에 발표함. 10월, 동화 〈쥐들은 고양이 목에 방울을 달러 나섰다〉를 「신가정」에 발표함.

1934년(33세) 5월, 〈레디메이드 인생〉을 「신동아」에 발표함. 5월부터 11월까지 탐정 소설의 효시라 할 수 있는 장편 《염마(艷魔)》를 서동산(徐東山)이라는 필명으로 「조선일보」에 연재함.

1936년(35세) 1월, 본격적으로 소설 창작에만 전념하기로 결심을 하고, 조선일보사를 사직함. 셋째형 준식(俊植)이 살고 있는 개성(開城)으로 거처를 옮기고, 오로지 집필에만 몰두함. 희곡 〈심봉사〉를 탈고했으나 총독부의 검열로 인해 발표되지 못함. 8월, 단편 〈소복(素服) 입은 영혼〉을 「신동아」에 발표함. 10월, 단편 〈명일(明日)〉을 「조광(朝光)」에 발표함.

1937년(36세) 3월, 중편 〈정거장 근처〉를 「여성」에 발표함. 단편 〈젖〉(「여성」), 〈얼어 죽은 모나리자〉(「사해공론」), 〈생명〉(「백광」) 등을 발표함. 10월부터 이듬해 5월까지 장편 소설 《탁류(濁流)》를 「조선일보」에 연재함. 단편 〈황금원(黃金怨)〉을 탈고함(유고로 1956년 「현대문학」에 발표됨).

1938년(37세) 1월부터 9월까지 장편 《천하태평춘(天下太平春)》을 「조광」에 연재함. 〈치숙(痴叔)〉(「동아일보」), 〈두 순정(純情)〉(「농업조선」), 〈쑥국새〉(「여성」), 〈소망(少妄)〉(「조광」) 등을 발표함.

1939년(38세) 1월, 단편 〈정자나무 있는 삽화(插畵)〉를 「농업조선」에 발표함. 4월, 단편 〈패배자(敗北者)의 무덤〉을 「문장」에 발표함. 6월부터 11월까지 「매일신보」에 장편 《금(金)의 정열(情熱)》을 연재함. 7월, 단편 〈남식(南植)이〉와 〈반점(斑點)〉을 발표함. 11월, 단편 〈이런 남매〉를 「조광」에 발표함. 《채만식 단편집》이 출간됨. 「박문서관」에서 《탁류》가 출간됨. 이 무렵 숙명여고를 나온 신여성인 김씨영(金氏榮)과 두 번째 결혼을 함.

1940년(39세) 1월, 단편 〈차 안의 풍속〉을 「신세기」에 발표함. 개성에서 안양으로 이사. 장편 소설 《천하태평춘》이 《태평천하(太平天下)》라는 제목으로 출간됨. 4월, 단편 〈순공(巡公) 있는 일요일〉을 「문장」에 발표함. 중편 〈냉동어(冷凍魚)〉를 「인문평론」에 발표함. 희곡 〈당랑(螳螂)의 전설〉을 「인문평론」에 발표함.

1941년(40세) 3월, 광장리(廣壯里)로 이사함. 5월, 《탁류》 재판이 간행됨. 3판은 조선총독부에 의해 발행 금지처분을 받음. 장편 소설 《금의 정열》이 출간됨. 단편 〈근일(近日)〉, 〈사호일단(四號一段)〉, 〈집〉 등을 발표하고, 〈종로의 주민〉과 〈해후(邂逅)〉 등은 탈고만 함. 이들 작품은 1946년에 단편집 《제향날》에 실리게 됨. 시나리오 《무장삼동(無藏三冬)》을 탈고함.

1942년(41세) 2월부터 7월까지 「매일신보」에 장편 《아름다운 새벽》을 연재함. 단편 〈향수(鄕愁)〉, 〈삽화〉 등을 발표함. 이 무렵 극단적인 검열과 친일적인 글을 쓰라는 협박으로 인해 작품 활동이 침체기에 빠짐. 3남 병훈(炳焄)이 출생함.

1943년(42세) 2월, 기행문인 〈간도행(間島行)〉을 「매일신보」에 발표함. 3월부터 10월까지 장편 《어머니》를 「조광」에 연재함. 중편집 《배비장(裵裨將)》이 출간됨. 이어서 단편집 《집》이 조선출판사에서 출간됨.

1944년(43세) 딸 영실(永實)이 태어남. 장편 《여인전기(女人戰紀)》를 「매일신보」에 연재함. 중편 〈심봉사〉를 「신시대」에 연재하다가 검열로 인해 중단함. 단편 〈처자(妻子)〉, 〈선량하고 싶던 날〉, 〈실(實)의 공(功)〉 등을 탈고함.

1945년(44세) 1월에 아버지가 사망함. 장남 무열 병사함. 4월에 고향인 임피로 낙향하여 해방을 맞이함. 해방 후 다시 서울 서대문 충정로로 이사함.

1946년(45세) 〈맹(孟) 순사〉(「백민」)를 비롯해 〈역로(歷路)〉(「신문학」), 〈미스터 방(方)〉(「대조」), 〈논 이야기〉(「해방문학선집」) 등의 단편 소설을 발표함. 11월, 중편 〈허생전(許生傳)〉을 「협동문고」에 발표함. 작품집 《제향날》이 박문출판사에서 간행됨. 해방 후 정국에 절망을 느끼고, 고향인 임피로 다시 낙향함.

1947년(46세) 어머니가 세상을 떠남. 4남 영훈(永熏)이 태어남. 이리시(裡里市) 고현동(古縣洞)으로 이사함. 장편 《어머니》가 《여자의 일생》이란 제목으로 바뀌어 《조선대표작가전집》 제 8권에 수록됨. 이 무렵 폐결핵에 걸림.

1948년(47세) 장편 《옥랑사(玉娘祠)》를 탈고함. 단편 〈도야지〉를 「문장」 속간호에 발표함. 이어서 〈낙조(落照)〉, 〈민족의 죄인〉, 〈아시아의 운명〉 등의 단편을 발표함. 단편집 《잘난 사람들》이 민중서관에서 출판됨. 《당랑(螳螂)의 전설》이 출간됨. 미완의 장편 《청류(淸流)》를 집필함.

1949년(48세) 중편 〈소년은 자란다〉를 탈고함. 유고(遺稿)로 1972년 「월간문학」에 발표됨. 단편 〈역사(歷史)〉, 〈늙은 극동선수(極東選手)〉 등을 발표함.

1950년(49세) 봄에 이리시(裡里市) 마동(馬洞)으로 이사함. 6월 11일 폐결핵으로 세상을 떠남. 미완성 유고로 단편 소설 〈소〉를 남김.

Hye Won World Best

Hye Won World Best

Hye Won World Best